ARCANA
Atemporalis

1, Convergence

À Bradamauk Smith
avec mes amitiés.
J'espère que vous aurez autant
de plaisir à lire ce livre que
j'en ai eu à l'écrire

Rhode KLAR

Rhode

ISBN -13 : 978-99959-951-0-2

ISBN -10 : 9995995107

À mes proches pour leur soutien, encouragements éclairés et compréhension.

Table

1
Le choix

L'étroite ouverture vitrée, adroitement intégrée dans l'architecture pyramidale, se referma silencieusement derrière le vieil homme. Ses pas mesurés perturbèrent à peine les graviers recouvrant cette partie du toit. Ses yeux blanchâtres d'aveugle embrassèrent la scène en contrebas.

Dans un crissement de pneus et hurlement de sirènes, des ambulances s'arrêtaient devant l'imposant immeuble d'en face, identifié en néon vert comme le Centre InterHospitalier.

Il se raidit et recula.

— Le Réseau est déjà là, murmura-t-il, se tournant avec appréhension vers la source des radiations émises par l'empreinte ; un couple, en élégant costume vert sombre, émergea d'une voiture rutilante.

Avec un soupir, il sortit un cylindre métallique de la poche ventrale de sa robe.

Il détacha la base de l'appareil, y installa la capsule de flux pur.

Enclenchant le deuxième sigle sur le localisateur, il l'installa sur le sol.

Ce dernier émit deux clignotements successifs, un bref suivi d'un long ; le premier niveau de la base dans sa main se remplit.

Le cycle recommença.

À la neuvième longue lueur, l'appareil implosa.

L'intense éclair arc-en-ciel passa inaperçu parmi les néons enjolivant les enchevêtrements de béton, de métal et de verre formant la cité.

Le bruissement de l'air se noya au sein du brouhaha ambiant lorsque les deux silhouettes se matérialisèrent sur le toit de l'immeuble.

La lune, énorme boule ivoire suspendue dans un ciel d'un noir profond, écrasait la ville d'une lumière crue malgré les flèches arrogantes de ses gratte-ciels. L'astre exposait le moindre détail, excepté les visiteurs qui se fondaient dans le décor. Même leur ombre n'était pas visible.

Le vieil homme récupéra la carcasse du localisateur pour le ranger soigneusement dans sa poche.

— Auguste Sybil, le salua la personne, identifiable sous son lourd manteau indigo par le sobre sceptre blanc surmonté d'une boule à la couleur mouvante argentée dans sa main.

— Ma Dame d'Ael, il inclina la tête respectueusement devant la Régente Ysia d'Ael.

L'Honorable-Aînée Rocsanna d'Ancel, les traits dissimulés par un manteau vert-émeraude, l'ignora et sonda les environs.

— Le Réseau est là, constata-t-elle sarcastique.

Le couple se dirigeait vers l'ascenseur, ayant réussi à extraire l'information d'une réceptionniste débordée par l'afflux de visiteurs.

— Ils seront préoccupés par la naissance d'un possible incubateur, s'empressa de les rassurer Auguste Sybil.

— Ils ne savent pas que c'est un futur Filleul ?

La Régente se tourna vers le vieil homme alors qu'il cachait difficilement sa satisfaction.

— J'ai modifié les calculs. La quantité d'énergie dégagée se devait d'être justifiée, se défendit l'Auguste. La venue d'un supposé incubateur m'a semblé le mobile le moins dommageable.

— Vous lui avez surement sauvé la vie.

Auguste Sybil sourit tristement et resserra les bouts de tissus multicolores sur lesquels étaient montées les perles de cristal qui retenaient ses cheveux blancs en arrière, dégageant le petit signe de l'infini ivoire gravé sur son front.

La Régente souleva légèrement son manteau pour s'approcher du rebord du toit.

— Altesse ! l'Honorable-Aînée leva nerveusement les mains, lorsque cette dernière glissa trop près du bord. Le ventre protubérant de celle-ci semblait vouloir la faire basculer dans le vide.

Auguste Sybil remarqua qu'il était très distendu par rapport à ce matin, elle avait dû se résigner à accélérer sa grossesse.

La Régente eut un murmure amusé devant l'inhabituelle réaction émotionnelle de l'Aînée, mais recula gracieusement.

D'un geste négligent, elle fit apparaître une assise aux formes fluides et élégantes rappelant vaguement une exotique orchidée et s'y installa avec un soupir d'aise.

L'Honorable-Aînée semblait incapable de s'arracher à la vue du ventre rond et ne put cacher son frisson de dégoût.

— Pourquoi subir ce... cette douloureuse procédure ? Elle fut incapable d'affronter le regard de la Régente sans fléchir. Je ne remets pas en cause vos actions, Altesse, mais... cette méthode de reproduction paraît pénible pour le corps de la femelle...

— L'ADN humain est fragile, je ne veux pas endommager le processus en ne respectant pas à la lettre leur méthode de conception aussi barbare qu'elle puisse vous paraître.

— Au moins...

— Est-ce vraiment le moment de nous faire part de vos opinions ? La voix était douce, mais un courant glacial traversa le vieil homme ; rappel à l'ordre qui fit se taire l'Honorable-Aînée. L'aube sera bientôt là..., Auguste Sybil constata qu'effectivement le ciel se teintait déjà de bleu. Parlez-moi de votre couveuse. Qu'est-ce qui vous fait croire qu'elle est notre meilleur... unique choix ?

— Cette couveuse est la seule que je puisse incorporer à ce Nœud Temporel.

L'Auguste, ignorant les arguments de sa conscience, inspira profondément pour se centrer.

Il leva la paume droite et l'avança lentement s'arrêtant sur une chambre au douzième étage. La large fenêtre permettait d'apercevoir une femme brune aux cheveux courts, lourdement enceinte qui était contrainte par un homme de rester dans le lit.

Les deux Silvides rabattirent plus en avant la lourde capuche pour mieux dissimuler leurs traits et leur présence afin de tester la jeune femme. La Régente ramena ses mains vers elle et la chambre se matérialisa autour d'eux.

De près, les traits du couple, creusés par la fatigue et l'inquiétude, étaient impitoyablement accentués sous la lueur jaunâtre des lumières artificielles.

Dans un silence pesant, une infirmière effectuait sa routine avec une économie de gestes et de bruits qui alourdissaient encore plus l'atmosphère. L'homme se redressa, avec une grimace qu'il tentait de passer pour un sourire.

— Je vais prendre un café, tu veux quelque chose ? Un verre d'eau ?

La femme essaya de se rendre plus confortable sur le lit et secoua la tête.

Il serra brièvement sa main, se dirigea vers la porte, tâtonna pour la poignée et ferma soigneusement derrière lui avant de s'effondrer contre le mur à l'extérieur.

Il finit par passer une main désespérée dans ses cheveux châtain échevelés et s'éloigna d'un pas lourd.

Auguste Sybil était incapable de deviner les pensées des deux Silvides, il savait pourtant qu'elles étudiaient et calculaient chaque élément susceptible d'être une entrave à sa proposition.

La femme se tortillait les mains. Elle effaça d'un geste rageur ses larmes, puis commença à respirer avec intention, se calmant progressivement.

— Qu'est-ce qui vous rend si certain, Auguste ?

— Claire... Dacastoled, elles se retournèrent vivement vers lui, il se hâta d'ajouter, si elle meurt la menace qu'elle représente disparaît. Toutefois, l'héritage des trois Primas mourra aussi avec elle.

Claire Dacastoled se leva et fit une grimace de douleur.

Elle porta la main à son ventre et se rassit. Elle semblait bien fragile et frêle, le contraire de sa réputation.

— Son unique ambition est de s'émanciper, de détruire cet héritage !

L'Honorable-Aînée pointa la faiblesse qui avait obligé le vieil homme à repousser le résultat de ses premiers calculs et chercher d'autres alternatives, avant de se résigner à ce choix improbable, mais au combien prometteur si le destin s'accomplissait.

— Elle n'est pas comme son père !

— Elle rejette notre monde ! C'est une humaine incontrôlable, obtenir sa coopération relève de la fantaisie. Il nous reste surement d'autres prospects... , l'Honorable-Aînée désigna d'un geste négligent le ventre de la Régente, la venue au monde de la Pré-Dauphine peut être suffisante...

— Non, objecta avec force Auguste Sybil, la future descendante va disposer d'un immense pouvoir, mais sans réelle guidance en terre humaine, elle succombera.

— La Pré-Dauphine aura besoin d'un humain suffisamment puissant pour l'ancrer et la soutenir en territoire humain, comprit la Régente.

— Aucun prospect ne présente une combinaison aussi prometteuse que l'enfant que porte Claire Dacastoled, confirma l'Auguste.

— Si nous sauvons Claire Dacastoled, rappela l'Honorable-Aînée, nous acquérons, je vous l'accorde, un avantage. Mais aussi et surtout une sérieuse menace, elle abhorre son héritage.

— Cela démontre sa force d'âme, elle la transmettra à sa progéniture...

— Cessez de vous cacher derrière de grands mots, cette future vie est avant tout l'œuvre du chaos...

— Je reconnais que le potentiel destructeur de cet enfant sera phénoménal. N'oubliez pas cependant qu'il aura aussi la capacité de construire, de régénérer et guérir, devant le regard sceptique de l'Honorable Aînée, il devra bien sûr être éduqué en ce sens.

— Rocsanna nous n'avons plus ni le temps, ni le choix. Je dois sceller la frontière ce soir. Nous devons bénéficier du pouvoir des Primas. Claire est la dernière descendante directe de cette lignée, ne vaut-il pas mieux que nous la canalisions, plutôt qu'elle ne tombe dans les mains de nos ennemis ?

— Si vos plans se réalisent, Altesse, et qu'elle nous est fidèle, elle sera inlassablement traquée. Voulez-vous vraiment courir ce risque, sachant l'arme qu'elle peut devenir entre les mains de nos ennemis ?

— Oui. L'affirmation résonna comme une condamnation, toutefois, rien ne pourra s'accomplir sans votre soutien, allez-vous m'aider ?

L'Honorable-Aînée Rocsanna d'Ancel finit par baisser la tête en signe de réticente soumission, combien de temps avons-nous ?

— L'intervalle bleu est déjà entamé, calcula l'Auguste.

— Aussi, une demi-heure, heure locale, avant de perdre l'influence de ce créneau temporel et le fœtus.

La Régente se pencha, prit une des pierres blanches couvrant le toit et souffla dessus. Elle s'illumina pour devenir bleu clair.

Intérieurement, le vieil homme fléchit. Comme toute descendante directe des grandes fées, la Régente pouvait accorder cinq types de vœux. Le bleu clair demandait l'agrément du sujet, mais l'enchaînait ensuite à ses paroles, entraînant en cas de désobéissance la folie, voire la mort.

— Proposez-lui ce souhait et laissez-moi dix minutes pour vous ouvrir un passage protégé, il accepta la pierre.

Maintenant qu'elle avait pris sa décision, l'Honorable-Aînée semblait juste vouloir en finir. Elle préleva une lanière de peau à son poignet et la divisa en deux. Elle la souffla en une tresse avant de la lui donner.

— Veuillez guider la couveuse au temple de l'Ennéade afin de compléter l'ultime cérémonie. Elle doit porter cette protection jusqu'au sommet. Après avoir consulté la Régente, elle sortit des replis de sa robe un pendentif, le mythique Carminiarca identifia Auguste Sybil, incrédule, elle n'est qu'une simple mortelle il lui sera nécessaire pour sa protection et celle de l'enfant.

— Je... Bien sûr ! garantit-il, en s'emparant du bijou avec délicatesse, incapable de masquer sa révérence.

— Les portes de l'Ark d'Argent seront scellées définitivement ce soir Auguste. C›est notre ultime recours, si vous échouez...

☯

Auguste Sybil apparut devant la porte de la chambre de Claire Dacastoled. Il y surgit alors que s'éloignaient un docteur et une jeune infirmière.

— C'est incompréhensible, chuchotait cette dernière, je n'ai jamais vu de fœtus en si bonne santé, et pourtant il présente des signes de très grande détresse.

L'Auguste vérifia que le couloir était bien sans témoin gênant avant de retirer une perle de ses cheveux et l'appliquer sur son front ; la scène se figea.

D'un geste vif, il ferma la porte. Il y dessina le signe qui lui permettait d'emprunter le temps nécessaire pour conclure son affaire.

Il s'approcha de Claire Dacastoled et posa la main sur son cœur ; son horloge interne afficha 11:03. Il fit une moue, elle risquait d'avoir des séquelles après cette intervention. Il posa ses mains sur son ventre, chercha le battement du cœur de l'enfant et retint une exclamation de surprise, il en entendait deux.

Comme il s'y attendait, le cœur était en négatif. Seul leur grand-père disposait du pouvoir et de la perfidie nécessaire pour perpétrer un tel crime, de faire subir une telle malédiction à sa propre descendance.

Rien qu'un maître du temps comme lui ne puisse corriger, mais les conséquences risquaient de déstabiliser un monde où ils n'étaient pas prévus de naître.

La solution serait bien sûr de lier leur vie à celle de leur grand-père afin de compenser ce déséquilibre.

Malheureusement, comme il était en présence de jumeaux, la norme ne pouvait s'appliquer. Il se devait de trouver un supplément d'énergie pour supporter ces deux nouvelles vies. Au préalable, il fallait obtenir l'autorisation de la couveuse. Il la défigea.

— Bonjour Claire Dacastoled, je suis...

— Un Auguste, coupa-t-elle froidement en fixant le signe de l'infini sur son front avec répugnance. Et je m'appelle Claire Sorren !

— Claire Sorren, il ignora son attitude hostile je suis Auguste Sybil, je viens vous proposer un choix, le visage déjà pâle de Claire devint livide, elle serra les dents pour s'empêcher de parler. Si vous l'acceptez, vos enfants seront sauvés et pourront même espérer avoir une vie bien remplie. Il lui montra la lanière qui prit malgré son aspect souple de cuir une couleur métallique gris vert sous la lumière froide de la pièce, je vous donnerai un passage protégé au Pic des Flammeroles...

— Les elfées veulent m'aider ! s'exclama-t-elle sceptique.

Il la corrigea gentiment, les Silvides.

— La classe d'elfées ayant permis l'accession de mon père au pouvoir veut m'aider, ironisa-t-elle d'un ton amer. Vraiment ! Quel en est le prix ?

Il préféra ne pas mentir devant son attitude fière qui, qu'elle le veuille ou non, n'était pas sans rappeler celle de son père.

— Vous bénéficierez de plusieurs années de paix, fut sa seule promesse.

Claire le fixa de ses énormes yeux bleus intransigeants, d'où ressortait le cercle bleu-nuit autour de la pupille et les trois marques vertes dans l'iris.

Sa respiration saccadée fut bientôt étouffée par le bruit des battements irréguliers du cœur des jumeaux qui s'amplifiait de plus en plus, s'emballait.

Après d'insoutenables minutes d'attente, elle tendit le poignet. Auguste Sybil y attacha fermement le lien.

Alors que l'Auguste s'engageait dans le couloir temporel, il intercepta le rayonnement de l'empreinte d'un objet blanc, lumineux, volant vers le nord.

Le sceptre des Doras.

La dernière action de la Régente Ysia d'Ael en terre humaine, renoncer à son sceptre, le symbole de son pouvoir et donc à son titre de souveraine afin que la frontière soit définitivement scellée.

2

La Fille et la balançoire

Irès Sorren courait aussi vite que ses petites jambes le lui permettaient.

— Steben ! Steb' attends-moi !

Son frère était déjà bien trop loin. Il voulait atteindre le piquet avant la brute.

Elle pensa à enlever son sac à dos pour aller plus vite, puis imagina le visage furieux de sa mère et y renonça. Elle coupa par le petit bassin et grimaça lorsque l'eau entra dans ses chaussures, sa mère allait être vraiment furibonde.

Elle souhaita de toutes ses forces les rattraper. Elle ressentit alors une drôle de sensation.

Une sorte d'appel d'air, comme si l'espace se figeait avant de s'écarter pour laisser entrer une atmosphère plus froide.

Elle freina, examina autour d'elle et ne vit qu'un groupe de trois enfants et un adulte près d'une fontaine.

Tous étaient coiffés d'un long bonnet noir et examinaient le parc avec curiosité.

Elle fronça les sourcils, ils semblaient s'être matérialisés. Elle haussa les épaules, elle n'avait pas vraiment fait attention à ce qui se passait autour d'elle.

Elle revint à sa préoccupation première et poussa un cri de frustration en voyant qu'ils avaient profité de sa distraction pour augmenter leur écart.

Très fâchée, elle tapa du pied avant de remarquer une balle en mousse abandonnée dans l'herbe. Elle s'en empara et la lança de toutes ses forces. La brute la prit en pleine tête.

Elle afficha un air innocent, lorsqu'il s'arrêta net pour voir le coupable.

Steben en profita pour le doubler.

La brute finit par secouer la tête et s'élança à sa poursuite.

— Tu possèdes une rare précision, il était à plus de vingt mètres !

Irès se retourna piquée par le ton incrédule.

Une fille qui la dépassait d'une bonne tête, surement une de la grande section, coiffée du même bonnet noir que le groupe, au visage bizarrement figé de poupée en porcelaine, la regardait avec des yeux sombres qui lui occupaient la moitié de son visage triangulaire.

Étrangement, malgré leur taille, elle ne pouvait s'empêcher de penser que c'était la seule chose authentique chez elle.

La fille se pressait contre le bosquet d'aubépine, comme pour ne pas se faire repérer.

— Tu ne devrais pas être là, c'est la zone des petits, lui dit-elle en levant la tête et croisant les bras comme maman quand elle n'était pas contente qu'Irès ait encore arraché une plante et l'eut ramenée à la maison pour qu'elle s'en occupe. La grande se contenta de regarder avec curiosité autour d'elle.

Irès, perplexe, fit comme elle et en se tournant, nota la balançoire ; oups, elle était sur le terrain de la grande section.

Elle décida de ne pas se laisser intimider et releva le menton.

— Je suis en nourrice-observation, finit par lui répondre la fille.

Irès comprit alors qu'elle devait être comme Béatricia Coppield qui avait aussi une nourrice et vivait dans une immense maison avec beaucoup de chambres dedans et ses parents ne pouvaient pas toujours la retrouver quand elle se cachait.

— Tu as une nourrice.

La fille pencha la tête et la secoua de cette drôle de façon.

— Tu es bien plus amusante que je ne m'attendais de la part d'un..., elle se tut brutalement.

— Je ne suis pas un clown ! répliqua Irès vexée.

— Un cloune ? C'est quoi ?

— Avec le nez rouge et le visage peint, précisa-t-elle en mimant sur le sien.

La fille secoua la tête, clairement ignorante.

— Qu'est-ce que c'est ?

— Je ne vois que la balançoire, finit par admettre Irès en regardant vers la direction indiquée.

— Balançoire ? Cela sert à quoi ?

— Pour se balancer, bien sûr !

— Oh, pourquoi ?

— Aller le plus haut possible... voler ! expliqua-t-elle patiemment, avant de la prendre par la main, malgré sa claire résistance, et de l'entraîner

— Allez, viens… c'est amusant et comme tu es une grande on n'aura pas d'ennui.

Après que la fille l'eut aidée à s'installer sur le siège un peu trop élevé, elle lui expliqua comment faire pour qu'elles puissent toutes les deux s'élancer en même temps :

— Tu te recules… plus en arrière… presque sur la pointe des pieds, oui, c'est ça. Maintenant, tu donnes une forte poussée et tu t'envoles…,

Irès s'éleva vers le ciel avec un éclat de rire heureux, un écho joyeux de surprise de sa complice suivit.

C'est en redescendant qu'elle vit l'adulte avec aussi le visage lisse et figé de poupée.

— Que faites-vous, pupille ?

— Je ne fais rien de mal.

— On ne peut s'éloigner. Tant qu'on n'a pas diagnostiqué ce qui nous a fait dévier de notre route, on court un danger. Si, comme je le crains, on est dans leur monde, il nous reste peu de temps avant d'être détruit. Retournez avec le groupe, pupille…

— Pupille Gu'el, marmonna cette dernière.

— Vous ne faites pas partie de la liste ! L'exclamation aiguë surprit tellement Irès qu'elle faillit tomber. Comment vous êtes vous infiltrée ! se rappelant qu'elles avaient une audience, la dame siffla entre ses dents, descendez tout de suite !

— Ils ont aussi des Saltinmîmes ?

— Tu n'es pas d'ici, toi ! En conclut Irès, tu viens d'où ?

Jetant un regard d'avertissement à la fille, la dame s'interposa.

— Venez pupille Gu'el, ils nous restent peu de temps.

Devant la réticence de cette dernière, elle finit par s'avancer pour la faire descendre sans douceur.

— Vous nous attirez des ennuis, grommela-t-elle, je me vois dans l'obligation de reporter vos agissements. J'ai déjà de lourdes responsabilités !

— J'ai été attirée, je n'ai rien fait ! protesta la fille.

Irès aperçut alors un étrange petit chiot bleu-nuit, avec sur la tête une peau rugueuse comme la tortue que la maîtresse avait amenée lors du jour de science, et deux bosses au niveau de l'épaule.

Elle sauta de la balançoire pour mieux l'admirer.

— Ah, t'es bizarre toi ! dit-elle en se penchant et approchant sa main du pelage soyeux.

La bête évita la caresse avec un reniflement dédaigneux et un fier haussement de la tête.

Les deux autres se figèrent. La femme la dévisagea avec intérêt sous le regard inquiet de pupille Gu'el.

— Tu peux apercevoir mon..chien ? Le chiot se rapprocha de la fille qui s'accroupit pour poser une main rassurante sur son flanc, tu peux voir Juni ? répétat-elle avec une étrange insistance.

— Quel drôle de nom !

— C'est impossible, sauf si... petite, puis-je voir ta main ?

Irès recula tout en croisant les bras derrière le dos et posant la main sur son poignet droit lorsque la femme fonça sur elle.

— Pourquoi ! demanda-t-elle soupçonneuse.

— Je ne veux pas te faire de mal...

Pupille Gu'el accourut pour se poster entre elles.

— Elle ne le désire pas ! Sa voix s'éleva avec une fermeté étonnante qui n'était pas sans rappeler à Irès celle de sa mère lorsqu'elle voulait qu'ils aillent dormir. La dame émit un son indigné, il est vraiment préférable que je m'en occupe, le temps nous est compté, n'est-ce pas ?

Après quelques secondes d'hésitation, la dame inclina la tête et s'éloigna pour rejoindre les jeunes à la fontaine, non sans jeter de fréquents regards derrière elle.

— Je l'aime pas, conclut Irès, elle me donne la chair de poule. Où puis-je trouver un chiot comme celui-là ? Je ne peux pas l'avoir ?

Elle aurait presque juré que la bête marmonna, je préfère mourir !

La fille se pencha et posa à nouveau une main apaisante sur le flanc de la bête.

— Il est trop indépendant, j'ai une idée ferme les yeux !

Irès hésita, mais comme elle l'aimait bien elle s'exécuta. Du moins, elle entrouvrit légèrement les paupières pour ne pas être prise au dépourvu. Elle fut certaine de voir un bref éclair avant qu'une réplique du chien se matérialisât dans sa main. Elle poussa un cri de joie.

— Tu fais partie du cirque, n'est-ce pas ? C'est pour ça que tu portes ce drôle de masque de poupée et te trimballes avec l'étrange chiot...

— Euh... oui ?

— C'est quoi G.L. ? demanda Irès, dessinant des doigts les lettres apparaissant en noir sur le flanc.

— Cela se prononce Gu'el...

— Guéelle ?

— Euh... aussi, oui. C'est mon code nom de pupille, lorsque j'aurai fini mes classes je serai jugée digne de porter mon nom d'adulte.

— Vraiment ? J'aimerais bien avoir un code nom ! Comme les super héros, tu sais ?

La fille la regarda avec ce même air perplexe.

— Tu ne connais vraiment pas grand-chose, Irès poussa un soupir. Merci pour la peluche, Steben va être vert de jalousie...

— Tu ne dois la montrer à personne !

— Oh ! fit-elle déçue, pourquoi ?

— Parce qu'elle est magique.

— Magique ? Elle ne cacha pas son scepticisme.

— Oui, si tu lui frottes le front, lui tapes trois fois le nez et dit, *Cœur de chimère, nuit d'enfer, aide moi à travers les sphères*, peu importe l'endroit, l'heure où tu te trouves, je viendrai à ton secours.

Le chiot émit un grognement de mécontentement, la fille le fit taire d'un regard.

— Si tu appuies juste à la base du crâne, là… il se transforme…, devant une Irès émerveillée sa peluche devint un petit pendentif en pierre noir-bleu, avec des yeux rouges, tu peux ainsi toujours l'avoir discrètement sur toi.

— Peux-tu l'ouvrir ? Je préfère la peluche !

Pupille Gu'el appuya sur le museau et tendit à Irès son nouveau jouet. Elle lui fit un bisou avant de le mettre délicatement dans son sac.

— Il faut que je lui trouve un nom… Juni n'est pas assez féroce…, le chiot grogna à nouveau, pupille Gu'el poussa un soupir.

— Ignore-le !

— Irès ! Irès viens ici, tout de suite !

— M'man ? Je ne fais que jouer avec…

— Ne discute pas, dépêche-toi !

Bien que furieuse, sa mère gardait ses distances. La dame désagréable par contre s'approcha d'un pas hésitant.

— J'fais rien de mal… Steben il est par là…

— Irès s'il te plaît ! insista sa mère, regardant avec répulsion vers la dame maintenant presque à son niveau.

Finalement perdant patience sa mère se jeta en avant, s'empara d'elle brutalement et s'enfuit en courant, loin du groupe abasourdi de visage-figé.

— Maman !

— Je t'ai demandé de ne jamais parler à des étrangers, de ne pas quitter ton frère des yeux...

— Mais...

— Vous ne deviez pas bouger ! Non, Irès Maya Sorren tu m'as désobéi ! Elle renifla et ferma les yeux très fort pour ne pas pleurer, elle n'était pas un bébé. Tu dois faire attention, le ton s'adoucit légèrement, allez, on va retrouver ton frère.

Quelques nuits plus tard, les parents laissèrent entrer une jeune fille avec des cheveux teintés orange et jaune, des yeux entourés de noir comme ceux des pandas sur les livres de la nouvelle école et qui leur demanda d'être appelée Papillon. Maman avait l'air d'avoir une rage de dents et papa lui appuya le bras pendant tout le temps où il expliqua à leur colorée baby-sitter qu'ils rentreraient tard car ils devaient dîner chez les parents de Béatricia.

Irès savait que papa allait voir le père de celle-ci pour obtenir un travail. Ce serait très long et vraiment ennuyeux donc ils ne pouvaient pas venir, et ils devaient jurer d'écouter Papillon, Irès vit maman rouler des yeux, et de bien se conduire pendant leur absence pour une fois.

Papillon téléphonait à quelqu'un s'appelant Mongros-cœur alors que Steben et elle-même jouaient dans la chambre quand les lampes clignotèrent plusieurs fois, avant de s'éteindre.

Papillon dit un gros mot. La lumière revint, elle éclairait d'une bizarre lueur argentée.

Irès, malgré sa promesse sortit Joun et le serra contre elle en lui murmurant de ne pas avoir peur.

Par l'entrebâillement de la porte, ils virent que Papillon était suspendue dans les airs et se débattait, hurlant de douleur.

Une dame lui mit une photo sous le nez pendant qu'un homme ouvrait les portes et on entendait des bruits sourds.

— Je suis toute seule ! cria la jeune fille.

— On te laisse tranquille si tu nous dis où se trouve Dacastoled...

— Je ne connais pas... aaah !

Entendant un brusque cri d'intense souffrance, ils se rapprochèrent l'un contre l'autre, puis lorsque le hurlement retentit à nouveau, ils se recroquevillèrent sur le sol.

Son frère se mordit les lèvres, pensif, puis il tira sur son bras pour attirer son attention et lui fit signe de le suivre.

Ils sortirent à quatre pattes et se dirigèrent précautionneusement vers le grand placard sous l'évier dans la cuisine.

Ils se blottirent l'un contre l'autre en entendant les bruits sourds, de meubles et objets violemment renversés qui se rapprochaient. Irès regarda partout en se demandant comment sortir, sachant qu'ils ne seraient pas à l'abri longtemps et que pour atteindre la porte d'entrée, il fallait passer devant les méchants.

Elle serra sa peluche très fort contre elle et son visage s'illumina soudainement. Levant son jouet à hauteur des yeux, elle fit les gestes et répéta tout doucement la phrase magique.

— Qu'est-ce que tu fais ? murmura son frère.

Les yeux de sa peluche devinrent rouges, Irès faillit la lâcher de surprise. Il y eut un éclat argenté et l'image mouvante de la fille de la balançoire apparut comme dans un miroir déformant, distordue.

— Il y a des méchants qui nous veulent du mal.

Steben pointa la fille du doigt.

— Qui tu es toi ? Comment tu as fait ça ? D'où viens-tu ?

Posant un doigt sur ses lèvres pour lui dire de se taire, elle leur demanda de se pousser sur le côté. Ses yeux devinrent comme de l'argent liquide et se fixèrent sur l'espace dégagé. Le chiot gronda légèrement.

— Oui, tu as raison, ce sont surement des agents de l'Alliance...

Irès reçut un coup de coude de son frère.

— À qui elle parle ? chuchota-t-il. Elle lui montra le chien. Il examina l'endroit qu'elle désignait, il n'y a per-sonne !

— Si, le drôle de chiot !

— Chuut ! L'Intraspace absorbe les sons, mais je ne connais pas tous leurs artefacts. Tout cela est ma faute, si je ne t'avais pas approchée... mais tu es tellement dif-férente de ce que j'ai vu, appris.

— J'ai entendu du bruit par là !

Ils se figèrent, Steben gémit.

— Chuut ! Il faut que je vienne vous sortir de là, mur-mura pupille Gu'el. Mais...

La porte du placard sous l'évier s'arracha presque de ses gonds sous la violence et tapa comme un craquement de tonnerre sur le mur.

— Ah ! Bonjour les enfants...

La fille et le chiot se matérialisèrent immédiatement derrière eux, le plus étrange c'était que l'espace s'agrandit et qu'ils pouvaient même se tenir debout. Irès poussa Steben derrière elle. Pupille Gu'el prit la main de son frère malgré son manque de coopération et ils disparurent alors même qu'Irès était brutalement saisie de sa cachette.

— Qu'est-ce...

— Bloque-la, elle ne doit pas s'approcher de la gamine !

Avec un cri de rage, Irès se jeta sur la femme en vert

et se cogna le front contre un champ invisible. Elle y tapa désespérément de ses petites mains.

— Regarde, elle a une marque au creux de son poignet !

Irès souhaita intensément brûler l'obstacle. Un puissant jet de flammes vert et argenté jaillit de la gazinière, les brutes s'écartèrent pour l'éviter. Elle poussa des deux mains, la barrière devint opaque, explosa et envoya les brutes s'écraser contre le mur.

— Incroyable ! Mais, qui es tu !

Pupille Gu'el et Juni la regardaient avec stupéfaction.

Un grognement de la femme en vert et la rapide progression des flammes qui dégageaient un nuage de fumée noire qui piquait les yeux et le nez les obligèrent à réagir. L'animal désigna le salon, la fille inclina la tête, lui prit fermement la main et tout se mit à disparaitre dans un brouillard de lumière.

Finalement, après plusieurs secondes terrifiantes d'asphyxie, elle apparut dans la rue.

La jeune fille lui toucha sa poitrine et elle put à nouveau respirer aisément.

— Il va se remettre bientôt, la rassura-t-elle en voyant son intérêt se porter vers son frère évanoui, c'est la conséquence normale du flux sur un humain.

Le souffle d'une explosion venant de leur appartement les projeta par terre. Pupille Gu'el s'empressa de vérifier qu'elle allait bien, avant de se tourner vers le sinistre, la mine inquiète.

— Ah, voilà Juni ! dit-elle avec soulagement.

Le chiot se matérialisa avec le corps de Papillon flottant derrière lui. Ses vêtements avaient plein de taches brunes et sentaient très fort la fumée.

Irès vit soudain tout le monde s'arrêter de bouger comme lorsqu'on fait pause durant un film. Pupille Gu'el et son chien disparurent. Elle entendit une lointaine dispute puis le son se coupa brusquement et les gens se remirent à bouger.

Il y avait une grande quantité de personnes dans la rue maintenant. Des policiers, des pompiers empêchaient la foule de s'approcher.

Une partie de l'immeuble s'était effondrée et de ce qui restait de leur étage, Irès vit s'échapper de la fumée et des flammes.

Les parents, paniqués, se précipitèrent vers eux et les serrèrent très fort.

Papillon qui s'était réveillée, avait le visage blafard.

Elle tremblotait tellement, qu'elle ne pouvait répondre à la moindre de leur question. Après un moment, elle fut capable de se lever et tituba dans les bras d'un homme costaud qui lui donna sa veste et la souleva pour la porter comme un enfant avant de s'éloigner. Ils s'évanouirent dans la nuit refusant d'apporter des explications.

Les gens discutaient, faisaient des suggestions, donnaient leur avis.

— Une fuite de gaz surement !

— Vieil immeuble décrépit, fallait s'y attendre...

— Non, il n'y avait pas que des squatteurs, j'ai vu des enfants...

— Je me rappelle pas comment on est arrivé là... c'est surement Papillon, expliqua Steben à leur père en lui serrant la main.

Irès regarda son frère, surprise.

— Il y avait deux méchants en vêtement vert, ils ont utilisé de la magie pour faire du mal à Papillon et..., elle ne put aller plus loin, sa mère la regardait droit dans les yeux.

— Irès, tu as dû être intoxiquée par la fumée...

— Non ! Je ne mens pas ! s'entêta-t-elle, je ne comprends pas pourquoi Steben et Papillon ne veulent pas le dire...

— D'accord ma puce, je te crois, dit son père en la soulevant dans ses bras et donnant un regard très dur à sa mère qui serra les mâchoires.

Irès huma en se blottissant contre lui. Bien qu'effrayée par tout le bruit, elle afficha un visage courageux.

Leur père se dirigeait vers les officiers quand leur mère le prit par le bras et se mit à murmurer avec insistance. Irès releva quelques phrases "... je sais, cela fait à peine un mois qu'on est dans cette ville, elle se révèle déjà dangereuse... les enfants méritent mieux... tu n'as pas encore d'emploi... s'il te plaît, laisse moi tout régler, fais moi confiance !"

Elle eut surement gain de cause, car son père la suivit.

Irès avait dû s'endormir peu après ; elle se réveilla dans les bras de son père, au chant des oiseaux et du clappement de l'eau. Le ciel à l'horizon était blanc. La touche rosée indiquait que le soleil se lèverait bientôt.

Ils traversèrent l'embarcadère menant à un immense bateau vert et blanc de forme aplatie avec écrit sur le flanc Les cinq Muses.

Irès n'était jamais montée sur un bateau, elle trouva cela excitant.

Les propriétaires, Monsieur et Madame Bokhari leur dit leur mère, avaient un air grave en les accueillant à bord, mais leur offrirent un sourire rassurant.

On les installa dans une pièce remplie de bancs en bois rehaussés de coussins en cuir mauve et marron, avec une bouteille de jus de fruit et la consigne d'être sage.

— Steben tu ne te rappelles pas de ce qui s'est passé dans l'appartement...

— Euh... une fuite de gaz, ils ont dit..., son frère se prit la tête.

— Tu as mal...
— Un peu... si on jouait !

3⌋
La journée de découverte

À six heures pile l'alarme retentit simultanément dans les chambres des jumeaux Sorren. Le voisin, fidèle à une habitude de près de sept ans, tapa sur le mur d'Irès pour manifester son mécontentement.

Ignorant l'irascible, Irès abattit vigoureusement la main sur le bouton pour arrêter la sonnerie stridente, s'étira, secoua la tête pour finir de se réveiller et sauta prestement du lit.

D'un geste sec, elle remonta le store en bois vert olive, laissant entrer une lumière artificielle émoussée par le double vitrage et l'atmosphère polluée qui éclaira les sommets montagneux enneigés jaillissant d'une mer de nuages peints sur les murs de la pièce.

En bas de la fresque, on pouvait lire, "la vie est une suite de rêves, à réaliser ?" Ayo.

Irès survola sa chambre d'un œil critique, évitant soigneusement l'horrible pierre noire que sa mère avait tenu à placer sur la commode de sa chambre et celle de son frère.

En un minimum de gestes, rapides et assurés elle rangea.

Elle tourna quelques pages de l'agenda et modifia certains événements prévus pour le mois à venir.

Elle hésita devant la lettre gisant derrière la chaise de son bureau, puis haussa les épaules, autant la lire jusqu'au bout.

Mademoiselle Sorren,

Nous vous remercions de l'intérêt que vous portez à notre établissement et avons soigneusement étudié votre demande d'admission en classe préparatoire intégrée science-sport.

Bien que vos réussites académiques soient des plus admirables, nous tenons à souligner que notre système éducatif est extrêmement compétitif. C'est pourquoi nous privilégions les candidats ayant préalablement étudié dans les mêmes rigoureuses conditions pédagogiques.

Nous sommes ainsi au regret de ne pouvoir donner une suite favorable à votre candidature.

Concernant nos bourses de mérite, elles sont attribuées à des élèves désavantagés parrainés par des structures et/ou personnes agréées par notre conseil d'administration.

Aussi, nous vous joignons une liste de lycées susceptibles de recevoir favorablement votre candidature...

Irès roula les yeux, tourna la clé pour ouvrir le tiroir et la déposa sur la pile qui ne cessait de grossir.

Irès colla le timbre antalgique sur son bras et referma l'armoire à pharmacie. Elle remplit ensuite un verre d'eau glacée, se rendit directement dans la chambre de son frère, ouvrit violemment la porte et trébucha sur un obstacle.

— Zut !

L'interrupteur étant perdu derrière une montagne de livres, elle tâtonna jusqu'à la fenêtre pour remonter les stores d'un geste rageur.

L'effet fut mitigé, bien que l'appartement 510c fût situé à l'avant-dernier étage de la deuxième tour de la résidence des Perdlieux, l'immeuble d'en face empêchait partiellement la lumière du jour d'atteindre la chambre.

Le mélange de dessins abstraits et de lettres ocre et café sur un fond sienne peints sur les murs par Ayo combattaient avec peine l'atmosphère perpétuellement cendrée.

Elle eut une moue désapprobatrice devant les piles d'ouvrages et autres papiers éparpillés sur toutes les surfaces disponibles de la pièce. Le bip-bip de l'alarme résonnait toujours avec reproche. Poussant un soupir agacé, elle alla l'éteindre.

Sur la table de chevet et à côté de l'oreiller, elle aperçut les papiers sans nul doute responsables de la fatigue de son frère.

Elle y jeta un coup d'œil distrait, des rapports de police sur des fugues d'adolescents que Chloé avait subtilisés à son père. Elle claqua la langue de désapprobation.

— Dans quoi es-tu encore en train de te fourrer !

Steben se retourna, sans se réveiller. Elle retira brutalement la couette et vida le verre d'eau glacée pour plus d'impact.

Son frère se redressa vivement avec un cri d'alarme. La voyant, il lui lança un regard noir auquel elle répondit en relevant un sourcil provocateur, le narguant d'avoir l'audace de riposter.

Ils s'affrontèrent du regard.

Affichant une similaire expression de défiance sur un visage presque identique ; allongé plutôt anguleux aux traits marqués par une vie chaotique, et les comparables

taches de rousseur sur une peau hâlée qui se concen-
traient sur le nez. Irès avait cependant les traits fins,
amaigris et blêmes à cause de sa condition.

Un visage assez ordinaire, éclairé par les yeux gris clair
de leur père avec cependant un détail inhabituel légué
par leur mère ; un cercle bleu-nuit entourait la pupille et
l'iris était parsemé de trois marques vertes.

Ils portaient un large bracelet en cuir vert gris au
poignet droit, sur l'ordre de leur mère, qui cachait une
inhabituelle tâche de naissance, un cercle avec trois
points à l'intérieur, situé au creux de leur poignet droit.

Celui de Steben toutefois ne lui causait pas des dou-
leurs aiguës.

Steben céda le premier. Fermant les yeux, il se laissa
retomber lourdement sur le matelas.

Irès prit sur sa table de chevet l'épais porte-document
qui avait surement retenu l'attention de son frère la
majeure partie de la nuit. Ignorant ses protestations,
elle le déposa sur son bureau, hors de sa portée.

— Pour éviter toute tentation ! Je vais sur le toit, Steben eut la bonne grâce de baisser les yeux, honteux, je
ne ferai pas tes autres corvées aujourd'hui ! Si dans dix
minutes tu n'es pas sorti de la salle de bain, je viens te
tirer de là par les cheveux !

— On n'a été en retard qu'une fois ! nota-t-il irrité.

— Six, rien que ce mois-ci ! dont deux uniquement
cette semaine.

— Pénélope...

Elle l'arrêta d'un geste de la main.

— Je m'en fiche de ton journal ou de la vie de misère
que Pénélope te fera subir si tu ne respectes pas les délais !
Ismène ne peut se permettre de nous attendre chaque
matin ! Donc, t'accélère !

Grommelant au sujet d'injustice et de ceux ayant la chance d'être enfant unique, Steben, les yeux gonflés de fatigue, ouvrit le tiroir de sa commode avec difficulté, avant de se figer.

Il se retourna brutalement les yeux écarquillés.

— On est le quatre janvier aujourd'hui ! Mince, c'est la journée de découverte professionnelle !

Irès se mordit la lèvre pour se retenir de répliquer. Steben se jeta dans son armoire, farfouillant frénétiquement à la recherche de ses vêtements.

— C'est pas vrai et je vais être en retard !

— Si tu paniques maintenant, je coupe l'arrivée d'eau chaude !

Steben, défiant, s'empara avec un calme exagéré d'un tee-shirt décent et d'un jeans, avant de marcher dignement jusqu'à la salle de bain sous le regard inflexible de sa sœur.

Là, il referma la porte d'un coup sec.

Irès l'entendit marmonner, c'est pas vrai ! C'est pas vrai ! Le bruit de la douche et, aïe ! C'est chaud !

Elle se permit un sourire narquois. Elle vit alors son père l'observer, clairement amusé.

— Quoi ? Il n'avait qu'à faire comme moi et choisir de passer la journée avec toi !

— Cesse de terroriser ton frère et viens prendre ton petit déjeuner avant d'aller sur le toit.

— Pas l'temps ! Comme le grand dadais est encore en retard...

— Maintenant ! ordonna sa mère, déjà prête pour aller à sa roulotte, dans l'habit que Steben dénommait uniforme d'artiste bohème ; foulard à frange sur la tête, une longue blouse évasée imprimée d'un étrange motif gris et marron sur fond bleu et un pantalon en jeans noir.

Irès retint une remarque agacée, sa mère n'avait jamais caché son déplaisir quant à l'existence de la serre. Alors que son père la prenait par l'épaule et l'entraînait vers la cuisine, sa mère leur donna distraitement une bise sur la joue, cria "à ce soir" à Steben avant de s'enfuir. Après cinq minutes à mâchouiller son petit-déjeuner, Irès put enfin s'échapper.

☙❧

Les lueurs de l'aube perçaient difficilement la couche de pollution couvrant les Hauts-Plateaux.

La chaîne de montagnes Monts-Mines formait une courbe résistant encore à la pression de l'urbanisation sauvage. 'Grises-Mines', les habitants avaient fini par dénommer la région sururbanisée des Hauts-Plateaux, dû aux poussières grisâtres des carrières à ciel ouvert.

De l'autre côté de la baie, sur la presqu'île de Virgo-Fort, le phare éclairait fidèlement et par intermittence l'océan. Ses montagnes bouchaient l'horizon et la mer de Sauraye se devinait uniquement par le miroitement de l'eau sur certaines couches nuageuses.

Les premiers rayons rouge sang frappaient l'incroyable sommet en arc de la lointaine cime gelée du Mont d'Argent, réputé être entièrement constitué de glace.

Steben frissonna, les reliefs ne coupaient pas le vent cinglant, il n'avait qu'une seule envie retourner sous sa couette. La crainte de ce qu'Irès lui ferait vivre l'en dissuada. Il se contenta de resserrer son parka et croiser les bras pour avoir un peu plus chaud, se réjouissant que la neige ne soit pas encore tombée cette année.

Il fit un petit signe de la main à Boba, l'horrible gargouille que leur mère avait exigé qu'ils installent dans la niche du toit de la serre. L'artiste avait figé la grotesque statue bleue dans une pose étrange ; un genou à terre, les mains levées comme en supplication, une grimace de rage sur un visage aux yeux ronds énormes, aux oreilles pointues et un petit museau ouvert sur des dents acérées.

La porte du centre d'expérimentation de M. Sin était fermée. Sur l'ardoise noire, la maxime du jour y figurait déjà à la craie verte et rappelait que " l'algue se développe même au plus profond de l'abîme ".

Il bâilla, vérifia l'heure et grignota un morceau du petit pain qu'il avait été forcé de prendre sous le regard inébranlable de son père.

L'intérieur de la serre, chaude et humide, amena un sourire sur ses lèvres et l'habituelle sensation de paix.

Il aspira goulûment les odeurs réconfortantes des plantes, d'humus et le parfum des fleurs. Il s'abreuva des vibrantes couleurs contrastant avec la grisaille extérieure ; il restait un endroit préservé et rempli de beauté dans cette ville et il leur appartenait.

Les plantes donnaient cette rassurante impression d'espace et de nature que l'appartement et les blocs de béton avaient dérobés.

Dans la zone marchande, il releva les plantes à tailler ou dépoter, nota celles prêtes à être livrées et grommela "pas trop tôt" devant les pois de senteur en fleur, Mme Literio cessera de le harceler pour des graines.

Un détour par son coin montra que plusieurs plantes étaient mortes.

Deux genres de cactus donnaient pourtant des signes prometteurs.

Sur l'un d'eux, des bourgeons se formaient vaillamment. Des fleurs, d'étranges boutons marron difformes, avoisinaient de minuscules fruits blanchâtres, qu'il goûta et recracha avec une grimace, ils n'avaient pas le goût de son caramel préféré.

Il tenta de voir le domaine d'Irès, jalousement protégé derrière des paravents, curieux d'en savoir plus sur ses expérimentations, mais toujours pas de succès.

Lorsqu'il arriva dans le secteur des préparations, Irès rangeait déjà les plantes sur la desserte tout en annotant le carnet de commandes.

— Pas le temps de traîner aujourd'hui, fais directement les livraisons, elle le poussa vers le chariot et lui tendit le pot qu'elle avait dans la main... cette fois n'accepte pas des paquets de bonbons de Mme Sienna, on a besoin de l'argent ! Elle arrêta ses justifications d'une main, dis à M. Tong que son orchidée n'est pas prête !... Tu m'écoutes ?

— Hum ? Steben s'efforça d'ouvrir plus grand les yeux, t'inquiètes, je gère, dit-il avec un sourire qui se voulait rassurant. Irès ne parut guère convaincue. Il s'écarta pour l'éviter lorsqu'elle déposa un des pots, mais ne fut pas assez rapide, le pot d'azalées glissa, allant s'écraser violemment par terre.

— Oh, zut ! Pas celui de Mme Stockorous !

Irès récupéra la plante avec soin. Plusieurs branches étaient cassées, les fleurs sales, écrasées ou arrachées. Il en savait assez pour comprendre qu'ils ne pourraient pas la livrer avant une semaine ou deux.

— Elle est pire que son chien lorsqu'elle n'obtient pas ce qu'elle veut, se plaignit-il, frissonnant d'horreur à l'idée de lui apprendre la nouvelle, elle va..., Steben se tut, Irès venait de passer doucement la paume sur la plante qui sembla frissonner sous la caresse.

Ils échangèrent un regard incertain.

Irès toucha doucement l'arbuste.

Elle se pencha avec une expression troublée qui n'était pas liée à la perte d'une vente, pour murmurer des paroles indistinctes.

Il posa une main rassurante sur l'épaule de sa jumelle.

Elle se redressa et fut gênée par son bras, qu'il retira, elle fut plus rapide et le retint.

— Regarde !

Ébahi, il vit des tiges se reformer doucement, Steben recula.

— Non, donne-moi ta main !

Sans attendre, elle s'en empara et la posa sur la plante tout en fermant les yeux.

L'azalée se reconstitua.

Au final, la plante revint exactement au même état qu'elle était avant de tomber. Même le terreau regagna le pot.

C'était comme si les dernières minutes n'avaient pas eu lieu.

— Prends-moi le sac de nutriment ! Il se dépêcha d'obéir. Elle inspecta le résultat. Voilà, c'est parfait ! conclut-elle avec un air satisfait.

— Euh, Irès...

Elle le prit fermement par les épaules et le regarda droit dans les yeux :

— On ne le dit pas aux parents ! Il haussa un sourcil interrogateur avant d'incliner la tête, d'ailleurs on n'en parle pas du tout, c'est plus simple, surtout en ce moment ! D'accord !

— Pourquoi ? Steben nota son air têtu et promit. Elle eut un sourire soulagé. Ce n'est pas mon genre de cafter ! lui rappela-t-il doucement, vexé.

— Tu parles souvent avant de réfléchir Steb' ! Il passa la main dans ses cheveux, embarrassé. Ce n'est pas le problème, le rassura-t-elle, prenant le pot d'azalées pour caresser les boutons. Steben jura qu'il en vit s'ouvrir et leurs pistils suivre le mouvement de sa main.

Ce geste était sa façon à elle de lui montrer qu'elle avait bien confiance en lui. Elle déposa la plante avec précaution sur la desserte.

4

Cœur de rubis

Dès que la porte se referma derrière son frère, Irès se précipita vers son espace d'expérimentation. Les mains tremblantes, elle récupéra le projet soigneusement emballé dans du papier kraft.

Lorsqu'elle sortit de la serre, un gémissement se fit entendre, suivi d'un craquement. Surprise, elle constata que la sculpture Boba s'était craquelée et avait perdu sa couleur bleue pour un brun terne. Elle secoua la tête, le temps et les changements de température sans doute.

Le cœur battant, Irès descendit en courant l'étroit escalier de service. Elle avançait silencieusement, espérant atteindre le monte-charge sans être vue par M. Santonien ; le gérant-concierge voyait déjà d'un mauvais œil qu'ils utilisent le toit.

Elle resserra sa précieuse charge contre sa poitrine et s'aventura précautionneusement dans le double sas. Elle l'aperçut sortant les poubelles et soupira d'aise, elle pouvait utiliser sans problème le couloir suspendu afin d'atteindre la partie court séjour de la résidence des Perdlieux.

Elle emprunta la passerelle en passant sous le signe 'Interdit d'accès'. La récupération des grandes tours rondes, dénommées 'Le Tricycle' à cause de l'agencement de ses bâtiments reliés en forme d'un vélo à trois roues, réformées en urgence en immeubles d'habitation après l'envahissement de la vallée par l'océan.

L'effondrement d'Alville n'avait pas permis une réelle réhabilitation des lieux. Cependant, les couloirs tordus et sombres de cette ancienne usine désaffectée aidaient à sa discrète progression.

Elle arriva sans encombre à la petite galerie inusitée au-dessus de la salle de réception. Sébastien Santonien était à l'accueil, nota Irès, il avait assuré le service de nuit, encore une fois piégé par son frère.

Ce dernier fumait, négligemment appuyé à la rambarde. Il affichait ce petit sourire mesquin en regardant son frère s'activer qui amena encore une fois Irès à douter que George puisse être apparenté à quelqu'un d'aussi honorable que Sébastien.

— Bonjour.

Il aperçut son paquet.

— Monsieur Sin est très occupé, c'est pour cela que tu veux le voir ? s'enquit-il avec la réticence de quelqu'un craignant un surplus de travail, il m'a déjà chargé de la sélection des plus belles créations…

Irès en doutait, elle compta jusqu'à dix dans sa tête pour s'empêcher de dire une parole qui pourrait lui donner une raison de ne pas ouvrir.

— Il me recevra ! assura-t-elle.

— Si tu le dis ! céda-t-il de mauvaise grâce.

Il jeta avec regret sa cigarette qu'il écrasa sous son talon, ouvrit la petite porte de service et longea le couloir qui les emmena dans la pièce arrière du magasin.

M. Sin avait déjà son chapeau et son manteau farfelu, fait de différentes textures de tissus. Heureusement pour Irès, il avait été retenu par des tâches de dernière minute ; il écartait de la table les pots, les mousses, les papiers cadeaux et autres cartes de vœux.

— Ah George, je t'avais demandé de nettoyer, il aperçut alors Irès et une lueur d'intérêt éclaira son regard, est-ce…, elle inclina la tête. Ne cachant pas sa joie impatiente, il désigna le magasin, George la devanture n'est pas terminée, tu peux t'y atteler s'il te plaît !

Ce dernier contempla avec dépit le paquet et s'éloigna en traînant le pied.

M. Sin alla fermer la porte, et lui fit un clin d'œil complice.

— Ce garçon est un peu trop fouineur ! Dépose-le là !

Il écarta d'un geste pressé un espace sur le plan de préparation. Irès sourit et extirpa délicatement la plante.

Elle ne comportait qu'une seule fleur, à peine éclose.

— Prodigieux ! Vraiment exquis ! Fut le verdict, comment as-tu obtenu cette teinte glacée pourpre ? On dirait des pétales de verre…

— Je… je n'en sais rien ! avoua Irès embarrassée. J'ai expérimenté, j'ai lu… beaucoup… j'ai suivi vos indications et celles des grands maîtres que vous m'avez conseillés…, j'ai souhaité, euh, imaginé le résultat. Ayo m'a aidée vous savez ! Pour les couleurs, je n'ai absolument pas la fibre artistique, et après plusieurs essais, elle eut un petit rire embarrassé, euh… donc, voilà, vous en êtes satisfait ?

— Irès c'est au-delà de ce que j'avais espéré, cette fleur est… magique, elle ne put réprimer un sursaut, M. Sin était trop absorbé par la plante pour le noter. Et ce parfum ! Si subtil, entêtant... lui as-tu donné un nom ?

— Cœur de rubis... pas très original, je sais ! Sa fleur à vaguement la forme d'un cœur sculpté, ses pétales sont écarlates avec cet aspect brillant et velouté de cristal... euh, qu'est-ce que vous en dites ?

Irès se frottait inconsciemment les mains et tapotait nerveusement ses pouces l'un contre l'autre.

— Perfection ! Le vieil homme se pencha pour sentir le parfum de la rose, incroyable ! Ce nom lui va à ravir... elle a une forte personnalité, envahissante même. Sa glorieuse beauté compense ce travers, murmura religieusement le vieil homme, rendant Irès mal à l'aise. Je ne vois pas de racines, ce substrat...

— En fait, c'est décoratif. La plante n'en a pas besoin, elle puise directement sa nourriture de l'atmosphère et la transforme en énergie. Je ne voulais pas que les gens s'en rendent compte, aussi...

Le vieil homme la regarda avec une telle stupéfaction, qu'elle se concentra sur la fleur sans vraiment le voir.

— Je suis certain d'avoir une distinction maintenant, affirma-t-il avec un rire léger, à défaut d'une place dans l'équipe. Tu ne veux vraiment pas que je parle de ta contribution...

— Non ! M. Sin ne cacha pas sa surprise devant sa véhémence. Elle eut un sourire modeste, sans votre aide, on n'aurait jamais pu avoir la serre, c'est ma façon à moi de dire merci.

Irès lut le scepticisme dans le regard de son mentor, mais il s'inclina gracieusement.

— Très bien ! Je viendrai t'apporter la bonne nouvelle dans une dizaine de jours, deux semaines tout au plus... tes parents seront tellement fiers.

— Pouvez-vous ne pas leur parler de Cœur de rubis...
d'aucune de mes expériences, vraiment. Elle haussa une
épaule en faisant cet étrange mouvement de tête sur le côté
qu'elle utilisait pour éviter le regard des autres lorsqu'elle
mentait. Des clients viennent sonner un peu trop souvent
pour savoir où obtenir mon substrat universel et ma mère
a un avis... mitigé sur ce genre d'accomplissement.

— Vraiment, je parie qu'elle sera très fière...

— Non ! Non. Je me demandais si vous pouviez le distri-
buer au magasin. On partagera les frais comme d'habitude.
Vous me donnez la matière première et je vous offre mes
meilleurs succès, dit-elle en accentuant son propos avec
un mouvement suppliant des mains, je vous promets une
autre création, si vous ne dites rien à mes parents.

— Tu m'as déjà offert un cadeau inestimable, le vieil
homme devint très triste, mais sa jovialité ne tarda pas à
revenir. Très bien ! Tout le monde pense que je suis génie
alors que je ne suis qu'un simple commerçant avec un
amour prononcé pour l'histoire des plantes. Ma place est
dans un musée ! confia-t-il amusé. Tu as deux minutes ?

Irès hésita, Steben était en retard et les corvées n'étaient
pas faites. Le vieil homme s'éloignait déjà, portant la plante
délicatement, comme un fragile objet précieux.

— Je vais te préparer ce chocolat aux amandes dont tu
raffoles tant. Allez, pour te remercier ! Tout au plus cinq
minutes !

Elle sourit, s'inclinant avec bonne grâce et le suivit vers
la petite cuisine attenante pendant qu'il commentait les
dernières nouvelles.

— ... Et demander à ce bon à rien de George de s'occuper
de l'ouverture du magasin... j'ai des plantes abîmées et des
fleurs qui ne sont plus bonnes à la vente... vas-y, jette un
coup d'œil, tu vas réussir à en tirer une de tes merveilles..

5⌋

Contrebande

Steben maugréa en se coinçant le doigt. La desserte finit par se plier et valsa sous l'étagère, faisant cliqueter les pots. Il réarrangea le palmier pour laisser voir l'ardoise affichant 'SôvKyPlante» et 'Les plantes ne peuvent être livrées que le vendredi!' soulignée trois fois. Il vérifia l'heure, il lui restait quatre minutes pour être à l'heure au point de rendez-vous. Il prit les raccourcis dans la pente pour rejoindre l'immense escalier qu'il descendit quatre à quatre.

Ismène Bokhari, garée en double file, faisait de grands gestes, il accéléra et s'engouffra complètement essoufflé à l'arrière en même temps qu'elle démarrait. Il lui donna d'énormes grosses bises pour montrer son appréciation. Elle le réprimanda en riant, je conduis!

Il passa le bras autour de Meitamei. L'enfant se laissa tomber contre son épaule avant de se rendormir. Il rencontra dans le rétroviseur le regard amusé de son ami assis sur le siège passager avant et leva un sourcil interrogateur. Ayodel y répondit par un haussement d'épaules.

— J'aide maman avant de retourner à la galerie.

— Je prépare un gros projet, je veux que ma proposition soit acceptée, expliqua Ismène. Et non, jeune homme, tu n'en sauras pas plus !

Steben passa le sas tambour avec un soupir de soulagement, tout en ébouriffant à nouveau ses cheveux qu'Ismène avait tenté de coiffer.

L'hôte à l'accueil lui paraissait aussi imposant que le hall d'entrée du siège de MCom.

Il se racla la gorge.

— Je suis là pour la journée…, il recula d'un pas sous le regard méprisant.

— Vous êtes en retard !

Steben se mordit l'intérieur des joues pour s'empêcher de répliquer, comme s'il ne le savait pas !

Après plusieurs minutes de silence désapprobateur, l'homme consentit à lui faire un badge et lui indiqua que la salle de réunion où devait se dérouler l'accueil des stagiaires se trouvait au quatrième étage, 3e ascenseur sud-est.

Il se retrouva dans un long couloir comportant une douzaine d'ascenseurs sophistiqués affichant sur un écran des informations malheureusement obscures pour un néophyte comme lui.

N'osant pas retourner à l'accueil, il entra dans le premier à sa gauche et appuya sur le chiffre quatre. Il commença à descendre.

— Oh, non ! Ce n'est pas le moment !

Steben appuya frénétiquement sur 0 pour revenir au rez-de-chaussée, puis sur tous les autres boutons avant d'appuyer sur le gros STOP rouge. Ce dernier clignota. Il jura qu'il aperçut un éclair arc-en-ciel en forme d'ailes de papillon déployées avant que l'ascenseur à son grand soulagement ne s'arrêta. Il secoua la tête pour se débarrasser de l'étrange vision. Il avait besoin de sommeil.

Les portes s'ouvrirent sur un jardin. Perplexe, Steben vérifia l'étage, il était bien au quatrième.

Il s'aventura à l'extérieur, charmé malgré lui par le paysage ensoleillé et l'atmosphère vibrante, intense même, de l'endroit.

Plus loin, une immense sculpture, dont la texture en pierre noire lui rappelait l'horreur qui trônait sur la commode à la maison, se dressait au centre d'une fontaine.

Il marqua un temps d'arrêt, ferma un œil pour ignorer l'ornement, il prit en compte le jeu complexe des jets d'eau, la gracieuse vasque en marbre rose.

— La fontaine des Cœurs-perdus ? murmura-t-il perplexe.

Aucune chance qu'il s'agisse de la même ; la célèbre fontaine était immergée avec le reste d'Alville, et aucune verdure n'y avait jamais poussé à proximité, encore moins en hiver.

Il emprunta le chemin se dessinant parmi de généreuses plantes vertes dont les espèces auraient absorbé M. Sin et Irès pendant quelques heures. Ayant maintenant la certitude de s'être trompé d'étage il rebroussa chemin lorsqu'il entendit des éclats de voix.

— Il y a quelqu'un !

Maintenant qu'il y prêtait attention, il distingua celle d'un homme et d'une femme très en colère. Hésitant à laisser passer une chance de retrouver rapidement son chemin, il s'approcha précautionneusement

— ... Pas un Filleul. Alors d'où vient l'intense radiation de ce matin ?

— Vous vous êtes occupée du problème, non !

— Je ne partage pas l'avis général. On a suivi le signal, mais c'est impossible d'avoir une certitude avec toutes les interférences. Tu dois pouvoir t'en assurer... pour une fois, ton statut de temporisateur de cette ville joue en notre faveur...

— Les Hauts-Plateaux sont hors zone ! Et puis Muaud, j'ai fait mon devoir, je vous ai contactés et donné une fréquence à suivre..., sentant sans doute sa présence, l'homme se tourna soudainement. Hé, que fais-tu là !

Steben qui entretemps s'était rapproché timidement s'arrêta avec un air coupable devant l'attitude hostile des deux adultes.

La femme, menue, avait des yeux nacrés éclairant un visage lisse, intemporel. Elle était habillée d'un élégant tailleur vert. L'homme, au regard si sombre, poli et dur qu'il réfléchissait comme un miroir, portait une queue de cheval et une veste qui n'aurait pas été déplacée dans l'Europe médiévale.

— Je cherche la salle de réunion du quatrième étage, s'empressa-t-il d'expliquer, je suis là pour la journée découverte métier, j'ai dû sûrement me tromper d'ascenseur, il eut un rire nerveux, je devais prendre le 3e sud-est...

Ils échangèrent un regard plein de sous-entendus et relâchèrent leur posture.

Steben eut la sensation que son sort venait d'être débattu et qu'il l'avait échappé belle. Quoi, il ne savait pas, il sentait juste que ces deux personnes étaient extrêmement dangereuses.

— C'est indiqué au dessus des portes... tu sais lire ? s'enquit d'un air dubitatif la femme.

Avant qu'il puisse répondre ou s'en offusquer, l'homme lui dit sèchement.

— Retourne sur tes pas, prends celui qui est ascendant jusqu'au sas, ensuite tu changes, le quatrième à ta droite en venant de l'accueil.

Steben balbutia ses remerciements et se dépêcha de retourner sur ses pas.

— On le laisse partir…

— Les aiguilleurs s'emmêlent les pinceaux en ce moment avec les préparatifs pour le mariage. Si cela continue, les rougeauds vont nous envahir aussi.

— Il nous oubliera en sortant d'ici, laisse tomber, on a de plus pressants problèmes que les bourdes du Réseau !

Steben faillit s'arrêter, intrigué. La peur de se retrouver à nouveau en leur présence l'intimidait, l'effrayait même s'il voulait être honnête, ils dégageaient un air de danger et de violence. Et, il était vraiment en retard. Les stagiaires sortaient déjà de la salle et se dirigeaient vers leur affectation. Pénélope, selon son habitude, fondit sur lui comme un rapace sur sa proie.

— Cela fait plus d'une demi-heure que je t'attends, mon oncle ne supporte pas le manque de ponctualité chez ses employés…

— On est là pour une journée…

Pénélope écarta sa remarque d'un sec secouement de la tête, montra son badge aux gardes à l'entrée d'un couloir qui affichait Direction, avant de l'entraîner vers le secrétariat.

— Tu m'avais promis que je serais à la production !

— On n'obtient pas toujours ce qu'on veut dans la vie !

Un garçon brun très athlétique les dépassa et lui fit un clin d'œil et exhiba fièrement son badge 'Match d'inauguration' avant de rejoindre un groupe qui suivait un homme avec le t-shirt jaune affichant 'PRODUCTION' en lettre rouge dans le dos.

— Tais-toi Victor ! Ce dernier s'inclina ironiquement et se dépêcha de rattraper son tuteur.

— Fallait être à l'heure ! Pénélope le traîna fermement par le bras avant qu'il puisse répliquer.

— Je voulais aller avec l'équipe qui s'occupe de la captation du match d'inauguration ! protesta-t-il.

Le mystérieux et controversé La Conscience était présenté comme un mordu de sport, Steben avait absolument besoin de le rencontrer s'il espérait avoir un avenir dans la presse d'investigation.

Pris d'un doute:

— Et si j'avais été à l'heure ?

— Steben ! Les matchs tu as l'opportunité d'en voir toute l'année alors qu'un reportage sur le mariage du siècle non ! Comment peux-tu arriver à une heure pareille !

— Le stade...

— Le stade ne va pas disparaître ! L'union de la fille unique du plus important notable de ce pays, Mel-Linda Hautgenest, avec l'héritier du richissime Villord par contre... Elle s'agaça en le voyant s'arrêter. Écoute Steben je t'ai aidé avec tes petits problèmes...

— C'est toi qui as modifié mon article !

— Il manquait de conviction, direction et d'un point de vue tranché. Soit heureux que je l'aie choisi pour ma Une.

Steben se retint à grand-peine de lui faire remarquer que trois pages sur la vie d'un collège de seconde zone ne constituaient pas un journal. Encore moins une raison valable pour les problèmes que ce 'Dé[(s)]Collés !' ne cessait de lui attirer.

Contrairement à l'hôte de la réception, celui-là était très dynamique, et bonus, il ignorait complètement

Steben pour se pâmer devant Pénélope. Il réussit à mettre Mademoiselle Hautgenest au début et à la fin de chaque phrase.

— Mademoiselle Hautgenest j'espère que vous avez bien reçu l'emploi du temps que vous espériez, Mademoiselle Hautgenest. La seule variante était Monsieur Hautgenest est un homme tellement remarquable Mademoiselle Hautgenest.

Finalement, il obtint son deuxième badge et se laissa entraîner dans l'ascenseur.

— Je croyais que ton nom de famille était Montauban ?

— Ici, ils me connaissent sous le nom d'Hautgenest, c'est tout !

Comprenant qu'il n'en retirait rien de plus, il changea de sujet.

— On n'a pas un tuteur ?

— Mon oncle nous attend dans son bureau. Maintenant, tais-toi, conduis-toi bien et... aide-moi à le convaincre qu'on doit assister à la réception.

— Si tu es de la famille..., s'interrogea-t-il perplexe.

— Oui, ben mon géniteur y est surement invité avec sa femme officielle et leur charmant bout-chou, lança-t-elle d'un ton bien trop léger.

Embarrassé de réaliser qu'il n'avait jamais vraiment porté attention à la vie de sa... connaissance... collègue... tyran, lui proposa son cerveau obligeamment.

— Oh ! Je suis désolé...

— Je ne veux pas de tes réflexions personnelles douteuses, juste ton soutien pour entrer dans cette super partie et tu vas m'aider, c'est clair !

— Très clair!... Pénélope, tu ne vas pas créer des problèmes. Euh..., devant ses lèvres pincées et ses narines frémissantes, il préféra faire marche arrière, tu sais que j'ai fini l'article que tu voulais sur le choix de repas sains à la cafétéria ?

La première chose que Steben vit en entrant dans la salle de rédaction, derrière l'imposant bureau, à côté de l'habituelle photo officielle du gouverneur Joe-Nathan Hautgenest, posant ici avec ses deux frères Gil-Thomas et Ian-Mathieu, fut celle de Gauthier Villord, président de la chaîne internationale de communication MCom.

Steben roula des yeux en voyant la photo de l'homme qu'on avait surnommé 'Le Tigre'; flamboyant avec sa masse de cheveux roux en bataille et une moustache et barbe blanche imposante, ses yeux froids perçants trahissaient l'homme impitoyable qui avait réussi à construire l'un des plus puissants empires de commu-nication mondiale ; la Villord MCom Inc.

À la table de réunion, un petit groupe tapait frénétiquement sur leur portable.

Pénélope entra avec son assurance habituelle et demanda à un jeune homme à l'air timide de se décaler afin de pouvoir s'assoir en face de son oncle, Ian-Ma-thieu, le plus âgé de la fratrie Hautgenest et le directeur de MCom Sauraye.

Ce dernier présidait la réunion dans un fouillis de feuilles volantes et succession rapide de paroles qui amenait des confirmations ou infirmations tout aussi promptes de ses interlocuteurs.

Il leur adressa un sourire de bienvenue, déjà fatigué par son affairé début de journée, avant de recommencer ses questions et réponses.

Pénélope obligea Steben à s'assoir à côté d'elle. Il s'exécuta en essayant de ne pas être intimidé par les personnes autour de la table qui dans l'ensemble les regardaient avec l'indulgence réservée aux jeunes, avant d'être happées par leur travail ; la porte ne cessait de s'ouvrir et de se fermer, modifiant les priorités selon les dernières dépêches.

Il ne connaissait qu'un seul homme, celui du jardin. Discrètement, Steben l'examina.

Il détonait dans la pièce ; la quarantaine conclut-il en se basant sur les traits burinés et ses cheveux longs aux mèches argentées qui étaient attachés par un lien en cuir noir, il portait une tunique sous une veste d'un cuir souple brun alors que les autres étaient habillés de la plus traditionnelle chemise-cravate.

Allongé sur sa chaise, qu'il faisait tourner de droite à gauche, il fixait le plafond les bras croisés derrière la tête, ne cachant pas qu'il s'ennuyait ferme. Il finit par s'emparer d'un magazine et le feuilleta pour s'arrêter à la bande dessinée qu'il se mit à lire.

Un éclair de colère passa dans les yeux de l'oncle, il pinça les lèvres comme résigné à un spectacle habituel.

— Qui c'est ? écrit-il sur son carnet en donnant un discret coup de coude à Pénélope et en montrant l'homme.

— Un agent libre. Un de ces Arkiliens... il se fait appeler La Conscience, répondit-elle avec dédain.

Steben ébahi regarda franchement l'homme. C'était lui son héros ! L'homme qui avait réussi à déterrer les plus importants scandales de ces dernières années ! Celui pour qui il accepta la proposition de Pénélope de venir à MCom !

Sentant sans doute le poids de son regard, l'homme leva la tête et l'examina brièvement, un air de reconnaissance passa sur son visage.

Steben, ressentit de nouveau cette incompréhensible sensation de menace et, se rappelant la conversation du jardin, adopta son air le plus innocent. L'homme jugeant sans doute qu'il avait bien oublié retourna à son magazine.

Après deux heures sur le terrain, Steben découvrit que la réalisation d'un reportage était très longue. Longue et ennuyeuse. D'autant plus lorsqu'elle se déroulait sous une pluie glaciale.

Pénélope, la traîtresse, était assise avec un verre de chocolat devant la vidéo de contrôle. Elle suivait les explications du réalisateur, fascinée. Il cligna des yeux pour mieux distinguer l'équipe de tournage et s'approcha du cameraman.

— Rappelle-moi encore, pourquoi on doit filmer des bateaux de plaisance ?

— Parce que c'est le bon moment.

Gilles le cameraman n'était pas un bon tuteur. Il répondait rarement à ses questions.

— Ces images illustreront le trafic d'animaux comment exactement ? insista-t-il amèrement lorsqu'une goutte glaciale passa sous son col et lui descendit dans le dos.

— Y a que les gens aisés qui peuvent s'offrir ce genre de bêtes… ils ont surement trouvé les animaux sur un yacht comme celui-là.

— Vraiment ! Steben ne cacha pas son scepticisme.

— L'important ici, c'est le message. Cela aurait pu être l'un de ces yachts !

Dégoûte, Steben se détourna vers le nouveau port qui servait principalement à la navigation commerciale malgré sa petite baie artificielle aménagée en port de plaisance.

Les contours des pontons et des bateaux étaient indistincts avec le rideau d'eau de pluie qui se renforçait. Sans aucun doute, le temps apportait un côté dramatique au reportage, il n'était pas convaincu que cette fabrication méritait d'attraper une pneumonie. En aval, à chaque retour de la lumière du phare, il pouvait distinguer la jetée placée à l'endroit où le fleuve s'élargissait avant de se jeter dans la lagune qui le séparait de l'océan.

Il apprécia l'aspect gothique du phare et suivit les contours déchiquetés de la bande de terre sauvegardée après l'effondrement d'Alville et du vieux port. Elle formait un rideau défensif entre le continent et maintenant l'archipel de Mereg et la presqu'île de Virgo-Fort.

Cette catastrophe avait coûté un tiers de sa superficie à la baie de Sauraye, dont les trois quarts de sa capitale, Alville, et une partie du parc et des réserves naturelles de Virgo-Fort.

En amont, l'ascenseur hydraulique à bateaux travaillait sans relâche pour faciliter la navigation fluviale et l'accès à la ville haute.

Il releva son col et rentra le cou dans ses épaules. Pour oublier son état misérable et tuer le temps, il suivit des yeux le travail des dockers.

— C'est dans la boîte ! Steben sursauta avant de pousser un soupir de soulagement, on va au Refuge.

Il grommela, la torture n'était pas finie.

Il aida l'équipe tout en restant hors de portée des techniciens afin d'accélérer leur départ.

Une fois en route, coincé à l'arrière avec le matériel, il se tassa sur lui-même afin de se réchauffer. Il se perdait dans le ronronnement du camion lorsque Gilles reparla du Refuge.

— Tu veux qu'on le traite sous quel angle ? demanda-t-il au réalisateur.

— C'est vrai Alexis, c'est devenu un sujet très sensible… il y a à peine une semaine encore, ce lieu servait de décharge à toutes les personnes indélicates qui voulaient se débarrasser de leur chat ou chien avant de partir en vacances, s'inquiéta la journaliste.

Steben écouta avec appréhension les trois autres techniciens marmonner discrètement à propos du second lieu de tournage.

— Ce qu'on doit éviter avant tout, expliqua le réalisateur, c'est de dire que Mademoiselle Hautgenest apprenant le rôle de sa future belle famille dans la sauvegarde d'espèces menacées ou en voie d'extinction supplia son père d'acheter le lieu pour étaler sa nouvelle fibre charitable..., il s'arrêta brusquement en se rappelant la présence de Pénélope. Cette dernière se contenta d'un haussement d'épaules et d'un sourire de connivence.

— Je suis là avant tout pour apprendre.

Personne n'osa en dire plus sur le sujet.

6⌋
Un drôle de Félin

Le Refuge était en effervescence.

Le bâtiment, un carré massif de briques rouges qui s'effritaient, se situait juste avant la partie effondrée de la vallée. Entouré de grillages rouillés et éventrés, dans lesquels les branches de la haie s'étaient emmêlées au fil des années, accélérant ainsi sa dégradation.

Il avait conservé une petite futaie à l'arrière, composée principalement de chênes, d'hêtres, de châtaigniers et de quelques conifères.

Des échafaudages courraient le long des murs du bâtiment principal et des espaces grillagés ainsi que des cabanes en bois étaient en construction. Différents corps d'ouvriers et le personnel du refuge s'agitaient partout sur la place.

Les hommes évitaient une très jeune fille, dont le délicat tailleur rose pâle détonnait parmi les combinaisons de travail, mais n'hésitaient pas à s'approcher de certains des plus dangereux prédateurs ; compréhensible, ces derniers étaient anesthésiés, alors que Mlle Hautgenest réveillée et surcaféinée les houspillait pour finir les travaux.

Un très prévenant jeune assistant lui portait sa tasse tout en notant ses paroles religieusement, sans perdre son sourire figé.

Steben vit soudain une poutre se détacher. Avant qu'il ne puisse réagir, elle s'écrasa à quelques mètres de la jeune fille, ne causant heureusement aucun dégât. Remise du choc, elle se mit à pousser des cris alarmés en repérant une autre mal positionnée.

Apercevant l'équipe, elle demanda l'heure à l'assistant.

— Vous êtes en avance ! je ne suis pas encore prête !

— On a des repérages à faire et la technique doit se préparer. On peut discuter de ce que vous voulez montrer, cela sera plus simple pour votre passage en direct.

Après avoir décidé d'être interviewée à l'intérieur de ses nouveaux locaux, Mel-Linda Hautgenest aperçut Pénélope.

— Qu'est-ce que tu fais là, tu n'es pas en cours ! Oncle Gil-Thomas t'a déjà dit que tu ne pouvais pas...

— Mon géniteur n'a rien à me dire ! hissa Pénélope. Elle se reprit en voyant le regard surpris et intéressé de son audience. Tonton Matti m'a acceptée pour la journée découverte métier !

— Oncle Ian-Matthieu a toujours tendance à se mêler de ce qui ne le regarde pas.

— Mellie...

— Mel-Linda !

— Mel-Linda, accorda Pénélope, je suis là avec l'équipe de tournage. Oncle Matti sait que je veux en savoir plus sur ce métier, je ne fais rien de mal !

Mel-Linda dévisagea sa cousine avec suspicion.

Réalisant qu'elle ne pouvait pas s'y opposer devant un tel public, elle s'inclina.

— Tant que tu te tiens tranquille.

L'excitation de suivre l'équipe de tournage s'étant estompée, Steben s'intéressa bien vite au travail des ouvriers. Il naviqua parmi les matériels et les hommes, se concentrant tellement à les éviter, qu'il fut surpris lorsque quelqu'un le prit par le bras.

— Tu n'as pas vu Caro... elle est grise, petite comme ça.

— Euh, il secoua la tête, non.

Le vieil homme le relâcha et le poussa à le suivre.

— Elle m'a dit, les chats sont mignons, mais pas en voie d'extinction ! Et alors ? Caroline ? Caro, viens ma beauté, n'aie pas peur... il n'y a que moi, la méchante sorcière n'est plus là.

L'homme venait juste de passer une cage, lorsqu'une chatte, à la robe grise et aux pattes blanches, en sortit prudemment. Le félin regarda aux alentours. Rassurée, elle s'élança. Apercevant Steben, elle s'arrêta, une patte levée. Steben tendit la main, elle se précipita aussitôt dans la plus proche et énorme cage. Consterné, il vit qu'elle contenait plusieurs chiens entassés les uns sur les autres. Elle les jugeait visiblement moins dangereux que les humains. Après avoir examiné l'exiguïté de l'espace, l'homme le jaugea.

— Mon garçon, tu devrais pouvoir rentrer dans la cage et la récupérer.

Steben secoua vigoureusement la tête, aucune chance. L'autre insista.

— Oh non ! Les chiens ne m'aiment pas !

Effectivement, ils commençaient à s'agiter, les plus agressifs montraient même leurs canines. Ils ignoraient leur ennemi naturel, la chatte, qui le regardait placidement du fond de la cage.

— Tu leur as fait quelque chose !

— Qui moi ? Absolument rien ! Les animaux ne m'aiment pas, c'est tout !

Finalement agacé, le vieil homme, bien moins fragile qu'il ne paraissait de prime abord, le poussa sur le côté.

— Bon, écarte-toi !

— Vous n'allez pas rentrer là-dedans ! Ces chiens ont l'air dangereux !

— Steben fait ce que Monsieu Théreau te dit !

— P'pa ! Irès ! Qu'est-ce que vous faites là ?

— Mon boulot ! lui répondit son père amusé. Sa sœur lui lança un regard qu'il n'eut aucun mal à traduire par "Malin !". Tu es avec l'équipe qui a rajouté à l'énervement des animaux ? Je croyais que tu devais aller sur le tournage du match d'inauguration ?

Steben poussa un soupir de martyre, Pénélope !

Son père hocha la tête et lui serra gentiment l'épaule d'une main compatissante. Sa jumelle se contenta d'un "Ah !", rempli de sous-entendus. Il lui lança un regard assassin.

— Alors, vous pouvez récupérer mon chat ? pressa le vieil homme.

Irès ouvrit la cage et sans surprise, les bêtes se calmèrent. Ils étaient pourtant loin d'être apaisés. Ils tentaient de s'écarter d'elle le plus possible.

Steben nota que M. Théreau l'examinait, d'abord perplexe, puis avec beaucoup d'intérêt.

Sa sœur finit par s'emparer de la chatte malgré sa réticence. Cette dernière se dégagea de ses bras en la griffant dès qu'elle sortit de la cage. Irès massa les égratignures, maussade. Steben lui offrit un sourire compréhensif.

— Vous avez un intéressant bracelet, dit le vieil homme se saisissant de la main d'Irès pour mieux l'examiner, il est semblable à l'un des leurs.

Avant que Steben ne puisse questionner le vieil homme, son père récupéra la main de sa sœur visiblement trop interloquée.

— Votre chatte s'est de nouveau enfuie, Monsieur Théreau. Effectivement, elle filait en direction de la sortie.

— Ça valait bien la peine que je me donne tout ce mal ! lança Irès avec ressentiment.

— Allez viens, j'ai encore beaucoup à faire.

Steben préféra suivre et regarder son père soigner et administrer des tranquillisants aux bêtes. Il en apprit ainsi bien plus au sujet du trafic d'animaux que s'il était resté avec l'équipe de tournage.

— Donc toutes les espèces doivent s'enregistrer ici au refuge.

— Exactement ! Ils utilisent l'excuse de la filière de contrebande. Le problème concerne ceux qui sont en règle, expliqua son père, la mine sombre, ils ont aussi l'obligation de présenter leurs bêtes au Refuge, pour enregistrement et contrôle. Ce lieu n'est pas adapté à l'accueil des animaux. Un accident ne va pas tarder.

— C'est temporaire, non ?

— Cela ne change rien ! Il y a un manque de personnel qualifié. Les cages sont trop petites et inadaptées à la sécurité des animaux et à celle des visiteurs. Ces bêtes devraient être dans un zoo. La majorité nécessite des soins. J'ai vu des félins, des loups, trois ours et des serpents qui risquent de mourir s'ils ne reçoivent pas les soins adéquats dans les vingt-quatre heures.

— Personne ne réagit ?

— Monsieur Théreau devait mettre le Refuge aux normes ou fermer, répondit son père sur un ton dur, il ne fut pas de taille face aux Hautgenest.

— Pourquoi ce lieu ? Il y a des bâtiments plus adaptés demandant moins de travaux.

— Peut-être à cause de son isolement, derrière ce bois il y a les marécages et les salines, proposa Irès.

— Ou parce qu'il est proche du port, intervint son père.

— Oh, qu'est-ce que...!

L'exclamation horrifiée d'Irés fit se lever Steben. Sa sœur se précipitait déjà vers la dernière cage. Elle ne prêta pourtant aucune attention aux deux chiens... non, deux louveteaux amaigris, blottis l'un contre l'autre.

Ignorant leur demande d'explications, elle poursuivit en direction des grandes caisses abandonnées au fond de la cour. Elle s'arrêta finalement devant l'une d'entre elles, volumineuse, en bois très sombre et lisse portant des symboles gris et bleus.

Elle avança la tête précautionneusement.

Un grondement menaçant se fit entendre.

— Irès ! s'exclama leur père, alarmé.

— Calme-toi, elle fit des bruits apaisants, je ne te veux aucun mal...

Reposant précipitamment le pangolin dans la cage, leur père s'empara d'un pistolet rempli de cartouches tranquillisantes et courut la rejoindre, Steben sur ses talons.

En faisant le tour de la caisse, ce dernier repéra avec inquiétude des petits trous ronds déchiquetés vraisemblablement par des griffes puissantes. Une bonne portion du bois était détachée et les clous arrachés, sans aucun doute par un corps puissant.

Il se baissa pour ramasser une barre en fer.

La bête avait un aspect formidable. Elle lui arrivait presque à l'épaule. Une sous-espèce de félin, peut-être, croisé avec un crocodilien aux mâchoires courtes ouvertes sur des canines acérées et longues oreilles pointues se terminant par un pinceau de poils comme celles d'un caracal. Difficile à dire avec la moitié de son corps enfoncée dans la haie.

Trapu et musclé, il émanait de lui une impression de puissance malgré les cicatrices, certaines très profondes et infectées. De la tête jusqu'au dessus de l'épaule et tout le long de l'encolure, il avait de fines écailles noires bordées de lignes bleu nuit, ensuite, une robe ébène luisante sur le reste du corps. Une crête menaçante partait de sa nuque et suivait sa colonne jusqu'au début de sa queue. Ses yeux striés, noirs et rouges étaient remplis de malice et bien trop intelligents pour un animal. Des bosses protubérantes, cartilagineuses servant de sourcils les protégeaient.

Ce furent les petites cornes aiguisées pointant vers l'avant qui firent faire à Steben un pas en arrière.

D'énormes bandes d'un cuir épais bleu nuit sortaient de deux blocs osseux au niveau de ses épaules, elles étaient pliées et restreintes par un lien métallique sur son dos.

— Irès, Steben, reculez !

— Elle a une muselière et ses pattes de devant sont entravées, j'ne crains rien, le grondement s'intensifia, enfin je crois, marmonna Irès, fascinée.

Steben examina avec pitié les blessures et multiples griffures sur le flanc et au niveau des entraves en fer... ou cuir, Steben n'arrivait pas à décider.

Se sentant acculée, la bête prit son élan, la première aiguille en s'enfonçant dans son flanc la fit fléchir. Elle fit un étrange miaulement de surprise.

Secouant la tête elle se retourna vers leur père.

Ce dernier avec la force de l'habitude avait déjà rechargé et envoyait la deuxième décharge.

À la cinquième cartouche, elle chancela et s'effondra dans un grognement indigné, dévoilant ainsi une queue puissante, écailleuse, crêtée et se terminant par des aiguillons à l'aspect dangereux.

— Qu'est-ce que c'est que cet animal !

Son père secoua la tête.

— Aucune idée, ils l'ont salement abîmé… regarde moi ces attaches, elles lui coupent le cuir.

Steben se tourna en direction de sa sœur, surpris par son silence. Elle était livide.

— Qu'est-ce que tu faisais, elle aurait pu t'attaquer !

— Elle ne l'a pas fait !

— Ouais, tu as eu de la chance… p'pa t'as demandé de faire attention.

— Je suis désolée, d'accord !

— Du calme vous deux ! Irès, tu peux m'apporter mon matériel s'il te plaît.

Sa sœur s'éloigna à contrecœur.

Son père s'assura que la bête était bien endormie avant de l'inspecter.

— Heureusement qu'elle est épuisée et blessée ! Il tenta en vain de desserrer les attaches autour du flanc et des pattes ainsi que celles de la queue. Je ne sais pas comment enlever tout ça, il n'y a pas de raccord visible !

Irès lui remit la mallette et s'agenouilla à côté de lui. Elle approcha une main hésitante sur les attaches qui prirent un aspect cuir ; l'habituelle couleur vert-gris était devenue argentée. Elle éloigna la main, elle retrouva son aspect habituel.

— Intéressant, constata-t-elle à voix basse.

— Comment ?

— Rien p'pa.

Steben intrigué s'installa près d'elle pour vérifier l'effet sur son propre bracelet. Il changea bien de couleur. Leurs regards se croisèrent au-dessus de la tête de leur père. Irès posa l'index sur ses lèvres.

Steben lui signa "pourquoi pas ?", elle porta la main à sa gorge, "fais-moi confiance !"

Il hésita avant d'indiquer toujours dans leur langage, "j'attends des explications".

— Elle a plusieurs fractures, il faut qu'on l'amène à la clinique...

— Ce n'est pas contre la loi, s'inquiéta Steben.

— Cet animal a besoin de soins. Trouve-moi Monsieur Théreau.

Dans la confusion ambiante, transporter la bête dissimulée sous une épaisse couverture, se passa sans anicroche.

7⌟

Fugues

Être ami avec la fille du commissaire facilitait l'accès au commissariat central sans être inquiété.

Sauf lorsque la traversée de l'étroit hall d'entrée était rendue impossible par un énergumène, visiblement très énervé.

Derrière le guichet vitré de l'accueil, Gallier, le plus jeune des trois officiers, répondit à leurs salutations avec un sourire.

— J'ai prévenu Chloé de votre arrivée, signala-t-il à Steben.

Il s'adressa ensuite à l'adolescent qui occupait tout l'espace, en brandissant des affiches avec une photo et écrit au-dessous 'Si vous avez vu ce garçon, merci d'appeler à ce numéro de téléphone'.

— Mon garçon, prévint-il avec un soupir de lassitude, je ne vais pas enregistrer ta plainte chaque fois que ton frère décide d'aller se promener sans te prévenir.

— Je vous dis qu'il a été enlevé !

— Si tu ne dégages pas le passage, je te colle une obstruction à l'ordre public ! menaça Obrille, le vieux grognon, qui enleva sa casquette pour s'essuyer le front.

— C'est illégal !

— Tu es venu tellement de fois nous casser les pieds alors qu'on a tant d'autres crimes sur les bras que le juge acceptera ma plainte, fais-moi confiance !

Furieux, l'adolescent se tourna et Steben identifia Xavier Bold, l'éternel redoublant.

Il les ignora et fonça vers la sortie. Toutefois, la porte s'ouvrit au même moment et il la prit violemment dans la tête.

Il s'écroula, ses papiers s'éparpillèrent sur le sol.

Irès et Steben se précipitèrent à son secours. Ils furent gênés par les deux personnes qui entrèrent au même moment avec une superbe arrogance, ce qui empêcha Steben de s'inquiéter des avis de recherche affichant la photo de Victor.

— Messieurs Villord ! L'officier Obrille sortit presque en courant de derrière la vitre, M. le commissaire vous attend, je vais vous escorter.

L'homme suivit un Obrille anxieux à pas lent et mesuré, en les ignorant complètement.

Steben jugea le fameux futur marié Raphaël Villord plutôt banal comparé à son flamboyant et mythique père, Gauthier Villord dénommé le 'Tigre'. La quarantaine, de corpulence moyenne, il avait des yeux qui clignotaient nerveusement et une coupe sévère en brosse.

Son jeune frère, d'environ leur âge estima Steben, avait des cheveux brun-acajou, plutôt qu'auburn et les portait très courts sur le côté avec une sorte de ridicule houppe au dessus du crâne.

Il observait avec un dédaigneux amusement Irès aider un Xavier déboussolé dont le nez saignait abondamment.

— Tu devrais regarder où tu vas, godichon !

Irès se retourna les yeux remplis de cet éclair meurtrier qui faisait toujours dégénérer les situations rapidement.

— La porte est vitrée, tu l'as vu arriver, c'était volontaire. Excuse-toi !

— Pardon ? Tu sais à qui tu parles !

— À un malotru...

— Irès ! Steb' ! s'interposa Chloé la voix tendue, bonjour Théo-Mathis, papa vous attends dans la salle Gouverneur.

Théo-Mathis s'amusa à écraser avec un plaisir mauvais les affiches de Xavier, avant de rejoindre son frère.

Irès se tourna vers l'officier Gallier, venu les aider.

— Je voulais savoir si vous aviez du nouveau concernant M. Sin.

Steben nota que Raphaël Villord ralentit et tourna brusquement la tête pour regarder vers sa sœur, mais l'officier Obrille verrouillait déjà la porte sécurisée derrière eux.

L'officier Gallier balbutia, rien ! Absolument rien.

Irès et Steben échangèrent un regard, parfaitement d'accord, il mentait. Elle inclina la tête, il pouvait examiner de plus près cette histoire de disparition, elle ne lui mettrait pas de bâton dans les roues.

Aux urgences, on leur indiqua que le nez de Xavier était cassé. Steben envoya la facture à la famille Villord malgré les paroles de prudence de Chloé.

— Les Villord exigent de superviser la sécurité du mariage, ils mettent la pression sur mon père avec la bénédiction du gouverneur Hautgenest qui ne recule devant rien pour satisfaire sa future belle-famille. Et, Théo-Mathis s'ennuie loin de la capitale. Juste pour la poussée d'adrénaline, lui et ses deux partenaires adorent s'adonner à des jeux douteux souvent cruels. Évitez de le provoquer, personne ne viendra à votre secours.

☾☽

Irès Sorren se réveilla en sueur et vérifia l'heure ; 3:07 s'affichait sur l'écran digital.

Elle remonta machinalement son bracelet et massa l'intérieur sensible de son poignet avant de presser la main contre sa poitrine pour soulager la douleur. Une de ces crises qui risquait de durer jusqu'au petit matin.

Elle se leva à contrecœur pour se rendre dans la salle de bain. Ses yeux furent attirés par l'unique photo de famille perchée sur la grande commode du couloir.

Elle avait été prise à Noël sur le pont du bateau des Bokhari, Les cinq Muses. Les parents souriaient, son père avec son habituel grand sourire franc mais sa mère avait les yeux voilés par une lueur inquiète. Steben et elle étaient affalés, endormis dans les transats. Ils avaient cet air trompeur d'enfants innocents, avec la bouche ouverte et les traits soulignés de maquillage ; gribouillis de Meitamei.

Entendant du bruit dans la chambre des parents, elle se dépêcha d'avaler ses pilules, mais ne fut pas assez rapide pour rejoindre sa chambre.

Dans l'entrebâillement de la porte, elle suivit la progression furtive de sa mère.

Chaque babiole, indispensables protections avait-elle marmonné le jour où son père osa demander, fut vérifiée.

Son visage se décrispa lorsqu'elle rectifia la pièce maîtresse, un cristal noir veiné de jaune argenté d'une forme grotesque ; les bords effilochés, déchirés, qui tentaient de s'évader de quatre lignes rubis sanglant.

Elle se dirigea ensuite vers la chambre de Steben et traça lentement de l'index les mots sur la porte affirmant que "L'imagination sans direction n'aboutit qu'à des chimères", avant de secouer la tête, comme pour écarter une pensée désagréable.

Elle tournait la poignée lorsqu'une main se posa sur son épaule la faisant réagir avec une rapidité exceptionnelle, elle enfonça son coude dans les côtes de la personne derrière et porta la main à sa poche, comme pour s'emparer d'une arme. Irès fut plus surprise par ses réflexes que l'apparition de son père.

— C'est moi ! grogna ce dernier en se tenant le ventre.

Ignorant son attitude contrite, il reprit son souffle et l'entraîna d'une main inflexible vers la cuisine.

Irès réprima un cri de frustration, le couloir menant à sa chambre donnait sur le grand espace ouvert comprenant le salon et la cuisine/salle à manger, adroitement divisé par des mini étagères et meubles bas.

Son père prit la bouilloire, la remplit d'eau pour la mettre sur la cuisinière et fouilla dans les placards.

Pendant qu'il s'activait, sa mère s'assit lentement et cacha la tête dans ses bras croisés sur la table.

— J'allais revenir me coucher ! assura-t-elle au bout d'un moment.

— Hum..., fut la réponse distraite.

Il lui montra les deux paquets d'infusions. L'ébullition de l'eau et le claquement de la porte du placard remplirent le silence. Il la servit et s'installa en face d'elle.

Il ouvrit la discussion avec un air résigné après plusieurs interminables minutes de silence tendu.

— Qu'est-ce qui se passe ?

— Comment ça ? Elle rougit sous son regard intraitable.

— Claire, tu ne dors pas...

— C'est rien, tenta-t-elle, il fixa l'horrible statuette de la commode.

Elle haussa négligemment les épaules tout en lui adressant un sourire innocent.

— Je ne comprends pas alors pourquoi tu veux déménager...

Irès se redressa. Sa mère se concentra sur sa tasse.

— Tu n'as pas confiance en moi ? Est-ce que c'est au sujet de la bête ? Ses épaules se crispèrent. Il s'agit donc bien de la bête.

— Non, je...

— Non ? Tu étais tétanisée par l'effroi ! Tu refusas de rester nous attendre dans la clinique. Tu n'as plus à t'en faire, elle s'est enfuie de sa cage... disparue sans laisser de trace. C'est surement une expérimentation qui a mal tourné. Elle était tellement faible, elle doit être morte à l'heure qu'il est conclut-il avec tristesse.

— C'est bien, elle rectifia devant son visage fermé, je veux dire elle n'est plus un danger. Elle se pencha vers lui, je pense juste que les enfants s'épanouiraient dans un environnement plus calme, plus humain...

— Je pourrais mieux le comprendre si tu voulais déménager pour un endroit paisible or, tu ne m'as proposé que des villes encore plus peuplées qu'ici ! En quoi un départ au milieu de l'année scolaire, l'arrachement à leurs amis et un cadre familier peut être considéré comme un bienfait pour eux ! Explosa-t-il.

— Leur sécurité est ma priorité ! s'entêta-t-elle avec un étrange désespoir. Peut-être une ville tempérée, tu adores la chaleur...

Il lui prit la main

— Écoute Claire, j'ai toujours accepté de suivre tes instincts, on a si souvent déménagé que je ne me souviens même plus de ma ville natale. Pas cette fois ! Les jumeaux ont enfin une vie équilibrée, des amis, et même plus ; tu considères aussi les Bokhari comme des membres de ta famille. Non, Claire ! Je suis désolé, le bien-être des enfants passe avant tout. Devant son air têtu il la pressa, Claire, ne crois pas que j'ai oublié combien tu as supplié Cole de nous amener à Sauraye, pourquoi ce pays, que cherchais-tu ?

Elle baissa la tête.

— Si seulement tu me faisais confiance, offrit-elle enfin avec une surprenante intensité.

— Tu ne veux pas me révéler ce qui te trouble ? Je pourrais t'aider !

Le visage de celle-ci se ferma. Il se passa une main rageuse dans les cheveux.

Après que les parents aient rejoint leur chambre, Irès leva la tête et croisa le regard de son frère dans l'entrebâillement de la porte. Il secoua la tête, lorsqu'elle ouvrit la bouche, fermant définitivement derrière lui.

Blottie dans son lit, elle passa la main sous le bracelet, traça du pouce la fine ligne extérieure du dessin circulaire, qui était légèrement boursouflé, et nota que les deux bords continuaient à se former ; ils se rejoignaient presque. Elle se concentra sur la douleur pour éviter de penser à la conversation qu'elle venait d'entendre.

Presque malgré elle, elle alla chercher une des boîtes à chaussures dans la penderie et retourna dans son lit. Délicatement, elle souleva le couvercle et s'empara de la peluche couchée sur du velours noir. Joun était maintenant un horrible jouet, d'une indéfinissable couleur fanée marron-gris boueuse. Son expression était devenue effroyable au fil des années, plus dangereuse avec ses crocs menaçants et ses yeux couleur sang striés de noir.

Elle se glissa sous sa couette et regarda d'un air coupable vers la porte, avant de soulever son ami et de lui sourire.

— Hé là mon p'tit monstre, désolée de t'enfermer comme ça. Tu connais m'man, si elle te trouve, elle va faire une crise... j'ai récemment rencontré un vrai toi ? Tu n'as pas ses méchantes cornes, ni ses écailles et sa crête... Elle le posa sur son oreiller, quoique cela lui donne de l'allure... Elle hésita avant de lui frotter le front et taper trois fois sur son museau avant de murmurer, *Cœur de chimère, nuit d'enfer, aide moi à travers les sphères.*

Elle attendit plusieurs secondes en retenant son souffle.

Les pupilles de l'animal flashèrent d'un rouge ardent.

Presque. Son cœur battait la chamade.

Rien ne se produisit.

Elle appuya des poings sur ses yeux pour arrêter les picotements. Elle serra la peluche contre sa poitrine et marmonna, elle doit être occupée.

Son esprit suppléa, "cela fait dix ans qu'elle est occupée".

Elle ferma les yeux, terrassée par la fatigue.

⚙

À des lieues de là, dans une vieille demeure blanche en bois, Gail Galland, la main droite sur le cœur regardait attentivement au travers de la fenêtre.

Elle scruta longtemps l'obscurité sans réussir à repérer l'origine de l'appel. Il avait été trop bref et assourdi, comme provenant d'un milieu liquide.

Elle remua les épaules et ne ressentit aucune gêne, surement une fausse alerte.

Tout au fond de son cœur pourtant, elle sentait qu'après dix ans de paix, sa vie était sur le point de basculer.

Le match

Ils étaient en retard.

Steben voulait bien admettre sa part de responsabilité.

Exténué, il ne s'était pas réveillé.

Il perdit une demi-heure durant sa livraison hebdomadaire ; Mme Stockorous le retint avec son papotage habituel, pas tout à fait un mensonge, il dû battre en retraite sans récupérer son argent.

Surtout, Ismène ne les avait pas attendus ; "je ne peux refuser ce rendez-vous les enfants, ils me veulent comme traiteur, ce n'est pas une offre qui peut se refuser !"

Sautant du funiculaire, il maudit l'important client qui l'obligeait à subir le trajet en transports en commun.

Irès, la démarche déterminée, les mâchoires et les poings serrés, ne pensait qu'à atteindre le collège à temps. Difficile à l'heure de pointe, le bus était en retard et le train bondé. Elle affrontait la foule comme ses matchs ; avec circonspection, habileté et brusque impulsion pour arriver et se maintenir en première ligne.

Ses tactiques les amenèrent à devancer tout le monde et à se placer juste à la tête de la rame de métro, hélas, positionnée devant l'escalier de sortie. Sans cesse bousculés par les nouveaux arrivants, ils devaient s'arc-bouter pour éviter d'atterrir sur la voie.

La musique d'ambiance était partiellement masquée par le claquement incessant des pas, le bourdonnement des voix et les accords de l'*adagio for strings* que l'artiste en herbe au pied des marches tirait de son violon.

Après vingt minutes d'attente, une voix synthétique annonça que le trafic était perturbé et de bien vouloir les en excuser.

Les voyageurs étant bien entendu trop distraits pour s'en être rendu compte.

Irès se tourna vers lui avec exaspération. Il leva les mains.

— Je suis désolé, d'accord ! J'y peux rien s'il y a un problème sur la ligne !

Des hommes en uniforme noir collaient aux basques des deux surveillants postés aux imposantes grilles du lycée.

À peine la barrière aux pointes acérées franchie, ils furent accompagnés dans le minuscule bureau de Mme Pinchat.

— La procédure habituelle, leur fut-il déclaré, lorsque l'élève ne pouvait présenter un mot d'excuse pour plus d'une demi-heure d'absence.

Steben et Irès échangèrent un air perplexe, cette règle n'avait jamais été appliquée.

Les couloirs des bureaux de la direction étaient jonchés de câbles et de projecteurs. Steben reconnut des membres de l'équipe de tournage de MCom qu'il salua sans oser interroger avec le pion présent.

— T'es conscient qu'on en est là à cause de ce stupide article du mois dernier ? cria Irès, en prenant quatre à quatre les escaliers.

Steben peinant à suivre son rythme, répondit le souffle court, c'était un constat, non une attaque personnelle. En tant que responsables, ils auraient dû voir l'article comme une opportunité d'améliorer la qualité du service et ne pas sanctionner notre liberté d'expression !

— Vraiment ! Irès ralentit, incrédule, avant de reprendre sa course, ton article attaquait le travail d'une équipe et il n'était pas difficile de deviner laquelle ! Qu'avais-tu à questionner sa décision de prévenir les parents ?

Steben reprit son souffle avant de suivre sa sœur.

— Mon point était valide, non ? Ils travaillent, ils ont vraiment mieux à faire que d'être dérangés pour des broutilles !

La porte de la classe de sciences était fermée et un surveillant en bloquait l'accès.

— Mademoiselle et Monsieur Sorren, merci d'avoir daigné vous déplacer. Stoïquement, ils ignorèrent le sarcasme. Vous avez toutefois, cinq minutes de retard, vous ne pouvez pas entrer !

— Quoi ! Ce devoir compte pour presque un quart de notre moyenne générale, vous ne pouvez pas nous interdire l'accès !

— Oh, que si ! Maintenant, veuillez partir, vous déconcentrez vos camarades !

Il rentra en leur fermant fermement la porte aux nez.

— Toi et ton fichu journal ! siffla entre ses dents Irès avec furie.

— Je vais parler au prof' principal ! Je te promets que je ne partirai pas avant d'avoir obtenu son autorisation de rattraper la note de sciences. T'as encore le match de cet aprèm', t'as la possibilité d'avoir une bourse ! Tu l'intégreras la prépa' !

Un homme harnaché les dépassa d'un pas précipité. Irès leva un sourcil interrogateur. Steben répondit par un haussement d'épaules, tout aussi surpris.

La sonnerie du téléphone retentit. Steben voyant le numéro de la personne se fit un plaisir de rejeter l'appel. Le pion sortit pour leur intimer l'ordre, "d'éteindre ce maudit portable et de se rendre en permanence, s'ils ne voulaient pas atterrir chez Monsieur le Directeur."

Ils s'excusèrent et se dépêchèrent de s'éloigner.

— Faudra bien que tu lui répondes un jour !

— Oui, un jour !

La grande salle ne comprenait qu'une dizaine d'élèves et heureusement pas de pion. Ils s'installaient lorsque Xavier Bold fondit sur eux. Les cheveux en bataille, les traits fatigués comme à son habitude et, nota Steben, le nez légèrement tordu.

— Pas maintenant Xav…

— Je veux juste que tu jettes un œil !

— Je te le répète, seule Pénélope prend les décisions…

— Mais…

— Laisse tomber Xavier ! il t'a dit non. Viens m'aider, le projet ne va pas s'écrire tout seul ! cria une voix exaspérée.

— D'accord ! grommela-t-il avant de mettre une feuille sous le nez de Steben, quand t'auras cinq minutes !

Ce dernier la prit sans la regarder et la rangea directement dans son sac.

— Quoi ! demanda-t-il sur la défensive, en voyant le sourire caustique de sa sœur.

— Tu prends cette feuille de chou vraiment trop au sérieux. Je croyais qu'il s'appelait 'Dé(s)Collés !' en faisant le signe de deux ailes s'envolant avec ses mains.

— La ligne éditoriale de Pénélope est des plus terre-à-terre, bien qu'ambitieuse ; l'adéquation des matières enseignées avec la réalité économique, l'apport considérable d'une cuisine saine sur l'aptitude de nos jeunes cerveaux...

— Elle veut vraiment impressionner son oncle !

— Mouais, finit-il par admettre. Il hésita avant de se lancer, Irès...

— Non !

— Mais...

— On n'en parle pas maintenant, d'accord ? Elle jeta un regard précautionneux alentour, personne n'en a souffert, si les parents en entendent parler, on va revivre l'Épisode, elle montra leur bracelet, je ne veux pas qu'on s'enfuie à nouveau en pleine nuit comme des voleurs, donc, conclut-elle en ouvrant son classeur, on n'en parle pas !

Steben grimaça, quand Irès se refermait comme une huitre, les problèmes étaient bien plus importants qu'il ne les voyait. D'entendre sa mère parler de déménagement l'avait suffisamment pris au dépourvu.

À la fin de l'heure, Xavier retourna à leur table.

— J'ai cherché, je ne sais rien de plus sur cette énième 'fugue', il dessina ironiquement avec l'index les guillemets, de Victor...

— Écoute, ne me crois pas sur parole, viens à cet endroit je peux te prouver que ce n'est pas un canular et que je ne divague pas.

☙❧

Irès, coincée sur le banc de touche, agitait nerveusement la jambe droite tout en se mordillant les ongles de frustration. Cela se comprenait, son équipe perdait. Comme elle était collée, l'entraîneur avait dû s'incliner en recevant la consigne de faire jouer Pénélope à sa place, à l'arrière. Or, sans leur capitaine, l'équipe se trouvait en très mauvaise posture.

— Comment ont-ils pu changer le poste des joueurs le jour du match ! s'écria Steben scandalisé.

Ayodel se contenta de ramener ses cheveux en arrière avant de caricaturer l'action sur le terrain, ses yeux toutefois pétillaient d'amusement.

Le stade flambant neuf était surchauffé. Le public mitigé.

Pénélope s'avérait une décente attaquante, elle n'en demeurait pas moins un ailier et manquait de la puissance nécessaire pour jouer à l'arrière. Elle n'était pas de taille face à la talentueuse passeuse de l'équipe adverse particulièrement motivée à remporter la coupe devant les sélectionneurs qui ne les lâchaient pas des yeux. Ses coéquipières étaient excellentes et son équipe se montrait très soudée ; se félicitant après chaque réussite et n'hésitant pas à rassurer celle qui avait raté son geste.

Les locaux avaient peu de chance de refaire le score et se faisaient crier dessus par Pénélope à la moindre erreur. Steben reconnut de mauvaise grâce que le cameraman, il avait identifié Gilles, en lui tournant autour, l'empêchait aussi de faire correctement son travail.

Ayodel traçait à grands coups de crayon énergique les mines défaites des spectateurs.

— T'as raté la visite surprise de Madame la Déléguée au sport dans la classe ce matin ! cria-t-il pour se faire entendre au-dessus des exclamations furieuses venant des gradins, en voyant vers où se tournait son regard.

— Pour encourager l'équipe ? S'étonna Steben.

— Plutôt un rappel à être sage, projeter une bonne image devant la caméra, pendant que toute sa clique furetait partout.

— Un nouveau stade, des visites officielles dans les écoles, ils sont vraiment obligés d'en faire tout un foin de ce mariage !

— T'es vexé de ne pas être de la noce ! Ayodel eut un rire amusé.

— Non, agacé ! Tu sais que Pénélope fait tout pour y participer !

— Admets-le, tu veux toi aussi écrire 'l'Article', dit-il, c'est l'évènement idéal pour tous les aspirants reporters de se faire remarquer par les Villord.

Steben, jugeant que de toute façon rien d'intéressant ne se passait sur le terrain, retourna son attention vers cette vision peu courante de hauts personnages, de gens importants et d'autres qui s'en donnaient l'air, entassés dans une petite loge pour suivre un match mineur de handball aussi high-tech que les panneaux d'affichage puissent être.

Le futur marié, Raphaël Villord, flanqué de M. le gouverneur et sa fille, attirait l'attention avec son escorte imposante. Mel-Linda Hautgenest, au maquillage trop sévère et soutenu pour une jeune fille d'une vingtaine d'années, s'appuyait sur le bras de son futur mari avec ostentation.

Elle survolait leur entourage d'un air suffisant et un petit sourire goguenard.

Théo-Mathis Villord, sa houppe rappelant un oiseau de mauvais augure, s'entretenait régulièrement avec deux adolescents sans qui il était rarement vu ; la fantasque Eulalie Adams et le bohème Akins Milton Delaunay comme les journaux les dénommaient.

Tous se montraient indifférents à leur environnement et surtout au match.

Raphaël, les yeux durs, se forçait d'un sourire lorsqu'on lui adressait la parole. Son téléphone sonnait régulièrement. Sa physionomie se transformait alors, il se redressait comme un soldat devant subir une revue et donnait des réponses courtes.

Il raccrochait presque immédiatement, la mine défaite, avant de lorgner vers un couple en complet vert foncé, qui consultait d'un air sombre un instrument rond pas plus grand qu'un téléphone portable que l'homme déplaçait en faisant un va-et-vient sous les indications de la femme.

Ils inspiraient un certain malaise à leur entourage qui les évitait et se tenait le plus loin possible sans pour autant être impoli ou trop évident.

Steben avait l'impression de les avoir déjà vus, sans pouvoir pourtant les situer.

— Ce n'était pas prévu ce cirque.

— Paraît qu'ils n'en ont pas parlé pour des raisons de sécurité, Ayodel haussa négligemment les épaules, Pénélope est sur des charbons ardents et elle n'a pas cessé de te maudire.

— Je la filtre.

Steben revint à son observation.

— Arrête de les espionner !

Chloé, exhibant les couleurs de l'équipe adverse, les poussa pour s'installer délicatement au milieu.

— Repars chez l'ennemi !

— Mauvais perdant !

Steben tenta d'être plus discret dans sa surveillance.

— Qu'est-ce qu'un grand ponte comme lui peut bien faire dans un stade de banlieue pourri ?

— Steb' arrête ! Papa te demande de cesser de fouiller et d'harceler ses agents au sujet de M. Sin. Elle secoua la tête, non je n'ai rien de mon côté. Les Villord mènent la danse et ils ne sont pas partageurs. Ils deviennent même agressifs envers les curieux, l'officier Gallier passe en commission de discipline, il aurait dit à la mauvaise personne qu'une enquête était en cours.

— Quoi, ça ne vous étonne pas, vous, des privilégiés venant voir un match de seconde zone ?

— Le match de la finale nationale de seconde zone ! répliqua Ayodel sarcastique, je croyais comme tout le monde que beau-papa avait décidé de faire découvrir à ses prestigieux invités combien la future Madame Hautgenest est exceptionnelle, transcendant ainsi les handicaps et l'indignité d'un collège pourri !

— Elle était dans une école privée à Basse.

— Son fonds de commerce est la communication, Cendrillon épousant son prince fait pleurer dans les chaumières et vendre. Plus, les Hautgenest doivent leur fortune aux mines, c'est un retour aux sources.

Steben ne fut nullement convaincu.

— Je comprends M. le gouverneur, sa fille épouse le fils de crésus. Villord par contre, qu'est-ce qu'il fiche ici ?

Ayodel prit le temps de le regarder sérieusement.

— Depuis l'annonce de ce mariage, il y a des choses bizarres qui se passent... M. Sin n'est toujours pas rentré. Pire, l'évènement auquel il devait assister n'existe même pas. Des gars louches trainent autour de la boutique et selon George l'empêchent de la maintenir ouverte, comme s'il avait besoin d'une excuse pour glander.

— Je suis là si tu veux de l'aide.

— Moi je suis surveillée, je ne peux pas faire grand-chose.

— Je sais, Steben sourit, mais on trouvera un moyen.

Une nouvelle balle perdue par les Marines fit se lever de colère les spectateurs, attirant l'attention des trois adolescents vers le match.

L'entraîneur, évitant soigneusement de regarder vers la loge, fit sortir le libéro du terrain.

Des huées se firent entendre, elle avait jusqu'à présent tout fait pour sauver l'honneur de l'équipe face aux faiblesses de Pénélope.

Il appela Irès, provoquant une salve d'applaudissements. Celle-ci dans sa hâte de rejoindre le terrain faillit glisser. Elle donna une tape compatissante sur l'épaule de son équipière et ignora le regard vénéneux que lui lança Pénélope.

Les Marines galvanisées par une enthousiaste Irès réussirent à combler une partie de leur retard durant les vingt premières minutes. Même Ayodel se laissa suffisamment prendre par l'espoir ambiant pour faire des pronostics. Pénélope boudait.

C'était à l'équipe adverse de servir. Irès s'élança, Pénélope la poussa violemment. Irès chuta et trop étourdie ne put se relever immédiatement. Tout se passa ensuite en quelques secondes, Pénélope sauta afin d'intercepter la balle qui revenait avec une puissance incroyable et fut déséquilibrée par la violence de l'impact, elle tomba en arrière.

Elle atterrit sur le poignet droit d'Irès avec une telle force qu'un craquement se fit entendre.

Irès ouvrit la bouche comme pour crier, aucun son ne sortit, elle ramena avec une grimace de souffrance sa main droite contre elle.

Steben ressentit une douleur fulgurante dans son poignet, il mima le même geste que sa sœur et porta sa main contre sa poitrine, l'os était fracturé, avant que son cerveau ne lui rappela que cette douleur n'était qu'un écho.

Il y eut un terrible moment de silence.

Ayodel toujours excellent dans l'urgence se précipitait déjà sur le terrain, les deux autres le suivirent, dégageant brutalement le chemin, bousculant les personnes trop stupéfaites pour réagir.

L'arbitre siffla l'arrêt du jeu. Le médecin se précipita et avec délicatesse réussit à convaincre Irès de lui tendre la main. Il fit une grimace.

— On peut s'en occuper ici ? s'enquit-elle, les yeux rendus brillants par les larmes qu'elle retenait.

Il secoua la tête.

— Désolé la gosse, c'est une fracture, tu dois aller à l'hôpital. Voyant l'ombre de la caméra zoomant sur le membre tordu, il se fâcha, écartez-vous !

🙿🙾

Steben ne fut pas autorisé à monter dans l'ambulance. Son père et lui patientèrent longtemps à la réception des urgences avant qu'une infirmière ne les prenne en charge.

Elle portait un chignon sévère, tellement serré qu'il tirait son visage. Steben le compara à un masque sur lequel on avait peint des lignes pour signaler la bouche et les yeux.

— Comment va-t-elle ? Comment va ma fille ? peut-on enfin la voir ?

Quelques secondes passèrent alors qu'elle le dévisageait d'un air glacial.

— On n'a pas pu faire les examens.

— Pourquoi !

Elle l'ignora et, à contrecœur, leur fit signe de la suivre.

— C'est inconsidéré d'offrir ce genre de bijou. Devant leur incompréhension, elle s'agaça. On ne peut la soigner à cause de son bracelet.

— Pour un stupide bijou !

— On n'arrive pas à l'enlever ! s'énerva-t-elle.

Son père insista encore une fois d'une voix qui trahissait une patience à l'extrême limite.

— Je veux voir ma fille !

La femme se contenta de croiser les bras et de le toiser froidement. Steben eut la désagréable impression que la situation était sur le point de dégénérer lorsque sa mère se dépêcha en leur direction, indifférente au regard choqué de l'infirmière devant son accoutrement.

— Alors, est-ce que vous l'avez vue ? Comment va-t-elle ?

— Non, on ne l'a pas vue ! On ne peut pas la voir. Ils sont plus intéressés par son ridicule bracelet, que sa santé !

Steben saisit un bref éclair de panique dans le regard sa mère.

— C'est sûrement un malentendu !

— Ce bijou dérègle tous nos appareils ! Il est impossible à enlever ! Aucun instrument ne peut le briser, quel genre de parents...

— Conduisez-moi à ma fille tout de suite ! exigea sa mère d'une voix coupante, réussissant à faire fléchir l'autoritaire infirmière.

— Je vais m'occuper de ça, les rassura-t-elle, avec un sourire forcé.

Irès assise dans une des chaises du large couloir du service de radiologie affichait plus une expression d'ennui profond que de douleur. Elle avait une perfusion plantée dans sa main gauche, une écharpe bleue retenant son bras blessé et un magazine sur les genoux. Elle poussa un soupir de soulagement en les apercevant.

— Enfin !

Claire prit sa perfusion, l'aida à se lever, ouvrit une porte attenante où se trouvait un jeune garçon.

— Vous voulez bien nous excuser quelques minutes, ce ne sera pas long leur assura-t-elle.

Il s'exécuta en grommelant.

Poussant Irès à l'intérieur, elle se tourna vers eux avec un regard dur avant de leur fermer la porte au nez et de la verrouiller de l'intérieur.

9⌟
Un intéressant bracelet

— C'est quoi ?

Inquiète, Irès recula. Le pendentif, un ambre ovale miel et or avec de minuscules volutes rubis, était attaché à une longue chaîne en argent. Sa mère vérifia le loquet une dernière fois, avant de lui répondre.

— La Carminiarca. Les questions tu peux me les poser plus tard, après qu'on se soit occupé de ton bras, d'accord ? Irès n'abandonna pas son attitude méfiante, d'accord !

— Pourquoi ? Qu'est-ce que tu veux faire ?

— Irès, ta main !

C'était la supplication dans sa voix qui la poussa à accepter. À contrecœur, elle s'exécuta.

Claire utilisa la pointe aiguisée du fermoir pour piquer son pouce avant de le poser sur la pierre qui s'illumina. Elle la ramena contre ses lèvres, murmura des mots dont Irès distingua les sons ba, ou balba. Quelques secondes à peine plus tard, dans un bourdonnement, un étrange être volant apparut du bijou.

— Détache-le ! dit-elle en pointant le bracelet.

La créature aux ailes irisées, d'une couleur qu'Ayodel aurait qualifiée de bleu fumée, sembla se figer de surprise et fit un mouvement de va-et-vient comme s'il était indécis.

— Dépêche-toi !

— Qu'est-ce, qui...

— Les questions plus tard !

Les coups sur la porte se faisaient insistants.

L'être se résigna à s'approcher et posant une antenne sur le bracelet ; ce dernier se détacha. Elle le récupéra immédiatement.

— Peux-tu le transformer temporairement ? L'être vola de haut en bas. Fais-en des boucles d'oreilles, ce ne sera pas aussi efficace, mais devrait brouiller les pistes malgré tout.

L'être toucha le bracelet qui se transforma en deux petites boucles aux reflets verts et argentés, très discrètes, que sa mère s'empressa de mettre dans les oreilles d'Irès, qui n'osait pas détourner ses yeux.

— Claire ! La voix étouffée de leur père était exaspérée.

— Tu ne dois jamais, en aucun cas les enlever ! indiqua-t-elle d'une voix coupante.

Irès inclina la tête trop occupée à suivre l'étrange créature des yeux.

— Et Steben ? Il n'a jamais subi de phénomènes, pourquoi ne pas enlever le sien ?

— Cela ne veut pas dire qu'il n'en vit pas ou n'en vivra pas, je ne peux pas courir ce risque ! C'est déjà assez dangereux maintenant que tu es sans le tien !

Des exclamations furieuses et un violent coup impatient à la porte obligèrent Irès à taire ses protestations.

— Baildbaad voilé !

Dans un frénétique bruissement d'ailes, l'être s'évanouit, violemment attiré à l'intérieur de l'ambre du pendentif. Après un dernier regard d'avertissement, sa mère ouvrit la porte. Son père se précipita à l'intérieur et fixa avec panique le poignet tordu d'Irès, libre maintenant de son bijou. Irès lui adressa un sourire rassurant lorsqu'il vint poser un bras protecteur sur son épaule.

— Ça va ? Il regarda de sa mère à elle sans cacher sa suspicion.

— Je ne sens presque pas la douleur avec ce qu'ils m'ont donné !

— L'attache était juste un peu compliquée à enlever, j'avais besoin de calme afin de me concentrer, expliqua cette dernière, en serrant les bras contre sa poitrine comme pour mieux se protéger. Son père préféra s'adresser à l'infirmière.

— Pouvez-vous faire le nécessaire, maintenant ?

— Madame, annonça-t-elle sèchement, je tiens à vous avertir qu'une enquête...

— Faites votre travail ! L'interrompit sa mère sur le même ton.

— Son père laissa l'infirmière offusquée sortir en claquant la porte avant de s'approcher lentement de sa femme.

— Claire je ne sais pas à quoi tu joues ?

— Le bracelet a été enlevé, n'est-ce pas ? Si on attendait d'être à la maison pour en parler ! lui implora-t-elle.

Il céda, la mine très sombre.

En à peine une demi-heure, le scanner et la radio étaient faits, le plâtre posé. Le tout se déroula dans une atmosphère tendue. Sa mère sortait sans cesse avec la vague excuse, "quelqu'un que je connais peut accélérer le cas d'Irès".

Cela n'échappa à aucun d'entre eux, qu'indifférente aux regards suspicieux du personnel soignant, elle ne cessait de vérifier autour d'elle comme appréhendant une invisible menace.

Son père se concentrait sur sa jumelle et pour une fois Steben ne lui en voulait pas. Lui s'occupait de rassurer, en abrégeant les détails, les Bokhari et Chloé qui téléphonaient régulièrement pour avoir des nouvelles.

À peine le plâtre posé, sa mère disparut une dernière fois après s'être inclinée lorsqu'on lui assura que non, aucun corps étranger ne pouvait se placer entre le pansement et la peau, et à son retour, le personnel hospitalier était étrangement plus détendu, certains offrirent même leur sympathie.

Elle ignora soigneusement les regards inquisiteurs et méfiants de sa famille.

Irès insista que la blessure n'était pas grave au point de les empêcher de respecter leur rendez-vous hebdomadaire chez les Bokhari. Steben soupçonna qu'elle ne voulait pas assister à une scène entre les parents sans l'arbitrage de ces derniers.

Ils cédèrent devant son air têtu.

Ils traversaient le hall de sortie lorsque leur mère s'arrêta net puis les fit faire demi-tour.

— On prend l'escalier.

— Claire..., son père ne cachait pas qu'il était à bout de patience.

— S'il te plaît, pas maintenant, supplia-t-elle ouvrant l'accès aux marches tout en jetant des regards inquiets derrière elle.

Steben, laissa la porte légèrement entrouverte pour voir ce qui avait attiré son attention. Un couple, celui du match, parlait à l'infirmière désagréable.

— ... La même puissance que la rose du vieux fou. J'ai eu peur en ne trouvant rien à l'école. Mais j'avais raison, ce match était l'endroit idéal...

— Muaud, il y avait trop d'interférences pour en être sûr! protesta l'homme.

— Je te dis que j'ai senti une forte fluctuation d'énergie quand la gamine...

Ils tournèrent au fond du couloir.

— Steben, tu viens!

Sa mère était revenue sur ses pas, la mine anxieuse.

— J'arrive!

— Tu faisais quoi? demanda Irès.

— Je..., il secoua la tête, et se massa les tempes, la douloureuse tension lui signalant l'approche d'une de ses habituelles migraines, je ne sais pas! Rien d'important surement.

Sa mère et Irès échangèrent un regard rempli d'appréhension.

Perdu dans ses pensées, Steben atteignit le parc Capitale sans même s'en rendre compte.

Il commença lentement à courir. Au fil des kilomètres, ses pensées se calmèrent. Il oublia de se focaliser sur l'attitude suspecte de sa mère, son inquiétude pour sa sœur et se surprit à apprécier les jardins impeccablement entretenus et les différents espaces boisés.

Voyant le jour s'assombrir, il fit demi-tour en coupant par la pelouse, lorsqu'il aperçut un manteau familier tourner un bosquet de calumets. Instinctivement, il le suivit. La Conscience marchait d'un pas décidé, indifférent aux magnifiques paysages que le coucher de soleil du début de printemps embellissait. Il le vit finalement traverser le pont menant à l'île des Tropiques.

Steben ralentit pour le laisser disparaître derrière la haie de frangipaniers avant de le suivre.

L'homme emprunta à grandes enjambées la promenade centrale. Quelques flâneurs avaient bravé le froid et admiraient une plante, un arbre ou lisaient les panneaux informatifs. Ils le séparaient judicieusement de sa cible.

Lorsqu'un homme venu de nulle part rejoignit La Conscience, il redoubla de prudence. Les deux échangèrent un simple regard avant de poursuivre la route ensemble.

Il continua de les talonner en se demandant ce qui les rendait si intrigants.

Peut-être leur style de vêtement ; une tunique taillée dans une matière souple et épaisse sur un pantalon à l'aspect de cuir brossé et surtout cette veste des Arkiliens dont les bordures comportaient des dessins originaux, ethniques et sophistiqués, dans les tons ambre et ocre avec des touches de jaune et de rouge. Ou alors, leur attitude, comme des observateurs agacés, parfois même méprisants, à la vue d'un promeneur perdu dans l'appréciation d'une des espèces botaniques. La Conscience se retourna.

Steben s'engouffra immédiatement dans le premier sentier venu.

Il patienta avant de revenir précautionneusement sur ses pas. Il repéra les deux hommes qui disparaissaient déjà à un tournant. Il se dépêcha de reprendre la poursuite. Il vit un arc-en-ciel se former derrière les arbres et vérifia le ciel. Il n'y avait pas de nuages en vue.

Il atteignit enfin le bout de l'allée et s'arrêta net.

Il examina la fontaine depuis sa pierre noire veinée de jaune argenté, le délicat tracé de sa vasque rose, jusqu'aux raffinés et complexes ballets de ses jets d'eau. C'était bien une réplique de celle de l'ascenseur. Quelle étrange coïncidence qu'il puisse voir des répliques des Cœurs-perdus deux fois en l'espace de quelques mois.

La légende voulait que son eau lave les souffrances des purs d'âme. Ces derniers savaient que leur vœu serait exaucé lorsqu'ils voyaient un arc-en-fée. Certains racontaient même qu'ils avaient été reçus dans un cadre enchanteur avant d'être renvoyés chez eux.

Il en fit le tour, il ne voulait pas perdre sa cible, et se figea abasourdi devant la barrière rocheuse.

Agacé il revint sur ses pas, mais le chemin était entièrement dégagé. Il vérifia que les deux hommes ne s'étaient pas enfoncés dans un des petits sentiers perpendiculaires, sans succès.

Après avoir emprunté chaque allée et croisé que les habituels flâneurs, il s'avoua vaincu, surtout lorsqu'il constata que même la fontaine avait disparu. Perplexe et vexé, il rebroussa son chemin en accélérant le pas.

Xavier apparut devant lui avec un grand sourire, le forçant à battre des bras pour retrouver son équilibre.

— Tu es venu, je commençais à désespérer !

— Xavier ! Qu'est-ce que tu fais dans les parages ?

Xavier avait toujours cette attitude nonchalante et un peu benêt qui empêchait les gens de le prendre au sérieux, il affichait pourtant un air déterminé assez surprenant.

— On m'a dit que c'est réglé comme une horloge, tous les premiers vendredi de chaque mois ils sont là.

— Quoi, qui sont là ?

— Juste pour une fois, suis-moi et ne nous fais pas repérer.

Steben vérifia sa montre, il était 5 h 47, presque l'heure de son couvre-feu.

— Je ne peux pas, on m'attend...

— Écoute, je suis fatigué de ton attitude ! Tu passes ton temps à te plaindre de Pénélope, et quand je te propose un sujet sérieux tu te défiles ! Il leva la main interrompant ses protestations. Ils sont dangereux, oui dangereux ! Ils n'arrêtent pas de s'en prendre à Victor. Je ne sais par quel miracle il s'en est toujours sorti. Sauf que cette fois, il n'est pas encore rentré. Presque deux mois maintenant.

Steben essaya de concilier l'image de l'arrogant Victor avec un petit être bâillonné et terrorisé, sans succès. Devant son air dubitatif, Xavier leva les bras au ciel.

— Bien Sorren, fais comme tu veux !

Il s'éloigna à grands pas, laissant un Steben très indécis.

À contrecœur, il le suivit. Xavier se retourna en l'entendant.

— Deux mois ! Comment se fait-il que personne ne soit au courant ?

— Ils ont d'autres chats à fouetter. Steben rougit, sa jalousie l'avait fait délaisser le cas de Victor. Il hésita à demander des précisions craignant une réponse encore plus imprécise. Je veux juste que tu voies quelque chose. Après, je te promets de te montrer mon dossier, avec des détails que tu ne trouveras jamais dans celui de la fille du commissaire.

— Comment es-tu au courant que Chloé m'a fourni des dossiers ? Euh, t'en as parlé à personne, au moins ?

Xavier se contenta d'accélérer, quittant l'allée principale pour s'enfoncer dans la zone des orchidacées.

Steben le suivit, inquiet.

— J'ai laissé tomber l'affaire, tu sais ! Il n'y avait rien à en tirer de cette bande de gamins désœuvrés... ils ont fugué et sont retournés chez eux quelques semaines plus tard quand leur phase de rébellion était passée.

Xavier ne donna pas l'impression de l'avoir entendu. L'air humide et froid du sous-bois sombre les obligea très vite à refermer leur manteau. L'odeur d'eau fraîche et de fougères accompagnait la progression. La mousse envahissait les troncs d'arbres et le sol.

Steben se baissait pour éviter celles qui pendaient des branches et s'emmêlaient dans ses cheveux. C'était peut-être la raison du manque de succès de l'endroit en cette saison, il n'y avait personne dans les parages.

Xavier attrapa son bras pour l'entraîner vers un chêne au tronc imposant. Il en fit le tour, et continua à marcher en silence. Un sentier à peine visible cheminait parmi les arbres et malgré le manque de lumière Xavier l'emprunta sans hésiter. Cette attitude inattendue de l'adolescent, calme et assuré, empêcha Steben de commenter. Du moins jusqu'à ce que dix minutes plus tard il sentit cette caractéristique odeur iodée.

— Tu nous entraînes vers les salines, c'est dangereux !

— Calme-toi ! Et baisse le ton, on y est presque !

Ils s'arrêtèrent derrière une butte située à l'orée du bois d'où ils pouvaient observer la bande de terre immergée en contrebas.

La mer ne s'était pas entièrement retirée après avoir envahi la vieille ville. Sur un sol détrempé, mélange de boue, de sable et d'algues, des pans de murs et des silhouettes désolées de maisons en ruines se dressaient parmi les graminées et les arbustes assez coriaces pour survivre en milieu salin.

L'ancien aqueduc avait résisté aux eaux et se dressait encore fièrement, bien qu'ayant perdu plusieurs gros pans. Steben suivit des yeux ce qu'il en restait depuis le tunnel, bouché par des éboulis, creusé dans l'une des plus abruptes montagnes de Grises-Mines.

Le raz-de-marée avait enseveli à jamais un aspect important de la vie de la baie de Sauraye. De cette ancienne vallée riche et prospère, il ne restait que des ruines, une banlieue urbaine surpeuplée réfugiée sur les plateaux rocheux. Repérable grâce à son phare, la presqu'île fortifiée de Virgo-Fort, aussi opiniâtre et tenace que ses mystérieux habitants, les Arkiliens, se situait face au squelette d'un immense arbre qui se dressait au milieu de ce qui fut l'embouchure du fleuve Omblur.

Au-delà, l'archipel de Mereg et les cinq principales îles répertoriées.

Elles se perdaient parmi les vagues capricieuses de l'océan et étaient réputées inaccessibles à cause des eaux troubles, des violents courants littoraux et des falaises grises imprenables.

Un milieu hostile protégé parmi les marées et lagunes trop dangereuses pour y vivre, voire même être explorées.

— On doit suivre le trajet de l'eau, murmura Xavier

Steben ramena son regard sur une caverne à mi-hauteur d'où jaillissait la rivière souterraine qui dévalait en douceur jusqu'à rejoindre le fleuve principal avant de se mélanger à l'eau salée en contrebas formant la lagune.

— Qui est ta source...

— Quelqu'un de confiance.

— Il fait très sombre, remarqua Steben de plus en plus certain de faire une bêtise.

Xavier poussa un soupir, tendit la main pour lui montrer le geyser jaillissant au creux de bandes de pierres plates placées à mi-hauteur.

— On ne doit pas le perdre de vue.

Après un long moment dans la nuit humide et froide, Steben était prêt à se lever, s'en voulant de sa stupidité, lorsque Xavier se raidit.

— Ils sont là.

Des silhouettes émergèrent, sans que Steben comprenne d'où elles venaient. Il en compta une vingtaine au total. Elles étaient trop loin pour qu'il puisse distinguer leurs traits. Il compta six grandes, portant de longs manteaux dont la coupe lui rappelait ceux de La Conscience, entourant quatorze plus petites ; des jeunes.

Elles s'assemblèrent autour du geyser et patientèrent.

Xavier s'était emparé de son bras, peut-être pour se rassurer ou l'empêcher d'agir.

Le geyser disparut et un arc-en-ciel flasha brièvement, ses sept couleurs toutefois étaient un dégradé de bleu ; de très pâle à un profond bleu nuit.

À la place, un pont transparent, cristallin, se forma dont l'autre bout se perdait au milieu de la ville engloutie.

Steben aperçut au loin des tours lumineuses à la forme d'ovale.

L'île artificielle, construite sur les restes d'Alville, existait vraiment. Pourquoi, ne pouvait-il pas la voir avant l'apparition du pont ?

Les hommes, guidant les jeunes avec une main sur l'épaule, y prirent place et, Steben retint une exclamation de surprise, ils se désagrégèrent.

Il n'en restait que deux. La plus petite silhouette bondit soudain vers la montagne. Le grand jura et s'élança à sa poursuite. Il lança un objet rond, rappelant la forme d'un frisbee, qui s'éleva dans le ciel et duquel jaillirent des cordes lumineuses.

Elles s'élancèrent vers leur proie et s'enroulèrent autour d'elle.

Horrifié, Steben entendit un hurlement de douleur d'un enfant.

L'homme récupéra l'étrange objet, l'éteignit, les cris de l'enfant cessèrent. La brute le jeta négligemment sur le dos et se dépêcha vers le pont qui s'évanouit dès qu'ils l'atteignirent, ainsi que les tours ovales lumineuses.

Le geyser reprit innocemment sa place.

Pendant la brève scène, Steben fut trop choqué pour intervenir. Et la grippe féroce de Xavier sur son bras l'empêcha de bouger.

— Tu as vu ça ! Ce sont des sorciers, ils enlèvent des enfants et ces derniers reviennent changés. Leur corps est là, mais leur esprit est piégé dans l'eau. C'est cela qui est arrivé à tes fugueurs. Si tu avais vérifié, tu saurais qu'ils sont maintenant hospitalisés, ou traités...

— Qu'est-ce que tu racontes, ils ont emprunté le pont ! de là à dire que ce sont des enlèvements. Bon, le dernier cas est suspect, les autres n'ont pas réagi comme des otages...

— Tu as bien vu ! C'est cela tes fugues ! Les gamins retournent chez eux quelques jours plus tard. Attends..., quel pont ! Xavier demanda d'une petite voix, tu es comme Victor. Non, tu es l'un d'entre eux ! Je suis tellement stupide, c'est pour ça que tu es là, pas vrai ! Pour effacer les traces ! Moi qui pensais que tu voulais juste te faire mousser auprès de Pénélope !

Il s'éloigna lentement à reculons.

— Écoute, je ne comprends pas ce que tu veux dire...

— Tu m'as menti, tu es dans le complot ! Tu t'es moqué de moi !

Il s'enfuit, ignorant les appels de Steben, vite avalé par l'obscurité du sous-bois.

10⌋
Décisions

Steben emprunta l'escalier de secours pour atteindre le toit.

Il reprit son souffle tout en embrassant la vue.

Les Hauts-Plateaux étaient toujours aussi déprimants. La hauteur et les murs antibruit ne diminuaient pas vraiment le vrombissement de la circulation sur les voies rapides en contrebas.

Malgré sa position élevée, les toits cachaient le fleuve Omblur, ainsi que ses deux bras, Selvilvette et Rotironde sur la berge de laquelle était amarrée la péniche/maison des Bokhari.

Sur l'autre rive de Selvilvette, il devinait les élégants immeubles blancs aux toits en ardoise des beaux quartiers, vestiges préservés de l'ancienne ville en partie engloutie.

Au loin, le phare de Virgo-Fort guidait toujours les marins entre les eaux traîtres de la lagune. Le Mont d'argent, imperturbable, reflétait un paysage inhospitalier, stérile. Steben se demanda si le cœur de la région des Arkiliens était vraiment hostile et, repensant à l'attitude farouche de La Conscience, si le lieu avait eu une incidence sur le caractère de ses habitants.

S'arrachant à la vue, il vit que la maxime sur l'ardoise n'avait pas changé. Irès hésitait certains matins devant la porte, touchait la clé autour de son cou, avant de s'éloigner.

Leur pompeusement baptisée 'serre' était recouverte de bouts de verre et plastique dépareillés. Elle avait pourtant servi efficacement son propos ainsi que son nom de garderie à plantes, en protégeant les semis et autres végétaux qu'ils sauvaient ou achetaient au fil des ans.

Ayodel était déjà à leur table ; une vieille planche qu'ils 'empruntèrent' et posèrent sur de vieux tréteaux lorsque des voisins l'abandonnèrent aux encombrants.

Il traçait d'un mouvement rapide et brusque dans son cahier à esquisse tout en vérifiant les indications du carnet de commandes. Il leva un sourcil interrogateur en le voyant arriver par l'escalier.

— Maman m'oblige à faire les corvées. Toutes les corvées !

— Irès est blessée. T'es rentré à pas d'heure, Claire t'a cherché partout ! répliqua de sa voix raisonnable son ami avant de désigner la serre, ce n'est pourtant pas suffisant pour la faire se tenir tranquille.

Steben poussa un soupir résigné en voyant l'ombre de sa sœur à l'intérieur.

— Elle a trois broches dans son poignet, elle était censée se reposer.

Steben choisit le deuxième meilleur siège, une vieille jardinière renversée. Les autres devraient se contenter d'assemblage de bois, métal et un rond en plastique orange, aléatoirement montés pour créer des sièges.

Il se servit un généreux bol du thermos de cacao.

— Maman te fait dire que si jamais tu fais encore une bêtise, elle s'assura que tu ailles à pied pendant toute la semaine !

— Pourquoi on m'accuse toujours !

— Parce qu'on sait que tu es le mauvais garçon de la bande, Chloé leva la main stoppant ses protestations, tu inities en général les mauvais plans et tu es toujours en retard ! ajouta-t-elle amusée.

Aussi fringante que d'habitude, ses boucles blondes étaient retenues par un serre-tête délicatement ouvragé qui donnait l'impression qu'elle portait une couronne, sans nul doute un effet parfaitement étudié. Elle s'installa dédaigneusement sur le tabouret en plastique orange, à la gauche de Steben, en ramenant soigneusement sur ses cuisses les pans de sa jupe bleue afin de ne pas les salir. Elle déposa son sac sur la table et non pas avec les deux autres par terre.

— Où est ta moitié ? s'enquit-il.

— Ailleurs... au fait, où est Irès ? Dans la serre ? devina-t-elle en tentant d'apercevoir du mouvement à l'intérieur de la rustique construction et évitant ainsi de lui répondre.

Steben regarda Ayodel qui haussa les épaules et mima "plus tard" derrière le dos tourné de la jeune fille.

— Elle l'évite. Elle doit porter le plâtre au moins six semaines avant de commencer la rééducation.

Steben se leva et alla inspecter le dessin occupant tout le mur, en trompe-l'œil, un pont arc-en-ciel.

— C'est nouveau ?

Ayodel ignorant sa tentative de diversion.

— Elle n'aura pas de bourse, dit-il à Chloé et ils sont punis jusqu'à la fin de l'année scolaire à cause de lui.

— Ouille !

— C'est étrange, je ne l'avais pas remarqué !

Steben examina la peinture avec un soin exagéré.

— Steb', tu t'en étais moqué et demandé où j'avais mis Dorothée ! répondit Ayodel agacé, avant de se tourner vers Chloé. Il a encore perdu une occasion de la fermer ce matin et leur a assuré deux semaines de détention avec Mme Pinchat. Les yeux de la jeune fille s'agrandirent.

— C'est de la faute de Pénélope ! Elle nous a retenus, elle n'accepte pas que je ne puisse plus l'aider.

— Tu l'as évitée pendant des semaines, tu t'attendais à quoi ! Steben se passa la main dans les cheveux, il eut du mal à cacher son air coupable.

— Il y a un avantage à ma situation, avoua-t-il avec satisfaction, pas de recherches pour le journal après les cours, plus d'articles à taper jusqu'au petit matin, plus de retard et plus de transport en commun aux heures de pointe.

— Si tu le dis.

Chloé changea de sujet préférant parler de l'événement du siècle à venir.

— Le mariage se fera sous haute surveillance, plusieurs grands dignitaires seront présents pour le voyage inaugural de l'Agausto vers cette nouvelle île...

Steben revint s'asseoir.

— Il y a donc vraiment une île !

— Pourquoi t'intéresses-tu tant à cette île ?

— Je pense qu'elle peut m'aider à éclaircir cette histoire de fugues.

— Tu as des indices ?

Steben détourna le regard, n'osant pas raconter sa vision du pont et de l'arc-en-ciel bleu.

— Juste une intuition, les deux autres poussèrent un soupir exagéré, je suis certain de trouver des réponses sur l'île ! Il se leva d'excitation, et maintenant j'ai un moyen de l'atteindre !

— Ce sera difficile, la sécurité des Villord et des gros bonnets de cette fondation, Alfeyn, est digne de celle d'un chef d'État. Mon père est le commissaire de police pourtant je n'ai pu être invitée qu'avec leur accord préalable ! Tu crois toujours que La Conscience y est mêlé ?

— Cent pour cent sûr !

— Une intuition ? releva Chloé avec ironie.

— D'accord ! Ayodel leva les mains en signe de paix, après tout, ce n'est pas plus farfelu que la version de Xavier qui prétend que des sorciers ont enlevés Victor.

Steben eut une violente quinte de toux. Chloé lui tapa sur le dos.

— Ça va ?

— Oui, ai juste avalé de travers. Dites, vous ne pensez pas que Victor joue un petit jeu pour se faire mousser

— Il est capitaine de l'équipe de rugby et il dirige le club d'archéologie, lui rappela Ayodel, il n'a pas besoin de se faire mousser.

— Tout le monde l'appelle Arès à cause de son attitude belliqueuse et conquérante sur le terrain, c'est un irresponsable imbécile qui ne cesse de créer des problèmes !

— Non, c'est un charmant garçon, volontaire et engagé, que Marion Gallier a préféré à toi le premier jour de notre entrée au bahut et que tu as, de façon immature, ignoré ensuite !

Chloé et Ayodel se regardèrent avant d'éclater de rire.

— Qu'est-ce que tu as pour l'instant ? se reprit Chloé charitable.

Steben exhuma du fond de son sac le volumineux dossier et l'article qu'il avait enfoui après sa désagréable surprise à MCom. Il donna aux deux autres un dossier et lit le sien en diagonale pour se remémorer les faits.

Il fronça les sourcils.

— Bizarre... dites.., attendez que je calcule..., prenant un crayon il souligna sa liste, j'ai peut-être une piste. Les fugues ont augmenté depuis un an, avec un pic d'environ cent jeunes uniquement sur les six derniers mois. Tous avaient entre douze et quatorze ans...

— J'ai mieux, s'exclama Chloé, ils sont tous nés en janvier ou en juin, exceptionnellement fin juillet ou début août.

— Ce serait quoi ? Des rituels ? s'étonna Ayodel.

Ils échangèrent un regard troublé.

— Si c'est le cas, on aurait dû avoir des problèmes, je suis né le dix-neuf juin et vous deux le quatorze janvier.

— Je suis sauvée alors, je suis née le quinze septembre, leur rappela Chloé. Il y a peut-être d'autres critères...

— On n'a pas assez d'éléments, mais c'est une piste à creuser... rien d'autre ?

— Ils sont retournés chez eux dans les trois semaines suivantes, déboussolés, épuisés et amnésiques. La majorité est encore hospitalisée, lit Ayodel, la police n'a pas jugé utile de creuser... Chloé ?

— Je n'ai plus accès à rien !

— Je ne vois personne d'autre que toi pour m'aider

࿇

— On part ! Meitamei tambourina du poing sur la porte donnant accès au toit pour appuyer le message. Chloé, ton père aussi est arrivé !

— Quelle petite peste ! Ayodel fit la grimace. En ce moment, elle écoute cette musique pourave à fond et jusqu'à pas d'heure.

Cesse de l'embêter, et elle te laissera tranquille, lui dit Steben en lui tapant sur l'épaule pour le consoler.

Irès les rejoint alors.

— Les livraisons de la 102a et 306d sont prêtes ! annonça-t-elle sèchement.

Steben acquiesça, évitant le regard anxieux d'Ayodel et de Chloé et se dépêcha de ranger le dossier.

Les weekends étaient <u>Le</u> moment de réjouissance.

Ils se retrouvaient sur Les cinq Muses pour se détendre, se gorger de plats délicieux qu'Ismène leur faisait tester avant de les ajouter à la carte de son service traiteur à domicile et visiter la région en longeant les nombreux canaux fluviaux.

Ils échangeaient les dernières nouvelles, prévoyaient le programme de la semaine à venir et taquinaient Steben pour son problème de retard.

Pourtant, Steben avait un mauvais pressentiment. Il nota que les conversations de ses parents étaient remplies de fausses gaités. Les questions sur l'avenir évitées. Et, malgré les compliments polis, tout le monde devint conscient que le couple n'arrivait pas à apprécier ce qu'il mangeait.

Sa mère en particulier affichait un air harassé et passa tout le dîner sur le qui-vive.

Il désigna discrètement les parents à sa sœur. Elle haussa les épaules la mine sombre.

Ce fut à la fin du repas que le couperet tomba.

— On partira à la fin de l'année scolaire, annonça avec un soupir peiné leur père après avoir avalé la dernière gorgée de sa deuxième tasse de café.

— Non !

— C'est trop loin !

— C'est à peine dans quatre mois…

— Mais la prépa'…

Il ne répondit qu'à la protestation de sa mère.

— On partira à la fin de l'année scolaire…

— Non !

Il lui lança un regard implacable. Elle finit par incliner la tête, sans masquer réellement son désaccord.

— Vous ne pouvez pas ! Papa dit leur qu'ils peuvent rester ici, insista Meitamei, ne cachant pas son hostilité à l'égard de leur mère.

— Ne te fais pas de soucis, la rassura Cole, on trouvera une solution dit-il, un clair avertissement aux parents de ne pas intervenir, qu'en-est-il du test d'entrée à la prépa ?

— Les enfants doivent poursuivre leurs efforts, je ne sais pas encore où on va atterrir. Peut-être que le niveau des lycées ne sera pas aussi médiocre et l'entrée dans une prépa' moins urgente.

11⌋
Perte et retrouvailles

La direction et tout le personnel sont au regret de vous annoncer le décès de votre fleuriste M. SIN. Une enveloppe est ouverte à la réception. Direction Résidence Perdlieux

Le mot inattendu, froid et insensible, négligemment fiché sur le tableau parmi les autres nouvelles et offres de bonnes affaires, fit chanceler Irès.

Steben accusa le coup avec plus de recul que sa jumelle.

— George disait ne pas être au courant, j'espérais...

— Je suis vraiment désolée, ma chérie, sa mère l'étreignit brièvement. Viens, insista-t-elle en l'entraînant doucement, mais fermement.

Sa jumelle se retourna vers l'annonce avec un air incrédule et, moins compréhensible, coupable.

Sa mère lui parlait urgemment à voix basse. Elle secouait la tête, mais semblait incertaine.

— Sébastien se plaignait encore hier d'hommes qui l'empêchaient de faire son travail et posaient des questions.

C'est surement lié à cette histoire d'expédition dont il ne cessait de parler...

Steben vit que loin de l'apaiser, cela ajouta à sa détresse. Elle pressait les paupières, une larme s'échappa malgré tout à travers ses cils.

— Steben... fiston ?

— Je vais bien !

☙❧

— Renaissance Saurienne.

Ayodel recula au milieu de la rue pour mieux voir et siffla d'admiration devant les hautes grilles du domaine de Richnaures.

— Ayo...

— Quoi ! Tu as vu ce bijou architectural ! La ligne parfaite de ces tours ! Avoue que c'est une beauté !

À l'entrée de l'avant-cour, le garde dans la guérite tendit la main sous l'étroit espace en bas de la vitre pour obtenir leur invitation qu'il vérifia avec une mine renfrognée avant d'indiquer l'aile dans laquelle se tenait la cérémonie d'adieux. Ils empruntèrent lentement une longue allée comblée par de petites pierres concassées blanches et vert olive, ombragée par des platanes. Ayodel put apprécier la demeure et ses jardins de tout son saoul.

À travers la haie d'ifs, dans l'avenue pavée centrale, ils percevaient épisodiquement des voitures se dirigeant vers l'imposant château du Domaine de Richnaures.

— Vu la situation, je suis étonné que Claire vous ait donné l'autorisation de venir.

Voyant leur mine coupable Ayodel les prit par le bras et les fit se retourner vers lui.

— Claire sait que vous êtes là, n'est-ce pas ?

— M. Sin est un ami...

— Je croyais que vous alliez vous tenir à carreau au lieu de vous impliquer dans un nouveau plan susceptible de l'encourager à partir.

— On ne pouvait pas ne pas être là Ayo ! Tu le sais, maman le sait... même si elle préfère ne pas le savoir.

Ils reprirent leur route dans un silence pesant.

— C'est étrange, vous ne trouvez pas qu'il y a beaucoup de personnes. Je croyais qu'il n'y aurait que la famille.

Ayodel considérait perplexe l'embouteillage autour de la fontaine placée devant les larges escaliers menant à l'entrée du manoir.

— C'est La Conscience, s'étonna Steben aussitôt sur ses gardes. Il essaya de faire coïncider l'image qu'il avait de M. Sin, un petit homme discret, au physique chétif, à la démarche étrangement chaloupée avec une figure connue.

— Il est bizarrement habillé, vous n'trouvez pas ? Ayo fixait un homme vêtu d'un insolite habit ample discutant avec la Conscience. Il s'est matérialisé de la fontaine, plaisanta-t-il.

Les deux autres semblaient tout aussi effarés.

— Non, expliqua distraitement Irès, une goutte d'eau positivement chargée est capturée et transformée pour servir de capsule. L'hydrocap absorbe et dépose les voyageurs devant la fontaine..., l'homme se tourna dévoilant son masque blanc saisissant, visage-figé ! s'écria-t-elle avec une certaine hystérie dans la voix, faisant déjà demi-tour, maman va nous obliger à partir dès ce soir si elle l'apprend.

— De quoi vous parlez ? chuchota Ayodel en écarquillant les yeux, je ne vois que La Conscience et un autre Arkilien portant un masque cérémoniel.

Irès le dévisagea avec incompréhension, réexamina la scène et resta bouche bée ; la personne avait retiré son masque avant de disparaître dans la demeure.

— Je... euh, elle reprit sa marche d'un pas mécanique sans approfondir, comme irrésistiblement attirée, les poussant à la suivre.

Ils arrivèrent au niveau des larges marches en pierre bleu-gris en même temps qu'un groupe venant de l'allée centrale.

Les personnes se pressaient à l'intérieur la mine maussade, triste.

Un homme au costume aussi sombre que son expression s'enquit de leur nom d'une voix remplie de sollicitude et d'adéquate compassion.

— M. George Santonien, Steben s'avança et lui tendit son invitation, ignorant le regard réprobateur d'Ayodel, nous sommes là pour M.Sin.

— Mes plus sincères condoléances. Désirez-vous faire vos adieux à votre cher disparu après la cérémonie ?

— Pardon ?

— Pour ceux qui le désirent, nous avons prévu des salles individuelles afin d'assurer un moment privé avec le proche...

— Oui, confirma Irès.

— La cérémonie générale se tiendra dans le salon Romane, il leur désigna un large passage bordé de colonnes ouvragées de pierre noire, et M. Sin..., il vérifia sur une fiche, se trouve dans la galerie ouest, la chambre bleue. En sortant du salon Romane, suivez l'allée à votre droite et au bout allez sur la gauche, ce sera indiqué ensuite.

— Si vous voulez bien me suivre, leur proposa un de ses clones.

Leur pas résonnaient sur le marbre ciel et sienne, les empêchant d'échanger sur la surprenante nouvelle qu'il y avait plusieurs défunts.

Le salon Romane, une immense salle sous une haute voûte d'ogives, comprenait des rangées de chaises, fauteuils richement tapissés d'un tissu en velours bleu roi en fait, tournées vers une estrade en bois ivoire clair, presque blanche.

Les trois enfants stoppèrent surpris par les centaines de personnes déjà présentes.

Dans une atmosphère remplie de tristesse, l'assemblée contemplait les photos des vingt et une personnes affichées sur le mur. Dessous, sur une table basse, un immense bouquet dans un vase noir, bas, plat, effilé, épuré et rempli d'exubérantes fleurs blanches immaculées, rehaussées par des feuilles émeraude vernissées.

Un raclement de gorge les fit se bouger.

Ils trouvèrent une place vers le fond de la salle.

— Je ne savais pas que le décès de M. Sin était lié à l'affaire de contrebande ! Je ne savais même pas qu'il y avait eu des pertes humaines, ils n'ont parlé que de trafic d'animaux.

— Cela explique le délai, tant que l'enquête était en cours, on ne pouvait obtenir d'information. Je me sens presque coupable d'avoir accusé George d'être un égocentrique sans cœur.

Les portes furent fermées, Monsieur le Gouverneur de Sauraye prit place derrière le pupitre.

— Chers amis, adressa-t-il aux quelques deux cent cinquante personnes présentes, nous ne sommes jamais réellement préparés à cette épreuve qu'est la perte d'un être cher. D'autant plus lorsque cette perte est inattendue et brutale. Je suis conscient que mes paroles vont vous paraître vides de sens et ne remplaceront jamais la présence de votre proche ou ami. Sachez pourtant que ma famille et moi-même nous nous tenons à vos côtés. Je tiens à vous remercier de votre incroyable force de caractère et de votre compréhension face aux incertitudes de ces trois derniers mois. Je sais qu'ils ont été très pénibles, l'enquête a eu toute mon attention et a été menée avec toute la diligence qu'elle méritait. Je comprends que ce à quoi vous aspirez maintenant afin de pouvoir sereinement faire vos derniers adieux ce sont des précisions et faits. L'Arkos Capitalin qui supervise la sécurité de la zone maritime a bien voulu accepter mon invitation à venir vous apporter des réponses et de jeter la lumière sur le drame qui a endeuillé notre communauté.

— C'est l'homme que j'ai suivi au parc ! C'est lui le chef de l'état de Mereg ! lâcha Steben surpris.

— Chuut !

Il fit un sourire d'excuse à son voisin.

L'Arkos, solennel dans son costume d'apparat, son masque formant une demi-couronne sur son front, monta sur l'estrade d'un pas lent, assuré. Il regarda négligemment ses feuilles avant de se lancer d'une voix rauque et forte dans son rapport.

Le 4 janvier à 7 h 47 la balise de détresse du transbordeur Reinie II fut déclenchée. L'équipe de sauvetage arriva sur les lieux moins de vingt minutes plus tard. Les hommes constatèrent que le Reinie II était en feu et qu'il s'était fait éventrer par le bateau de plaisance Miranda. Les bâtiments sombrèrent trop vite pour pouvoir porter secours à ceux ayant survécu à l'impact. D'autant plus que la majeure partie de la cargaison du Miranda, des animaux particulièrement dangereux, s'était échappée.

Acculés, ils attaquèrent les quelques civils qui avaient pris refuge dans les canots de sauvetage.

Ensuite, la brume et les courants ont rendu leur accès et la recherche des éventuels survivants malaisés.

Les victimes sont au nombre de vingt-huit ; les quatorze civils et sept hommes d'équipage du Reinie II et les sept personnes à bord de Miranda. L'équipe ne put au final sauver que les quelques cages renfermant des animaux trop faibles pour s'échapper.

— Les deux épaves sont malheureusement dans des eaux trop profondes et dangereuses pour poursuivre l'enquête sans mettre en péril la vie de nos hommes. Toutefois, il est vraisemblable que le Miranda emprunta la voie des marées quand il fut surpris par le mauvais temps, le manque de visibilité et la vitesse sont sans aucun doute à l'origine de l'accident.

— Et il vous a fallu trois mois pour en arriver à ces conclusions ! s'exclama une adolescente en se levant d'un bond.

Un murmure d'agrément traversa la salle.

— Oui, fut la réponse laconique.

L'Arkilien rassembla ses feuilles et, sans attendre, descendit de l'estrade avant de sortir de la salle dans un silence choqué des plus impressionnant.

— Euh..., bien, je vous rappelle que mes services se feront un plaisir de vous répondre.

Le gouverneur offrit à la salle son sourire compréhensif.

— Félicitée ! insista l'homme assis à côté de l'adolescente en lui tirant sur le bras pour la forcer à s'assoir.

Elle finit par céder, de mauvaise grâce. L'homme tendit le bébé dans ses bras à une fille portant des lunettes de soleil et dont les cheveux bruns frisottés, vaporeux, étaient méchés de blanc à noir corbeau et, était-ce du vert ?

Steben entendit Irès prendre une grande inspiration en la voyant. Il lui donna un léger coup de coude et leva un sourcil interrogateur.

Elle lui fit un sourire et secoua la tête "rien". L'élargissement de ses pupilles et la façon dont elle se tortillait les mains contredisaient son propos.

L'homme, le bras autour de Félicitée, lui parlait doucement, alors que la fille aux cheveux méchés se tenait très droite, dissimulant difficilement son malaise à devoir tenir le bébé.

Après quelques banalités et platitudes, le gouverneur céda la place au responsable des transbordeurs, qui tint à garantir de la qualité et sureté de ses bateaux, et au commissaire de police qui s'engagea à poursuivre l'enquête ; connaissant le père de Chloé, Steben en était certain.

Le gouverneur finit par un bref éloge de chaque défunt.

Steben se perdit dans l'examen des invités. Les médias étaient représentés par La Conscience et un seul photographe qui se référait à l'attaché de presse du gouverneur avant de prendre la moindre photo.

— Qu'est-ce t'en penses ?

— Je ne comprends pas ce qu'il faisait sur ce bateau, révéla Irès avançant la tête soigneusement baissée.

— Ce fut un excellent exercice politique de contrôle des dommages, intervint Ayodel en tentant d'alléger l'atmosphère, le seul n'ayant pas joué le jeu était l'Arkilien, le chef d'État des Arkiliens en fait. Pas très accommodant comme personnage, le gouverneur le craignait.

— C'est étrange non, qu'aucun défunt n'ait pu être remis aux familles, poursuivit Irès, ignorant ses efforts.

— Pas moins étrange est l'incroyable silence sur cette affaire. Avez-vous aussi noté qu'il n'a jamais été fait mention des sept membres d'équipages du Miranda ?

— Pas étonnant, inquiétant.

Ayodel acquiesça.

— Beaucoup devaient venir de l'étranger et pourtant rien n'est apparu dans les journaux, les Villord sont bien plus puissants que je ne le croyais, reconnut Steben.

— Partons avant d'être pris dans le gros de la file, ajouta Steben ayant remarqué qu'Irès n'avait cessé de balayer fréquemment la salle avant de s'enfoncer dans son siège.

Ils atteignirent sans encombre la pièce dédiée à M. Sin. Ils furent rassurés de ne trouver à l'intérieur qu'un vieux couple assis devant une petite table, avec une photo du vieil homme souriant entourée de bouquets de fleurs et de mots de sympathie.

Steben reconnut ceux de sa famille et des Bokhari.

La femme, les yeux fatigués et boursouflés, leur adressa un sourire de bienvenue.

Les trois enfants s'installèrent sur la même rangée que le couple pour partager ce moment de recueillement et faire leurs derniers adieux à M. Sin.

Dans le silence de cette pièce trop parfaite, calme, stérile et sentant le capiteux parfum des fleurs, très loin du vieil homme simple et toujours bouillonnant d'énergie que Steben connaissait, il se rendit compte qu'il ne le verrait plus jamais.

Il leur avait offert une porte de sortie au cul-de-sac qu'était de vivre dans les tours détériorées. Il les avait motivés, amadoué les parents, surtout leur mère, pour construire la serre, conseillé sur l'entretien des plantes qu'il avait toujours comparé à nourrir son âme.

Irès était blême, les traits exsangues. Steben ressentait de façon aiguë son extrême souffrance, M. Sin était après tout son seul ami ; Chloé Fortevoni était plus proche de lui et Ayodel un membre de la famille.

Il les avait vus passer des heures à dessiner la serre pour la rendre optimale à l'entretien et l'épanouissement des plantes. Cherchant à rationaliser les ressources et automatiser le processus afin de pouvoir profiter des bienfaits de la serre, sans qu'elle ne leur prenne trop de leur temps. Ils partageaient aussi des projets secrets dont il n'avait pas pris la peine de s'enquérir, il se demanda s'il aurait dû, du moins pour l'aider dans les semaines à venir.

— Vous êtes les enfants de Perdlieux ? s'enquit enfin la femme, ils acquiescèrent.

— Comment le savez-vous ?

— Oh ! ce n'est pas courant des jumeaux ! Ayodel eut un sourire amusé devant le visage rougi de Steben et l'air embarrassé d'Irès. Émile et moi, on s'occupait occasionnellement de sa maison, continua la vieille dame, Andéol était un solitaire. Il n'a plus de famille, pas d'ami proche. Excepté ses plantes, il ne parlait que de vous deux. Vous lui avez apporté tant de joie ! Je tenais à vous rencontrer et vous remercier d'avoir illuminé sa vie ! Elle enleva un cordon autour de son cou avec une clé en pendentif, Andéol m'a fait promettre de te la remettre, m'assurant que tu savais ce qu'elle ouvre.

Irès la prit d'une main tremblante, et un sourire mouillé de larmes, et la mit dans sa poche.

— Est-ce que vous avez noté une fleur rouge dans ses affaires ?

— De quelle fleur parlez-vous ? s'enquit la vieille dame, sur un ton faussement dégagé.

— Oui, quelle fleur Irès ?

— Non rien, il parlait d'améliorer l'une d'entre elles...

— Vous êtes au courant de cette mystérieuse fleur pour laquelle de grosses brutes nous ont agressés et saccagé la maison, n'est-ce pas ? s'interposa l'homme devant la répugnance de sa femme à approfondir le sujet. Irès se mordit les lèvres et rougit. Tâchez de l'oublier, ce n'est pas la peine de vous attirer des ennuis inutiles, insista-t-il avec un regard sérieux.

En sortant, Ayodel et Steben tentèrent d'en savoir plus, Irès resta bouche cousue.

Après le silence de la pièce, les éclats de voix dans la petite cour carrée sonnaient désagréablement assour-dissants.

Steben reconnut Félicitée. Son père tentait de la calmer.

De près, même en colère, elle était très charismatique. Seule la jeune fille à la magnifique chevelure frisée et méchée avait un visage impassible. Ses lunettes étaient remontées, laissant voir des yeux immenses qui man-geaient la plus grande surface de son visage triangulaire, aux pommettes hautes et à la bouche menue.

Étrangement, il ne put s'empêcher de se dire qu'elle n'appartenait pas à ce monde.

Félicitée se débarrassa du bras de son père :

— On ne va pas déménager ! asséna-t-elle avec force à une dame aux cheveux blond-roux artistiquement arrangés, et élégamment habillée d'un voile noir.

— Tu es bouleversée par les évènements mon enfant. Ma sœur n'aurait jamais accepté que je vous abandonne dans un tel moment. Juste le temps de voir votre père se remettre de sa blessure, il aura besoin d'aide avec le petit. Notre famille, elle jeta un regard dédaigneux à la fille aux mèches, doit se soutenir et je suis là pour vous.

— Peut-être qu'on pourrait continuer cette conver-sation dans un lieu plus approprié, M. Villord fixa de façon significative en direction des trois adolescents qui n'osant pas déranger, s'étaient arrêtés. Son attention se posa brusquement sur Irès. Il la dévisagea avec perplexité. Cette dernière lui présenta une face lisse, Steben nota pourtant que son poing gauche se serra. Villord vit son plâtre et sa physionomie se transforma en une inquiétante expression rusée.

Malgré la répugnance de Félicitée, la dame en voile noire s'empara de son bras et l'entraîna, poussant les autres à les suivre. Après un ultime regard inquisiteur, Villord s'éloigna.

La fille aux cheveux méchés s'attarda.

Elle les scruta attentivement. Lorsqu'elle s'arrêta sur Irès, cette dernière cessa momentanément de respirer.

Steben ressentit alors une étrange sensation, comme une petite décharge électrique lui traversant le corps, faisant hérisser ses poils. Irès se reprit de sa paralysante stupéfaction et s'enfuit à grands pas.

Jetant un dernier coup d'œil à l'étrange jeune fille, Steben se lança à la poursuite de sa jumelle.

— Qui est-elle ? on dirait que tu as vu un fantôme ! s'exclama-t-il en la rattrapant finalement.

— Je ne sais pas, ce n'est pas important.

Ayodel avait lui aussi du mal à cacher son scepticisme devant l'évident mensonge. Irès, livide, tremblait encore, visiblement très secouée par la rencontre.

— Et Villord, on dirait qu'il essayait de te situer, t'as dû le marquer lors du match. Irès...

— Écoute, il faut qu'on rentre avant que les parents ne viennent vérifier qu'Ayodel a vraiment un de ses épisodes, Meitie pour l'embêter a très bien pu éteindre la lampe !

Steben allait insister, Ayodel lui fit non de la tête.

— Je vais lui parler.

Il acquiesça, Ayodel, avait le don d'inciter les autres à se confier sous le prétexte de les croquer, sans dire un seul mot, donnant juste un signe d'encouragement et de sympathie ici et là. Ils se méfiaient rarement de lui, peut-être parce qu'il vivait dans son monde.

◉◉

Gail Galland contempla les trois humains jusqu'à ce qu'ils disparaissent.

Elle avait retrouvé la fille sans aura, un nœud temporel allait se dénouer bientôt.

Elle s'arrangerait alors pour être très, très loin de l'épicentre.

Sans se presser, elle rejoignit les autres.

12⌟

Maladresse

Perplexe, Steben regarda les cartons vidés de leur contenu qu'ils avaient eu tant de peine à remplir. Sa sœur le poussa pour voir ce qui l'empêchait d'avancer.

— Je croyais qu'on devait commencer à emballer ?

— On va prendre du retard sur le déménagement ! maugréa leur mère la mine renfrognée.

— Ce n'est pas urgent.

Leur père, détendu, jovial même, referma la porte après avoir poussé Chloé et Ayodel à l'intérieur.

— Ça l'était hier, insista Irès.

L'ignorant, il se précipita à la sonnerie du four.

— Aha ! Parfait.

— Tu as fait un repas ?

— Allez vous distraire ailleurs, ce soir je m'occupe de tout !

— Tu nous donnes un indice, demanda leur mère amusée en le voyant hacher les légumes en sifflotant.

— Non.

Les enfants s'entassèrent dans la chambre d'Irès.

— On modifie le plan des révisions ou l'on s'en tient au calendrier ? s'enquit Ayodel, visiblement mal à l'aise.

Chloé se pencha :

— Pourquoi, qu'est-ce qui a changé ?

— On ne peut accéder à aucun lycée digne de ce nom avec nos notes actuelles et, comme Irès est blessée, on pense tenter une voie parallèle par concours, expliqua Steben.

Ils travaillèrent dans un silence pesant jusqu'au moment où leur père les appela.

Le rôti s'avéra un peu trop cuit, mais personne ne s'en plaignit, il était délicieux.

Ernest Sorren prit lentement une enveloppe de sa poche.

— Irès, je sais que tu as perdu espoir. Non, tu n'as pas à te justifier, avec tous ces problèmes cela se comprend. Mais, je sais aussi combien tu t'es investie pour atteindre ton but..., il secoua une enveloppe d'où sortait une épaisse feuille de papier crème, j'ai reçu ça aujourd'hui.

Ayodel, plus proche de lui, s'empara de la lettre.

— Une bourse pour une admission à l'Académie privée d'Hastalbis. Il émit un sifflement admiratif. Une école faisant partie du réseau des GÉNIES, expliqua-t-il aux autres. C'est la crème de la crème des grandes écoles. Quand as-tu postulé ?

— Je ne l'ai pas fait. Je ne comprends pas.

L'ébahissement d'Irès laissa rapidement place à un sourire rayonnant.

Ayodel la souleva pour la faire tourner en riant et les autres s'approchèrent pour la féliciter.

— Irès, comment as-tu pu ! ragea leur mère.

L'exclamation arrêta net les célébrations.

— Claire ! Qu'est-ce qui te prend, c'est une nouvelle inespérée ? J'ai téléphoné, ils ont confirmé que ce n'est pas une erreur. Irès obtient tout ce pour quoi elle a travaillé...

— Elle ne va pas y aller !

— Qu'est-ce que tu racontes ?

— On doit partir ! Maintenant ! La voix de leur mère avait une note d'hystérie. Oublions les cartons, on pourra acheter ce qu'on veut une fois sur place, elle se précipita vers sa chambre en marmonnant.

— Quoi ! Excusez-nous quelques minutes les enfants, lança Ernest en la suivant.

Steben, ignorant les éclats de voix, leva un sourcil intrigué.

Irès haussa les épaules, cachant mal sa détresse. Il pointa l'index, elle grimaça avant de lever la paume droite.

Steben inclina la tête ; donc non, elle n'en savait rien et elle n'abordera pas le sujet avant d'en savoir plus.

— C'est crispant de vous voir faire cela ! s'exclama Chloé.

— Quoi ? s'étonna Steben perplexe.

— On s'y habitue, la rassura Ayodel.

— Ce genre de truc là... avec plein de tics ! expliqua-t-elle en faisant une caricature de ce à quoi elle venait d'assister.

— Je ne comprends pas ce que tu veux dire ! répliqua Irès sèchement.

Elle regarda vers la chambre les traits tendus.

— Vraiment ?

Chloé ne cacha pas son incrédulité.

Ayodel posa une main apaisante sur son épaule.

Elle suivit son regard vers la chambre et inclina la tête.

— Vous connaissez l'école ? demanda-t-elle avec une fausse gaité.

— Les GÉNIES, ou Groupe d'Établissements Non Intégrés d'Enseignement Scolaire, sont un mythe. Il s'agirait d'un réseau parallèle d'écoles très select, à accès confidentiel. Ils acceptent des élèves à tout niveau scolaire. On ne sait pas trop leurs critères de sélection, le bruit court qu'un chasseur de têtes repère les futurs privilégiés. Une bourse est toujours octroyée, peu importe le statut de ce dernier, expliqua Ayodel, une fondation en assure la gestion. Elle participe également au financement de projets de recherche dans le domaine de la bioénergie, gère plusieurs établissements scolaires et universitaires privés ultras sélectifs. Le montant des bourses est tel qu'il couvre non seulement les frais d'inscription, mais aussi l'intégralité des années d'études. Ils payent même le déplacement et le déménagement des parents si nécessaire. Ils devaient s'implanter à Alville.

— Un de ces GÉNIES s'est donc installé de l'autre côté de la baie. Peut-être même sur cette mystérieuse île flambant neuve. Trois heures en transbordeur tout au plus ! On pourra toujours se voir le week-end !

— Cela dépendra de maman.

Steben maussade faisait les cent pas.

— Elle dira oui et dans quelques mois, fini cette banlieue nauséabonde et débilitante, adieu les écoles de seconde zone sans autres ambitions que d'occuper leurs ouailles jusqu'à ce qu'ils soient en âge d'être largués dans un monde cruel et...

— Chloé ? Lui reprocha Ayodel gentiment.

— Elle doit accepter !

Steben prit l'enveloppe sur la table. Un carton en tomba.

— Tu as même une invitation pour le mariage !

— Il ne reste plus qu'à convaincre votre mère.

꧁꧂

Steben fit la moue en voyant la lampe tempête allumée, posée par terre devant la porte de la cabine d'Ayodel. Il désirait parler à quelqu'un, malheureusement son ami était indisponible.

Irès lui toucha la main et désigna la porte de l'ancienne cabine de Zolani, l'aînée des Bokhari. Il inclina la tête, laissa tomber son sac sur le sol et alla à la cuisine se servir un verre de jus de fruit. Sa jumelle ne s'était toujours pas remise de sa blessure et se fatiguait très vite. Le décès du vieil homme l'avait aussi beaucoup affectée.

L'ensemble de la famille se trouvait installé sur le pont arrière qui faisait office de salon. La lumière filtrée par les vitrages et le feuillage des plantes qui envahissaient l'espace donnait un air chaleureux au pont aménagé en terrasse sur la vieille péniche/maison Les cinq Muses. Les sculptures choisies soigneusement par Cole et Ayodel ajoutaient cette petite touche d'élégance brute et primale qui faisait la renommée et le succès de la galerie d'art itinérante spécialisée en Arts populaires.

Il fit la bise à Ismène, ignorant astucieusement son air réprobateur, donna une étreinte chaleureuse à Cole et ébouriffa joyeusement les cheveux de Meitamei qui lui fit une moue agacée avant de se replonger dans ses devoirs.

— Zolani n'est pas arrivée ?

— C'est le dernier mois de sa grossesse, annonça Cole Bokhari avec l'inquiète fierté d'un futur grand-père, les docteurs lui ont recommandé du repos.

— Ça va ? s'enquit son père allongé sur l'une des chaises longues, en le dévisageant avec un regard inquisiteur.

Steben le rassura d'un sourire en s'installant à côté de lui.

— Irès ?

— Elle se repose. Elle ne peut pas faire grand-chose d'autre.

— Elle pourra se concentrer sur la préparation de leur test d'entrée, la rassura Cole avant de voir l'air coupable de Steben, quoi, qu'est-ce que tu as encore fait ?

— Pourquoi lorsqu'il y a un problème on pense toujours à moi dans cette famille !

— Steben !

— Ce n'est pas moi, je vous jure. Il lança un regard assassin à sa mère, elle les pressait tous les jours à partir.

— Steben...

— De toute façon, il ne put s'empêcher de dire dans un sursaut de rébellion, ce n'est même pas certain qu'on soit encore ici dans une semaine, euh..., le visage orageux de sa mère l'empêcha de poursuivre.

— Ernest ? Claire ? que veut-il dire par vous ne serez plus ici dans une semaine, je croyais qu'avec l'opportunité offerte à Irès vous aviez renoncé à partir ? s'enquit Ismène alarmée.

Steben sachant qu'il avait mis les pieds dans le plat comme d'habitude et n'osant pas affronter les regards effarés ou froissés de la compagnie se leva brusquement.

— Je vais voir Ayo..., il désigna vaguement à l'intérieur.

Les voix s'élevèrent avant même qu'il n'atteigne sa cabine.

Du moins, celle qu'il considérait comme telle lorsqu'il passait la nuit chez les Bokhari.

Ayodel était toutefois dans l'une de ses particulièrement très longues périodes d'inspiration, car la lampe ne lui donnait toujours pas le feu vert.

Trop énervé pour attendre tranquillement que l'orage passe, il prit sa veste, sauta sur la rive et monta l'escalier qui menait à l'artère centrale, dépeuplée, afin de se changer les idées.

Il prit une grande respiration, les Bokhari avaient la chance d'être amarrés sur la partie du fleuve Omblur juste avant le lac de retenue.

Leur péniche se situait dans un quartier tranquille des Hauts-Plateaux et à moins d'un kilomètre du grand parc régional Capitale qui s'étalait jusqu'au centre-ville Protebussa en contrebas.

Il commença à courir.

ॐ

La lampe était éteinte, il se glissa discrètement dans sa chambre en entendant des bruits de vaisselle venir de la cuisine.

Il fronça le nez lorsqu'un mélange de colle, de papier humide, de plâtre et de peinture fraîche assaillit ses narines.

Des petits personnages colorés séchaient dans le four qu'Ayodel avait persuadé son père d'installer. Sur l'étagère, d'autres figurines déjà peintes attendaient d'être sélectionnées pour l'une des scènes du carrousel alternant une saison et un cycle lunaire ; l'été, pleine lune, l'automne, dernier quartier, l'hiver, nouvelle lune, et enfin le printemps et premier quartier.

Steben réagit à peine, un haussement en coin ironique des lèvres, il avait vu des commandes faites à son ami bien plus étranges.

Irès était assise le dos contre le dossier du lit. Ses propres affaires avaient été jetées sur l'autre lit. Ils regardèrent avec perplexité ses vêtements humides et parsemés de brindilles.

— Plus tard, indiqua-t-il en enlevant sa veste souillée, avant de passer rapidement dans la salle de bain attenante.

— Les hurlements se sont calmés il y a à peu près une demi-heure. Tu arrives juste à temps pour ne pas te faire pincer, lui apprit Ayodel en lui tendant une limonade dont il but immédiatement une gorgée.

— Ta mère est un véritable chef ! conclut-il en savourant la boisson légère et épicée faite maison.

— C'est son métier.

Il leva un sourcil interrogateur en s'installant près d'Irès, elle le rassura avec un sourire ; elle souffrait, mais le pire était passé.

Ayodel approcha son 'fauteuil', une masse informe dont la couleur de la semaine était noire avec des zébrures rose vif qui heurtèrent sa rétine.

— Allez-y, insista-t-il, qu'est-ce qui se passe ?

Irès baissa les yeux et s'amusa avec la longue manche de son T-shirt. Steben comprit que c'était à lui d'expliquer.

Ayodel ne donna pas des mots creux, ils savaient déjà qu'il comprenait leur peine, il se contenta juste de l'habituel "je suis là !". Il était loyal, toujours, sauf quand il était possédé par son art.

— Tu as refusé l'offre de l'école !

Irès baissa la tête, avec expression butée.

— Maman est impossible à raisonner. Je ne sais pas combien de temps encore papa va tenir. Elle est décidée à partir rapidement d'ici. Irès ? Cette dernière secoua la tête, mais..., insista-t-il.

— Elle paraissait plus tendue ces derniers temps, je croyais que c'était à cause de la serre.

— On ne peut pas la faire changer d'avis ?

— À part un miracle, Irès huma son agrément. J'ai le sentiment que son attitude a un lien avec le naufrage.

— Ou même les fugues d'enfants, on est dans la tranche d'âge après tout. Je me fais peut-être des idées, reconnut Irès.

— Pas vraiment, Steben compta sur sa main, la bête, la mort de M. Sin, les fugues et ajoute à cela que des gens et des espaces apparaissent et disparaissent...

Ayodel et Irès se tournèrent complètement pour lui faire face.

— Ah, oui !

Il se gratta la tête, puis avec un soupir se résigna à leur raconter en détail les événements de l'ascenseur et du parc, où il retournait tous les vendredis et même les autres soirs dans l'espoir de revoir le pont.

— Cela explique ton entêtement à vouloir aller sur l'île. Le pont sur lequel on disparait...

— Se désintègres en une poussière bleu-argenté.

— Euh oui, ce pont n'existe peut-être pas. Ce n'est pas que je ne te crois pas, mais avoue que c'est incroyable... Tu es sûr que ce n'était pas une mise en scène ?

— Certain ! Supposons que Xavier a raison et qu'il y ait un lien entre ce que j'ai vu et les fugues... enlèvements, je dois en avoir le cœur net. Le pire c'est que j'ai des absences... je suis certain que La Conscience n'était pas seul à MCom. Je n'arrive pas à me souvenir de l'autre personne, chaque fois que j'essaie, j'ai une terrible migraine.

— "Chimer", murmura Irès, ce que tu subis s'appelle chimer. Les personnes que tu rencontres sont capables d'effacer leur présence et brouiller ton souvenir des évènements. Plus tu as été proche de l'action et plus tu tentes de te remémorer la scène, plus forte seront tes migraines. Quand tu les revois, tu vis un moment de déjà vu. Je ne sais rien de plus, s'empressa-t-elle d'ajouter.

— D'accord. Toi, tu n'as donc pas ce problème ?

— Je ne sais pas pourquoi, elle haussa les épaules.

— Votre mère doit avoir des informations pour agir ainsi.

— Maman a surement vu le dossier de Chloé dans ma chambre et a paniqué.

— Qu'est-ce qu'on sait, réfléchit Ayodel à voix haute, mettons de côté l'apparition des arcs-en-ciel et les fontaines, surement des illusions.... l'ascenseur fonctionne, c'était peut-être une de ces malencontreuses coïncidences....donc, afin d'empêcher votre mère de s'enfuir d'ici on mène une enquête pour démontrer que vous n'avez rien à craindre en trouvant le lien entre les peut-être pas fugueurs et les supposés kidnappés. Comment ? En collant aux basques de La Conscience ?

— Il faut suivre la piste de l'île...

— Je ne sais pas si c'est une bonne idée Steben ! Irès se leva et fit les cent pas en touchant nerveusement sa boucle d'oreille. Maman n'a peut-être pas tort.

— Écoutes Irès, au-delà de vouloir convaincre maman de rester, il y a aussi un crime ! Au début, c'est vrai, ces évènements me paraissaient un sujet parfait pour attirer l'attention de La Conscience ! Sachant que Xavier, quelqu'un que je connais, en souffre..., Irès se frotta les mains indécise, Steben insista, honnêtement, je ne crois pas à cette histoire de magie. Il y a surement une explication rationnelle. Mais, le nombre de fugues, ou peut-être d'enlèvements, est trop élevé pour être ignoré ! Moralement, peut-on se permettre de ne rien faire ? Sa sœur tapota nerveusement son plâtre, sans répondre. On doit agir, trouver des preuves, je ne peux pas aller devant les autorités et parler de pont ou de fontaines qui disparaissent !

— C'est ce que vit Xavier, pointa Ayodel, personne ne l'a jamais pris au sérieux ! Au fait, l'un d'entre vous a vu Xavier récemment ?

— Vous ne croyez pas qu'il a fait une bêtise ?

— Il était vraiment furieux, et instable.

— Tu es certain que le lieu est inaccessible !

Steben s'empressa de les rassurer :

— Il n'y avait aucun risque que Xavier se rende à nouveau là-bas. Il prit le cahier de croquis d'Ayodel. C'est à pic jusqu'au point où jaillit l'eau. Là, il y a une terrasse étroite formée de roches plates avant de devenir une forte pente remplie de pierres instables. En contrebas, tu as le lit de l'ancien fleuve recouvert par la mer et pour atteindre la seule bande de terre émergée, il faut traverser les marais. Personne n'est assez fou pour s'y aventurer. Enfin, à part ceux qui peuvent créer des ponts temporaires et instantanés vers une île mystérieuse... non, conclut-il catégoriquement, Xavier n'est pas là-bas, je l'aurais vu. Mais si je le trouve, j'ai l'intention d'écouter ce qu'il a à me dire. J'ai revérifié mes données, réinterrogé les fugueurs, pas uniquement les trois choisis par Pénélope... revenu sur les lieux, rien ! Irès ?

Steben se sentit, juste, un petit peu coupable de jouer du chantage affectif.

— Tu sais que je désire sauver ces gens autant que toi, s'ils sont réellement en danger. Mais avant d'utiliser l'invitation, je... j'ai besoin d'y réfléchir Steben.

Comprenant qu'il n'obtiendrait rien de plus, il s'installa à nouveau sur le lit. Après un moment, elle se détendit suffisamment pour venir s'assoir à ses côtés.

— Au fait, demanda-t-elle d'un air faussement détaché en évitant son regard, qu'as-tu trouvé sur cette étrange bête ?

Ayodel lui fourra sous le nez le croquis de la créature qui s'était évaporée de la clinique. La précision du dessin prouvait qu'Irès avait conservé un souvenir vivace de l'étrange bête.

— Elle était massive, comment quelqu'un a pu la subtiliser ?

L'imposante stature de l'animal, malgré ses blessures et ses entraves, rendait la question d'Ayodel pertinente. Steben secoua la tête, il n'en avait aucune idée.

Irès évadait toujours son attention, elle en savait plus.

— Qu'est-ce qui te fait croire que j'ai cherché ? Elle claqua la langue, agacée. D'accord, j'ai fouillé partout et absolument rien. P'pa a peut-être raison, il serait le résultat d'une expérience ratée et le laboratoire l'a récupéré avant que des tests soient effectués.

Cette nuit là, Irès patienta jusqu'à ce qu'elle fût certaine que tout le monde dormait et sortit sa peluche.

Elle frotta le front et tapa trois fois sur le museau de l'horrible animal marron-gris.

— *Cœur de chimère, nuit d'enfer, aide moi à travers les sphères,* elle patienta. Allez Joun ! Elle le secoua. Elle du se rendre à l'évidence, tu sais maintenant qu'elle t'a menti et abandonnée.

13 ⌐
Souvenirs

Gail Galland se figea au milieu du trottoir.

Elle prit une profonde inspiration. La caractéristique odeur métallique envahit ses narines. Elle expira d'un coup sec pour s'en débarrasser. À contrecœur, elle leva les yeux.

La maison était couverte d'une poche de poussière argentée ; du flux ou, comme les humains le dénommaient incorrectement, magie. Elle releva lentement ses lunettes teintées, des lueurs s'élevaient de la maison avec une rose des vents adossée à la façade ; les Collier avaient de nouveaux locataires.

Cela pouvait très bien être un couple de lutins qui, attiré par l'énergie du lieu, avait décidé de nidifier.

Oui, elle souffrait juste de paranoïa.

C'était toutefois la septième fois depuis son retour de la baie de Sauraye qu'elle croisait cette aura si étroitement liée à son passé. Elle secoua la tête, l'adolescence avait affiné sa sensibilité. Il était inconcevable que des créatures aient pu échapper à la tutelle du Réseau et se soient enhardies à venir fureter dans ce site grouillant d'humains.

— Tu fais quoi ?

Elle sursauta, ses lunettes retombèrent brutalement sur son nez et elle ferma les yeux attendant que la douleur s'apaise en pestant ; encore trois mois, et ses nouvelles lentilles seraient prêtes.

Elle dut baisser la tête pour affronter les yeux noisette qui la fixaient avec animosité et ressentiment. Malgré ses traits tordus et ses lèvres pincées Félicitée restait l'une des adolescentes les plus rayonnantes qu'elle ait jamais rencontrées.

Tous ceux qui la croisaient étaient toujours inexplicablement attirés par son charisme.

Elle secoua la tête et s'empressa de se remettre en route avant que sa sœur ne se décide à prendre son attitude pour de la provocation.

Les humains enduraient quelquefois le deuil de façon intrigante, d'autant plus lorsque la perte avait été à la fois inattendue et violente, Félicitée la gérait de façon stupide.

Elle espérait que sa sœur et sa bande, pressées d'échapper au plus vite au crachin givrant qui pénétrait les manteaux, oublieraient de la bousculer et de lui faire les remarques habituelles sur son physique, ingrat, et le niveau, supposé inexistant, de son intelligence.

Elle ramena sa frange devant son visage pour éviter de regarder en direction de la maison.

L'attraction du champ était telle qu'elle sentait son corps vibrer.

Le feu étant au rouge elle dut s'arrêter.

Elle déglutit plusieurs fois pour bloquer les voix et les sons provenant de la maison. Sans succès.

— ... Je veux celle-là de chambre, maman !

— Tu voulais l'autre la dernière fois, Rita ! répondit une voix féminine harassée et irritée.

Une famille emménageait bien, c'est pourquoi elle n'avait rien relevé de suspect. Pour noyer les voix, elle se laissa distraire par la discussion de Félicitée et Marcie Chapelier. Cette dernière aurait obtenu des passes afin de rencontrer les membres d'un groupe qui venait donner un concert dans un bar en ville.

Elles étaient tellement prises à trouver une excuse qu'elles s'engagèrent sur le passage clouté sans même vérifier.

Gail, malgré son appareil auditif, grimaça sous l'intensité du bruit d'une moto qu'elle calcula être à leur niveau dans 2 secondes 36. Les prévenir était inutile, elles se figeraient sur place ou l'ignoreraient. Elle regretta une milliseconde de ne plus avoir l'accès au flux, cela lui aurait parfois facilité la vie.

Le vent lui donna une idée, elle sortit de son cartable son classeur et fit s'envoler les feuilles. Elle s'élança pour les rattraper et se laissa glisser dans la flaque de boue et d'eau qui s'écoulait dans le caniveau. Elle se rattrapa violemment au manteau de Félicitée, la ramenant en arrière. Indignée, Marcie suivit le mouvement.

La moto passa en trombe, trempant tout le monde.

Pendant quelques secondes, la bande resta choquée. Les exclamations inquiètes et scandalisées s'élevèrent bientôt.

— T'as vu ça !

— Ce type est dingue !

— T'as rien ?

Gail soupira, ses vêtements étaient sales et trempés. L'eau ne la dérangeait pas, elle se réveillait chaque jour dans l'espoir qu'il pleuve, seul moment où elle pouvait se gorger d'eau sans avoir de remarques, elle était en pleine période de croissance après tout. Elle tenta d'enlever le plus gros de la boue.

Félicitée, visiblement secouée, l'aperçut.

— Tu pouvais pas faire attention, non ! siffla-t-elle, belliqueuse. Ses yeux incertains et soupçonneux firent l'aller-retour de Gail à la direction prise par la moto.

Le feu passa au vert, elle jugea préférable de s'éloigner rapidement.

En passant devant le bureau de son père, elle lança un timide, je suis rentrée !

Il lui répondit par un sourire crispé, qu'elle comprit en voyant tante Kallioppe la dévisager avec son habituel air réprobateur.

Cette dernière s'était invitée sous prétexte d'aider depuis l'Accident. En réalité, elle avançait tous les jours des arguments pour inciter Franck à déménager à la baie de Sauraye. Gail savait qu'il regrettait de ne pas avoir accepté son offre avant qu'il ne soit trop tard.

Elle soupçonnait qu'il se remémorait avec amertume la dernière fois qu'il avait vu Anne ; les lits d'appoint sur lesquels on les avait installés étaient gorgés de sang. Son père surélevé contre des oreillers refusant tout traitement malgré ses propres blessures pour assister sa femme. Le regard d'Anne dans un moment de lucidité suppliant Franck de la laisser partir à la baie de Sauraye, afin de se faire soigner dans son nouveau laboratoire expérimental. La tête baissée de son père lorsqu'il finit par céder sous le poids de la culpabilité, il conduisait la voiture lors de la sortie de route.

Ils attendaient désespérément le résultat de l'enquête lorsque tante Kallioppe s'immisça dans leur vie. Deux mois plus tard, alors que Franck s'était suffisamment remis pour envisager une visite à la baie de Sauraye, elle leur annonça ce nouveau drame.

Gail pensait en être débarrassée après la cérémonie d'adieu, mais elle les suivit dans l'espoir de convaincre Franck de déménager. Encore au dîner elle rappela combien Anne aimait sa ville natale, raison qui l'avait amenée à y revenir travailler. Au déjeuner, elle vanta les nouveaux locaux et ces laboratoires auxquels Anne participa à la conception.

Mme Cartoler s'affairait dans la cuisine tout en surveillant Benjamin. Elle leva un visage fatigué en la voyant passer, avant de se précipiter pour empêcher l'enfant de porter le couteau à la bouche.

À l'abri dans sa chambre, Gail poussa un soupir de soulagement.

Après s'être séchée et habillée, elle s'installa à son bureau. Elle prit une feuille de papier et un crayon, dernièrement les appareils électriques avaient tendance à agir de façon capricieuse en sa présence, et commença à construire des hypothèses.

Le quartier résidentiel comportait des demeures modernes et élégantes, bâties une dizaine d'années plus tôt autour d'un lac artificiel sur une terre rocailleuse perpétuellement envahie par la brume. Aucune chance qu'une créature de son espèce, même affaiblie, ne s'y installe.

Poussant un soupir de frustration, elle se leva pour trouver un guide de la région. Ils voyageaient si souvent, qu'un évènement a pu se produire durant la dernière mission.

Elle sentit trop tard la présence pour l'évader. La pression d'une patte sur son crâne, juste à l'endroit où se situait le signe qui trahissait son origine, immobilisant ses membres.

— Cela fait longtemps, pupille Gu'el ! grogna-t-il, menaçant.

Une patte compressa son cou, juste à la base de son crâne envoyant une impulsion douloureuse afin d'arracher brutalement les images cauchemardesques qu'elle avait réussi à enterrer au plus profond de sa mémoire pendant dix ans.

☙❧

Allongée sur le carrelage grisâtre, la petite fille écarta les bras au maximum, afin de donner moins de prise à la chaleur.

Elle regarda d'un air mauvais les ailes du ventilateur, qui balayaient l'air paresseusement et bruyamment, défaillant à apporter le moindre souffle d'air frais dans la chambre.

Après avoir laissé son regard errer sur les murs blanchâtres, désespérément nus et dépressifs, de la chambre crûment éclairée par les néons, elle arriva de nouveau à la conclusion que cette triste pièce anonyme ne pourrait jamais apporter de soulagement à quiconque, malade ou pas. Elle ouvrit légèrement la bouche et testa l'écœurant mélange agressif d'antiseptique, d'alcool et du sang. Immédiatement, elle se dépêcha de fermer la bouche et souffler par le nez. L'horrible arrière-goût nauséeux persista au fond de sa gorge.

Elle se redressa morose pour suivre les gestes alanguis de l'humain qui faisait son lit.

L'infirmier se retourna sentant son regard. Il lui adressa un sourire bienveillant.

— Ce n'est pas très hygiénique par terre..., tu ne veux pas aller dans la salle de jeu avec les autres enfants ?

— Non, elle ne veut pas ! fut la réponse sèche et tranchante provenant de l'entrée.

L'infirmier sursauta. Il se retourna d'un air embarrassé vers l'imposante silhouette longiligne qui venait d'apparaître. L'enfant se leva aussitôt pour aller s'assoir sur son lit, les mains sagement sur les genoux, le visage neutre et fermé.

La nouvelle venue, Mme d'Ancel, portait comme à l'accoutumée une longue robe élégante, bien que pas d'époque ni adaptée à la chaleur. D'un vert très sombre elle se complétait d'une étoffe de la même couleur posée artistiquement sur ses cheveux et ses oreilles. Style vestimentaire suivi par l'enfant dont seuls les yeux et le bas du visage étaient toujours visibles.

Mme d'Ancel était imposante. Elle occupait presque intégralement l'encadrement de la porte.

Duégna la gamine l'appelait toujours, la silhouette droite, le regard baissé en signe de respect. Ses rares visiteurs utilisaient plutôt Honorable-Aînée ou Aînée d'Ancel tout en inclinant la tête.

— Elle ne veut pas y aller, sa condition exige qu'elle ne quitte pas cette pièce !

Le jeune homme frissonna en rencontrant les immenses regards sombres, inexpressifs. Semblables à ceux d'un insecte ne put-il s'empêcher de les comparer.

— Avez-vous terminé ? Il balbutia un acquiescement, ce sera tout, merci !

Il s'enfuit de la pièce en adressant un sourire compatissant à l'enfant.

L'Honorable Aînée ferma soigneusement la porte et s'installa à l'étroit bureau, coincé entre la fenêtre et l'unique lit de la pièce. Rassurée de n'être pas grondée et comptant sur l'habitude de l'Honorable-Aînée de s'immerger complètement dans sa tâche en ignorant tout autour d'elle, l'enfant s'approcha de la porte après quelques minutes.

Un dernier coup d'œil en direction de sa tutrice et elle remonta sa deuxième paupière. Son iris s'étendit à tout son œil et devint d'un gris liquide. Elle s'appuya contre la porte pour mieux sonder.

L'Assermenté Muaud n'était plus dans le bâtiment. Les derniers détails sur leur prochaine terre d'asile devaient être réglés.

— Pupille Gu'el ! n'obtenant pas de réponse, elle ajouta du pouvoir dans sa voix, cesse immédiatement !

L'enfant se dépêcha de baisser sa paupière avant de se retourner lentement sous le regard implacable de sa Duégna.

— Je ne suis pas la seule en mesure de te sentir. Certains humains sont sensibles au flux. En particulier, lorsque l'utilisateur ne le maîtrise pas encore !

La petite fille se retint de faire un commentaire de peur d'aggraver sa colère et retourna s'asseoir rigidement sur son lit alors que l'Honorable-Aînée se remettait à la lecture des feuillets apportés par Muaud.

Deux minutes plus tard, elle se mit à gigoter, sa Duégna devait être insensible à l'atmosphère surchauffée de la pièce. Elle appuya sur le nœud de sa pèlerine dans ses cheveux qui se miniaturisa et devint un serre-tête bleu orné d'un bouton en saphir.

Muaud portait une blouse d'infirmière cette fois. Effort inutile à son avis, ses caractéristiques yeux nacrés la trahissaient.

Ceux qui savaient où regarder ne pouvaient pas non plus manquer le sigle à l'intérieur de sa main, sous le pouce ; un cercle entourant un trident avec un triangle à l'aiguille du centre.

Le signe de son appartenance au corps des Sentinelles du Réseau. Sigle qui s'afficha brièvement sur la bague de l'Aînée lorsqu'elle la salua en arrivant, confirmant son identité.

La jeune femme, loin de l'assurance teintée d'arrogance des Sentinelles, se tint rigide, les mains crispées et les yeux mobiles trahissant une excessive nervosité.

L'enfant grâce à sa formation sentait que sa Duégna hésitait à lui faire confiance. Quant à savoir si cette réserve venait de l'inexpérience de Muaud, l'irrésolution des Sentinelles ou de son origine humaine, restait imprécis.

Les paroles de Muaud ne furent guère encourageantes.

— Il nous reste peu de temps pour emprunter un passage protégé jusqu'à Sauraye, Honorable-Aînée ! La Filleul... l'enfant..., elle n'est pas testée et nous ne sommes pas prêts...

Le regard glacial de l'Aînée arrêta net ses paroles maladroites.

— Ne le serons-nous jamais ? vous semblez vouloir renoncer avant même de commencer, jeune Muaud !

La Sentinelle avait baissé la tête, Pupille Gu'el eut le temps de distinguer le rougissement de ses joues et l'éclat de ses yeux brillants, agressifs, rebelles.

Lui lançant un regard incertain, elle grommela une formule de politesse qui pouvait s'interpréter comme un dénigrement ; pour infirmer ou confirmer les paroles de l'Honorable-Aînée, l'enfant n'en était pas vraiment sûr.

Muaud bougea imperceptiblement d'un pied sur un autre pendant quelques secondes, indécise, avant de désigner l'infirmier qui venait timidement en leur direction. Les deux adultes s'éloignèrent après que l'enfant eut assuré qu'elle saurait se tenir.

Lançant un regard accusateur aux volets métalliques fermés, elle s'interrogea sur la futilité de l'Honorable-Aînée à jouer à l'humaine, elles ne passaient jamais inaperçues.

Elles n'avaient guère besoin d'allumer les lumières artificielles qui accentuaient la chaleur ambiante, elles distinguaient parfaitement dans l'obscurité Duégna pourrait les éteindre et on le mettrait surement sur le compte d'une certaine excentricité. Seules les personnes autorisées avaient accès à cette chambre, la sauvegarde des apparences ne devrait pas primer sur leur confort.

— Duégna, puis-je ouvrir les volets ? Sa quémande polie voilait à peine sa contrariété. L'Honorable-Aînée ne daigna pas lever la tête. L'enfant se permit d'insister, j'ai chaud !

Toujours rien.

Elle retint un soupir exaspéré et se dirigea vers le bureau malgré le risque d'être rappelée à ses manières.

— Quand est-ce qu'on partira ?

L'Honorable-Aînée Rocsanna D'Ancel finit par répondre

— Pupille Gu'el..., soupira-t-elle, as-tu déjeuné !

Regardant d'un air dégouté vers le chariot, l'enfant se refréna de lui dire qu'elle n'aurait pas mangé non plus à sa place. Pas la peine de soulever le couvercle métallique pour savoir qu'il s'y trouvait une substance informe non identifiable qu'ils passaient pour de la nourriture. Elle subissait le même régime depuis son arrivée.

Le docteur Yaguilao malgré toutes ses batteries de tests ne lui avait rien trouvé d'anormal. Au contraire, l'air assez dérouté, il qualifia sa croissance d'exceptionnelle pour une enfant de quatre ans

La petite fille pensait que la nourriture insipide et ce lieu tout en angles, sinistre et étouffant aurait très bientôt raison de sa santé.

Elle croisa les mains derrière le dos, maîtrisant au mieux son envie de hausser le ton.

— Cela n'a pas de goût ! Je ne peux pas avoir du maïs ?

L'adulte ne releva pas son attitude puérile, mais abandonna sa lecture. Elle vérifia l'interrupteur du ventilateur. L'enfant roula les yeux, elle l'avait déjà inspecté, il était bien à plein régime. Or, courber les lois du monde humain trahirait leur position.

Sa Duégna se retourna pour l'examiner. La petite n'eut aucun mal à déchiffrer les nombreux défauts qu'elle devait noter, après tout, elle n'avait cessé de les entendre depuis sa naissance.

À commencer par son physique qui trahissait son lignage ; le visage trop triangulaire avec les pommettes très proéminentes et hautes, au large front bombé, éclairé par les deux immenses yeux noirs en amandes où l'iris, hélas, se confondait encore avec la pupille.

Heureusement que ses cheveux, naturellement très bouclés, étaient en majorité de la même couleur brun cendré que ceux de son géniteur. Si on oubliait les trop nombreuses mèches dépareillées ; du noir profond à un blond proche de celui du foin séché en passant par le vert.

Sa peau qui n'arrivait pas encore à se fixer à une couleur précise ; elle pouvait la forcer à un cendré doré au lieu du vert mousse qui paniqua le docteur à son arrivée. L'Honorable-Aînée lui confia que son géniteur lui avait également transmis ses oreilles humaines rondes et sa structure osseuse. Adéquate, sans totalement casser l'extrême élongation des membres supérieurs elféiens. Comme elle avait des jambes et un tronc très longs, l'ensemble était harmonieux. Ce dernier fait facilita sans nul doute l'acceptation du mensonge au sujet de son origine. Tant qu'ils pensaient qu'elle était humaine, elle ne courait pas de danger ; dans l'immédiat.

Bien que les examens fussent rassurants, elle se développait selon les propriétés spécifiques d'un humain, elle savait que sa Duégna était incertaine quant à la solidité de son enveloppe physique. En particulier à l'adolescence, lorsqu'elle entrerait en pleine possession de son héritage elféique. Or, les dernières nouvelles des Sentinelles lui firent comprendre que leur temps était compté.

L'Assermenté Muaud avait raison, l'Honorable-Aînée d'Ancel ne la jugeait pas prête pour sa formation. Ses caractéristiques humaines l'handicapaient sur le plan physique, mental et surtout magique.

— Pupille Gu'el, conduis-toi selon ton rang !

Leitmotiv insupportable. Elle n'avait personne à impressionner dans cette chambre étouffante. Elle regarda avec un air de regret en direction des volets hermétiquement clos.

— Nous partons ce soir. Te souviens-tu de ce que je t'ai inculqué ? Son ton claqua avec le pouvoir.

L'enfant résista, elle ne désirait pas être rappelée à ses devoirs. Elle n'avait qu'une seule envie, échapper de cet endroit lugubre.

— Oui, mais Juni ne pourra pas nous joindre, peut-être...

— Juni a d'autres devoirs, il nous rejoindra bientôt.

L'enfant surprit un éclair de tristesse dans ses yeux.

— Je peux entrouvrir les volets ? supplia l'enfant en se dirigeant vers la fenêtre.

Elle eut un geste de recul en voyant la brève expression de colère de l'Aînée, avant de se reprendre et la défier. Le mois dernier à la ferme, avant leur arrivée à ce dispensaire, fut difficile sans la compagnie de Juni.

— Pupille...

— Madame, il est temps !

Elles se retournèrent vers l'homme en blouse blanche qui ne cessait de s'essuyer le front avec son mouchoir trempé. C'était peine perdue, la sueur revenait immanquablement et dessinait des traces jaunâtres sur sa blouse au niveau de son cou et au-dessous de ses aisselles.

Dégoûtée, l'enfant s'estima heureuse d'être dans cette aile du bâtiment. Le personnel hospitalier qu'elle avait entraperçu dans les autres secteurs portait des vêtements non seulement souillés par la sueur, mais également salis et rouillés par le sang. Le nombre croissant de blessés ne leur permettait pas de s'occuper de leur apparence vestimentaire.

— Accordez-moi une minute ! Je vous rejoins ! indiqua calmement l'Honorable-Aînée Rocsanna d'Ancel.

— Bien. Est-ce que la petite...

— Elle est en parfaite santé ! répliqua-t-elle sèchement, elle se rattrapa devant son attitude sceptique, j'ai juste besoin d'une minute.

— Bien !

Il inclina la tête et sortit non sans avoir lancé un regard préoccupé en direction de l'enfant.

— Pupille Gu'el, te rappelles-tu du plus important de nos préceptes ? demanda la Duégna à sa charge, tout en roulant délicatement les feuillets avant de les placer dans leur contenant cylindrique. Celui-ci, d'environ une vingtaine de centimètres de grandeur, était un magnifique objet métallique argenté, gravé de fines arabesques. Il rayonna brièvement en se refermant avec un bruit sec.

N'obtenant pas de réponse, elle se retourna vers la petite fille qui boudait toujours. Glissant le fin cylindre dans sa poche, elle fixa l'enfant.

Sous l'intensité de son regard, cette dernière tiqua.

Pupille Gu'el se demanda l'intérêt de ces règles, sachant qu'une fois rentrées, elles ne seraient que des mots stériles. Ce n'est pas comme si elle allait rester longtemps en territoire humain. Elles devaient juste le traverser. Elle ne risquait pas d'avoir d'interaction avec eux.

Néanmoins, le regard impérieux de l'Aînée l'empêcha de partager son raisonnement. Sans conviction, elle se mit à réciter d'une voix monocorde :

— Je dois toujours me conduire comme une humaine, je ne peux utiliser le flux, jamais, et encore moins en parler, elle secoua la tête comme pour accentuer combien elle trouvait cette idée parfaitement ridicule, et je dois toujours vous obéir sans discuter...

— Oh, non ! Je suis à ton service ! la contredit vivement l'adulte, tu es si précieuse, bien plus maintenant que nous sommes au bord du gouffre. Tu as une tâche immense à accomplir ! ajouta-t-elle avec tristesse.

— Vous allez donc commencer ma formation de Dora ?

L'enfant ne cacha pas son excitation, une fois remise de la véhémente réponse de l'Aînée.

— Dès que nous serons installés. Tu ne sors pas de cette chambre en mon absence ! ordonna-t-elle. Elle la regarda droit dans les yeux comme pour renforcer ses paroles, tout ira bien ! Si tu t'abstiens d'agir de façon impulsive, rien de mal ne pourra t'atteindre !

Elle se dirigea vers la porte, "si seulement tu n'avais pas hérité de ces infortunés traits de ta génitrice", clairement cette phrase ne lui était pas adressée.

L'enfant s'installa jambes croisées sur le sol. Elle remonta sa paupière. Elle chercha et suivit les silhouettes qui l'intéressaient, deux ombres au travers de la matière mouvante, l'une habituelle argenté-bleu et l'autre humaine rouge. Ils atteignirent le troisième étage.

Un mouvement devant la fenêtre la fit se retourner vivement.

Un magnifique papillon pourpre, avec des taches jaunes et noires, se cognait aveuglément contre le volet.

— Comment es-tu entré ?

Émerveillée, elle le suivit alors qu'il voletait d'un mouvement saccadé d'un bout à l'autre du mur. L'enfant, fascinée, le vit trouver un interstice et tenter de se glisser à l'extérieur. Sans succès. Le papillon longea alors la rainure.

Excitée, elle décida de l'aider.

Vérifiant une dernière fois que sa Duégna était bien occupée, elle monta sur la chaise. Ensuite sur la table. Elle s'empara du loquet et l'abaissa. Cela débloqua le verrouillage métallique.

Les volets s'élevèrent péniblement sur quelques centimètres dans un grincement horrible.

Le papillon s'échappa au travers de l'espace créé, alors qu'une bouffée d'air chaud s'engouffrait brusquement dans la pièce, empirant l'atmosphère surchauffée. L'endroit devint un véritable four.

Elle ouvrit la bouche, très grande, pour mieux respirer. Apercevant le papillon à quelques mètres à peine, elle se décida à le suivre. Redoublant d'efforts, elle tenta de repousser l'un des panneaux métalliques.

Après plusieurs minutes de bataille acharnée, elle finit par admettre que ses faibles forces, aggravées par sa propre langueur provoquée par l'air brulant, ne lui permettraient pas de l'ouvrir. Elle renonça et se fit toute petite pour se faufiler à travers l'étroite ouverture.

Après avoir dégagé ses épaules, elle se pencha pour évaluer la hauteur jusqu'au sol, environ deux mètres soixante-treize. L'atterrissage se ferait dans les buissons rabougris et secs. D'avance, elle accepta le désagrément et les griffures qu'entraînerait immanquablement son saut. Être dehors compensait largement ce petit sacrifice.

Poussant sur ses jambes, elle s'élança dans le vide.

Elle atterrit dans un nuage de poussière et de brindilles et se releva avec une grimace, cela piquait plus que prévu.

Elle avança sur le sol qui fut un jardin il y a peu encore. Il ressemblait maintenant plus à un immense champ de terre battue et craquelée.

Son papillon avait disparu.

S'étant assurée qu'elle était bien seule, elle ferma les yeux et ouvrit ses sens afin de sonder et d'accueillir l'atmosphère qui l'entourait. L'air chaud, humide était comme en suspension. Aucun animal ne bougeait, même les rares plantes encore vivantes retenaient leur souffle. Une seule chose importait, s'accrocher, économiser son souffle, son énergie jusqu'à ce que la chaleur infernale prenne fin.

L'enfant entendit au loin le bruit des armes. Elle secoua la tête, ils ne respectaient pas la trêve de la nature !

Elle leva les yeux au ciel et releva des nuages lourds et noirs gorgés de l'or liquide. Retournant les paumes vers le haut, elle ferma à nouveau les yeux et bascula sa tête en arrière.

L'attente devenait de plus en plus insupportable. Elle haletait en plaquant la langue contre le palais dans l'espoir de rafraîchir l'air brulant qui s'engouffrait dans ses poumons.

Un éclair zébra le ciel suivi immédiatement par le grondement du tonnerre, étouffant le bruit des armes. Elle tressaillit de joie. Déjà, elle pouvait sentir l'odeur fraîche de l'eau. Sa peau assoiffée se détendit.

La première goutte tomba sur sa joue. L'enfer prenait fin. Elle soupira d'aise.

Cette goutte sembla être le signal. Les nuages ouvrirent les vannes. Le bruit sourd de l'impact de l'eau sur la terre durcie s'intensifia.

Elle tomba à genoux dans la boue et tira la langue pour pouvoir boire directement à la source qui dégringolait du ciel.

Elle était perdue dans son monde humide et régénérant qui lui procurait le bonheur de pouvoir se nourrir et respirer à nouveau normalement quand un cri strident lui traversa le tympan. Ce son inattendu résonna, angoissant, menaçant, dans tout son corps.

Tout son être se rigidifia, en alerte.

Elle ramena son énergie près d'elle.

Le rappel de la fenêtre entrebâillée provoqua une vague de panique. Elle n'aurait jamais le temps de la refermer.

La peur, comme un poison, se diffusa dans ses veines, l'anesthésiant, l'empêchant de se concentrer, de savoir quelle serait la meilleure action pour prévenir le malheur qu'elle avait amené sur eux.

Elle réussit à se remettre debout et regarda hypnotisée en direction du glatissement.

L'aigle, à tête dorée, était d'une envergure de plus de trois mètres, d'une beauté irréelle. Majestueusement effrayant pour un exécuteur jugea-t-elle. Ses yeux verts tachetés de marron étaient fixes, cruels. Il relança son cri d'alarme.

L'odeur acidulée, métallique, la heurta brutalement. Elle sortit de sa transe. Dans un élan désespéré, elle s'élança vers l'entrée du bâtiment.

Le contournement de l'édifice sembla prendre un temps infini. Elle l'atteignit enfin et continua en trombe dans les couloirs. Elle zigzagua entre le personnel débordé, les familles perdues et les malades désespérés. Vaguement l'idée lui effleura que les incessantes allées venues aidaient à détourner l'attention d'une enfant de quatre ans courant dans les couloirs surchargés.

Elle savait qu'il était trop tard avant même d'atteindre l'aile du bâtiment. Les larmes ruisselaient sur son visage, se mêlant à la pluie. L'eau, vivifiante quelques minutes plus tôt, alourdissait ses vêtements, l'entravait et contribuait à lui glacer le corps.

Si seulement elle n'avait pas ouvert ces volets ! Pourquoi n'avait-elle pas écouté sa Duégna !

Dès qu'elle franchit l'entrée du couloir, l'ordre claqua dans sa tête :

— Reste où tu es ! La figeant sur place.

Elle se frotta les yeux, son affolement l'empêchait de se concentrer, de voir à travers les obstacles.

Malgré ses promesses et le pouvoir de l'Honorable-Aînée, elle s'efforça à bouger. Plus elle se rapprochait, plus chaque mouvement s'avérait difficile.

Son obstination et son désespoir l'aidèrent à progresser un pas douloureux après l'autre. Elle avait la sensation de peser des tonnes. Ses cellules brûlaient de désobéir.

Elle serra les dents contre la douleur.

Ses yeux séchèrent suffisamment pour qu'elle puisse apercevoir dans la chambre. Sans trop de surprise, elle aperçut d'abord des silhouettes colorées bleues, des elfées comme nous, s'étonna-t-elle.

Elle s'arrêta et se concentra. Leurs habits fluides, couleur d'obsidienne bordés d'or, et leur maintien lui rappelèrent les guerriers hautains de ces livres de contes de fées humains que l'infirmier s'acharnait à lui apporter.

Leurs structures étaient incroyablement fluctuantes, aériennes comme l'Honorable-Aînée ; des elfées Guers en territoire humain.

Leur visage était caché par le masque fixe, froid, blême, terriblement effrayant et obligatoire pour survivre en terre humaine si on n'était pas sous la protection d'un Aîné.

Comment avaient-ils pu arriver ici sans que les Sentinelles du Réseau ne les préviennent ? Comment pouvaient-ils apparaître en zone interdite ?

L'Aînée dut la juger trop proche, car les portes se refermèrent brutalement, dans un claquement terrifiant et elle se trouva gluée sur place, sans cette fois la moindre possibilité de bouger.

Elle resta alors pétrifiée dans le couloir, regardant le ballet mortel des ombres bleues, noires et argentées. Elle assista impuissante à la bataille funeste qui se jouait par delà les battants clos.

Après plusieurs essais, qui dévastèrent la chambre et firent s'effondrer des pans entiers de mur, l'aigle fonça, ses serres étincelantes en avant, vers l'Honorable-Aînée pendant que les deux autres la maintenaient.

Avant que tout ne s'évanouisse, l'enfant reçut le dernier avertissement de sa Duégna.

— Fais honneur à nos préceptes et à tes obligations ! Quand l'heure de ta destinée viendra, n'oublie pas qui tu es Pupille Gu'el…votre Grâce Galixan Anack'ti d'Ael…

Le privilège d'être nommée avant d'atteindre son âge, ne suscita que désespoir au lieu de la fierté. Sa Duégna se savait condamnée, elle secoua la tête ne pouvant l'accepter.

Tout ne fut plus ensuite qu'un brouillard coloré de flammes, de suie, de fumée. Elle ne sut comment elle se retrouva parmi les buissons. L'Honorable dans un dernier sursaut l'y avait surement envoyée, juste avant le triomphant trompètement final de Nell l'exécuteur.

Un terrible silence suivit son départ.

Dans son poing serré, elle sentit un objet métallique ; la bague de sa Duégna. Elle l'examina, hébétée. Les dernières paroles des Guers résonnèrent, la ramenant au présent.

— Seigneur, nous avons enfin envoyé l'Honorable-Aînée dans les limbes ! Le ton de la guerrière elfée était froid, posé.

— Bien, ses derniers auxiliaires ne sont plus protégés, dès demain ils la rejoindront.

Elle ne connaissait pas ce "Seigneur", elle était certaine de ne jamais pouvoir oublier ce mélange de haine et de joie mauvaise que trahissait sa voix.

— Qu'en est-il de l'enfant qu'on nous a signalé ? Le ton de son compagnon était aussi détaché que le sien.

— Les flammes s'en chargeront, lui assura le Seigneur avec indifférence.

— Et si elle réussit à s'enfuir ? À trouver refuge parmi un groupe sensible à leur cause ?

— Aucun risque, les informateurs nous auraient prévenus s'il y avait encore un admirateur parmi leurs rangs !

Cet enfant n'est qu'un des possibles Filleuls et sans la protection des Aînés, ils ne sont rien, de simples mortels, défendit le Guers.

— Il suffit d'un seul geste de la caste des Dora…, tenta à nouveau la Guers.

— La Haute Caste respecte trop ses propres stupides règles pour intervenir chez les humains ! Nous n'aurons plus à nous soucier d'eux ! conclut brutalement le Seigneur, votre bataille a été plus longue que la durée prévue par la licence, rentrez avant d'être annihilés. Patience mes fidèles, nos alliés nous fourniront bientôt la clé d'accès à l'Outreterre, cette ridicule loi contraignant notre incursion en territoire humain ne sera plus un obstacle.

Après avoir glissé la bague dans sa poche, l'enfant alla à l'opposé des voix, s'éloignant le plus possible d'elles, se laissant envelopper par la nuit tombante.

Elle butait contre tous les obstacles sur sa route ; buissons, arbres, bouts d'objets métalliques indéterminés.

Après s'être affalée encore une fois sur le sol détrempé, glissant et gluant, elle se dirigea maladroitement vers la longue bande de terre battue, servant de voie de circulation.

Elle discerna vaguement plusieurs bruits de moteurs. Elle continua d'avancer dans le sol boueux et maintenant compact qui collait à ses chaussures, alourdissant ses pas et freinait sa marche.

Elle entendit des voix, des cris, et n'y prêta pas attention. Elle n'avait pas besoin de sonder pour savoir que ce n'était pas celles des Assermentés.

D'ailleurs, pourquoi le Réseau ne les avait-il pas aidés ? Aurait-il déjà changé son allégeance, comme Muaud l'avoua plus ou moins ce matin ? Jugeait-il la situation sans espoir ? Après tout, il n'était formé principalement que d'humains, armés pour se défendre contre les êtres magiques, mais un groupe d'humains quand même.

Une petite voix lui rappela, qu'elle en était presque une aussi maintenant.

Plusieurs appels se firent de nouveau entendre, ils n'avaient aucun sens, elle poursuivit sa marche. Soudain, des bras la soulevèrent. Elle se contenta de regarder sans aucune réaction leur propriétaire. L'homme l'examina avec inquiétude. Il sentait la cigarette et le produit écœurant qu'ils utilisaient abondamment pour stériliser. À l'appel du conducteur du véhicule, il se décida à la porter.

Elle nota qu'ils utilisaient une de ces jeeps avec le logo des docteurs de l'organisme humanitaire.

Il ouvrit la porte arrière et la déposa sur le siège.

— Petite, eh, petite ! tu m'entends ? Est-ce que tu me comprends ?

Elle ne dit rien. Elle n'avait pas envie de lui parler. Il alla à l'avant du véhicule et revint quelques secondes plus tard avec un gobelet dont le contenu dégageait une fumée blanchâtre.

— Elle est en état de choc, elle ne doit pas faire partie de la population locale ! dit la voix masculine de l'intérieur du véhicule.

— C'est un être vivant ayant besoin de notre aide ! L'apparence ne veut rien dire, tu as fait suffisamment de pays pour savoir ça maintenant, non ? Son agacement s'effaça lorsqu'il mit devant les lèvres de l'enfant le gobelet en plastique ; cacao, lait, miel et des éléments chimiques, un calmant, en déduit-elle distraitement.

— Bois petite, ça te réchauffera... bien, approuva-t-il, après qu'elle eut docilement bu une gorgée.

Il se pencha pour pouvoir la regarder dans les yeux, avant de lui demander avec un sourire rassurant, tu t'appelles comment ? Elle garda le silence. Il ne prit pas ombrage et gentiment lui présenta à nouveau le gobelet, ce n'est pas grave, bois... .

— Franck, on doit partir, ils coupent tous les accès et...

— On ne peut pas la laisser !

— Que veux-tu qu'on en fasse ?

L'irritation et la peur se disputaient dans la voix du conducteur.

Elle aperçut dans son esprit des images d'hommes armés fouillant les véhicules et les maisons.

— Elle porte le bracelet de la clinique !

L'homme se calma, une malade ne poserait aucun problème à la frontière.

Franck continua de lire, il est écrit Go, non Ga, 1 ou i et un autre 1 ou L peut-être... oui, après une suite de triangle.

— Gail... je dirai bien Gail, mouais, ça doit être son nom, confirma négligemment l'autre homme qui l'avait rejoint, après avoir jeté un bref coup d'œil au bracelet.

Il se releva et inspecta autour d'eux avec une grande agitation.

— Il ne reste plus rien de la clinique, elle a eu de la chance de ne pas avoir brûlé avec les autres. Franck, que veux-tu qu'on en fasse ? insista-t-il impatiemment.

— C'est un bébé, je ne peux pas la laisser là. Le pays entier est en flammes. Elle sera morte de faim si ce n'est par les armes, au plus tard demain... on ne peut l'abandonner !

— Franck...

— Je ne peux pas la laisser là Brett ! il la prit dans ses bras, viens ma chérie, il va faire de plus en plus sombre, il lui sourit... je vais m'occuper de toi.

Il était sincère, elle savait pourtant que sans l'Honorable-Aînée, elle était condamnée à rester dans le noir, coupée de son monde.

14

Responsabilité

Les images cessèrent. Enfin.

La dernière, celle de Franck, tremblota avant de se figer. Gail ne put s'empêcher d'avancer la main, la tête burinée aux poils drus de son gardien devint nette et s'agrandit.

Son visage s'éclaira brièvement d'un sourire mélancolique, cela faisait un moment qu'elle ne l'avait vu arborer un tel air enthousiaste et respirer une réelle joie de vivre.

Le bref raclement de gorge agacé derrière elle la ramena au présent. Les griffes autour de son cou se relâchèrent et elle respira plus facilement.

Le bruissement des ailes et le crissement de griffes sur le parquet indiquèrent que l'être s'était écarté.

S'il enleva sa patte de sa nuque, il maintint une ferme grippe sur le haut de son crâne. L'image de Franck disparut.

— Ainsi, l'Honorable-Aînée Rocsanna d'Ancel est morte à cause de ta stupidité.

Elle pensait ne plus jamais devoir l'entendre. Elle ne se faisait pas d'illusions, elle savait qu'ils la retrouveraient, mais pas si tôt, elle n'était pas prête. Elle s'obstina à fixer l'endroit où l'image de son père s'était trouvée, de peur que ses yeux ne trahissent ses émotions.

Elle inspira pour se centrer, maîtriser ses réactions physiques et physiologiques.

Qu'est-ce qui pourrait l'éloigner de sa famille ?

— Comment m'as-tu retrouvée ? Il l'ignora.

— Nous ne savons donc pas qui nous a trahis…, il la lâcha enfin, tes pensées dénoncent une méfiance vis-à-vis des Sentinelles du Réseau, pourquoi ?

Gail se raidit. Revivre cette expérience traumatisante qu'elle avait enfuie au plus profond de son subconscient fut éprouvant, se rappeler que cet être pouvait lire dans ses pensées durant l'expérience était odieux. Elle pinça les lèvres pour s'empêcher de dire des paroles irraisonnables.

— Nous sommes toujours en guerre Pupil…, Galixan Anack'ti d'Ael ! La frontière est menacée. Tu dois reprendre ta place, assumer tes responsabilités ! asséna-t-il avec force.

— Mon nom est Gail…, Abigail Galland, rectifia-t-elle doucement.

— Peu importe, tu te devais d'avoir un surnom humain, concéda-t-il, tant que tu n'oublies pas qui tu es !

— Je n'ai plus rien à voir avec ce monde, je suis heureuse ici, Juni ! Intégrée ! éclata Gail frustrée. Je ne vis pas comme votre outil stratégique, sans cesse sous le joug de la peur. Je suis un être humain, sa fille et il m'aime ! lança-t-elle en pointant en direction de l'image effacée de Franck.

— Il ne sait même pas qui tu es, stupide enfant ! Peu importe, ton dessein est de rétablir l'Équilibre et j'ai été désigné pour t'assister et, contrairement à toi, je respecte mes engagements ! Gail ne daigna répondre à l'insulte, elle s'éloigna vers le bureau. Il continua implacable, d'ailleurs, je ne pense pas qu'être ridiculisée par les autres humains de ton école et surtout ta propre sœur puisse être qualifié de vie heureuse.

Piquée, elle fit volte-face et eut un mouvement involontaire de recul devant sa taille impressionnante et effrayante.

L'être l'observait de ses avant-paupières métallisées luisantes cachant les familiers yeux striés de noir et rouge. Les écailles de sa tête avaient poussé ainsi que ses cornes, sa robe adopté sa couleur définitive ; un noir profond, d'un aspect soyeux et luisant. Ses immenses ailes bleu-corbeau, même repliées, paraissaient inquiétantes et dangereuses, avec leurs plumes extérieures aiguisées. Sa robe et ses écailles étaient par endroits ternes, son corps comportait plusieurs cicatrices récentes, des blessures pas encore guéries, résultant surement d'un artefact puissant sinon il s'en serait déjà remis.

Juni avait choisi de se révéler à elle sous sa forme originale. La signification était évidente, bien qu'un excellent et fidèle gardien, le Chimère restait aussi un dangereux prédateur et ennemi, si l'occasion le demandait.

Fixant le sol pour éviter de s'attarder sur ses griffes et crocs aiguisés, elle essaya de lui faire comprendre.

— C'est mieux que l'isolement auquel j'ai échappé ! La revanche n'est pas et ne peut être la raison de mon existence, expliqua-t-elle avec patience.

— Pas la revanche ! La justice et la loi, la corrigea-t-il. Je suis là pour te soutenir. Comment peux-tu négliger le sacrifice que l'Honorable, ta mère et toute une caste ont accompli pour toi ?

— Ils ne se sont pas sacrifiés, ils ont ignoré une loi, archaïque, pour me créer. Tout cela pour un monde qui ne m'a jamais acceptée ! tint-elle à rappeler révoltée. On n'a cessé de me dire, "fais attention à ne pas te blesser, on ne peut pas se permettre d'expliquer la présence d'une hybride à ce stade !"

— Ton attitude est puérile et indigne d'une future souveraine, grogna Juni, avec une grimace trahissant son dégoût.

Gail se dit que la solution était peut-être de changer de tactique. Elle tenta de jouer sur son orgueil, priant pour que la loi l'empêchant de la blesser soit toujours en vigueur.

— Tu n'es qu'un chimère, un animal familier qu'on m'a donné pour me contrôler, me conformer.

Il se contenta de la regarder avec pitié.

Le rapprochement d'un claquement sec, régulier, de plastique dur sur le bois des marches de l'escalier les fit se tourner vers la porte, alarmés.

Elle se jeta sur son lit, prit son cartable, en vida le contenu sur la couette et s'empara d'un de ses livres de cours au moment où Franck ouvrit la porte.

Il entra en s'appuyant lourdement sur sa canne. Son visage exténué, aux multiples rides trop précocement apparues, se fit réprobateur en voyant les rideaux tirés. Ses yeux s'assombrirent encore plus en survolant la pièce aux murs désespérément blancs.

Elle était sobrement meublée d'un lit, d'un bureau, d'une étagère et un dressing encastré en pin. Tout paraissait comme à l'accoutumée parfaitement immaculé et rangé. Une photo impeccable pour un magasin de meuble.

Absolument rien de personnel sur la fille qui y vivait, ou plutôt y séjournait.

Gail regardait furtivement Juni, paniquée. Il ne bougea pas. Il se contentait de dévisager avec curiosité et suspicion son père, sans montrer aucune intention d'attaquer. Juni n'en avait donc pas après sa famille.

— J'ai cru entendre des voix ? Gail sursauta.

— Je révisais à voix haute...

Franck la fixa d'un air nullement convaincu.

Il ouvrit la bouche, hésita et préféra laisser tomber.

— Le repas est bientôt prêt.

— J'arrive.

Franck jeta un dernier regard soupçonneux à la pièce avant de sortir.

Patientant jusqu'à être certaine qu'il s'était bien éloigné, Gail se releva et déposa ses affaires sur le bureau.

Le chimère devint flou et se recroquevilla jusqu'à atteindre la taille d'une banale petite panthère noire avec des saisissants yeux humains striés rouges et noirs.

Il maîtrisait ainsi les illusions et les métamorphoses, il avait vraiment reçu une excellente éducation.

Qui l'avait formé ? Si elle prenait en compte la facilité avec laquelle il avait court-circuité sa propre aptitude innée à se protéger des invasions transtemporelles, il avait dû recevoir les enseignements d'un Dora.

Il la suivit en volant. Son regard fut attiré par ses griffes qui traînaient sur le bois.

Il était trop dangereux. Elle chercha et tourna dans sa tête tous les arguments qui pouvaient éloigner définitivement le chimère de sa vie.

Elle crut enfin l'avoir trouvé.

— Je n'ai même plus accès au flux ! annonça-t-elle. Prenant une grande inspiration, elle rajouta doucement, je suis humaine, Duégna a fermé ma connexion au flux...

— Ce qui t'a sauvé la vie. Bien que cela m'ait empêché de te retrouver plus tôt, cela a aussi caché ton existence aux ennemis des Doras, concéda-t-il. Tes pouvoirs peuvent être restaurés. Dès que tu auras quitté ce..., cet environnement, on travaillera à tes devoirs.

Gail secoua la tête.

— Je ne peux pas partir Juni ! Je ne veux pas disparaître, abandonner ma famille...

— Gail ! Dépêche et viens aider ta sœur à mettre la table !

Elle ferma les yeux.

— Je dois y aller, déclara-t-elle doucement, je suis désolée, je ne peux pas t'aider Juni.

Sans attendre de réponse, elle se dirigea vers la porte.

— Je reviendrai, prévint l'être.

Sa promesse raisonna, menaçante, dans l'espace vide où il se tenait juste avant que Gail n'atteigne la porte.

Elle tremblait tellement et ses mains étaient si moites qu'elle eut un peu de mal à l'ouvrir. Ces manifestations physiologiques et physiques humaines étaient vraiment un handicap. Elle posa la tête contre le battant afin de se ressaisir.

Après plusieurs profondes respirations pour se reprendre sous contrôle, elle alla rejoindre sa famille, s'efforçant de deviner le nouvel argument de tante Kallioppe plutôt que le spectre d'un monde auquel elle avait cru naïvement avoir échappé.

15

La lettre

— J'en suis sûre, oui ! insista Irès avec un fragile sourire et une pointe d'exaspération, les pupilles agrandies par l'appréhension.

Steben finit par tourner la clé dans la serrure.

Dès qu'ils franchirent le seuil, la pièce s'éclaira.

Les trois quarts de l'espace étaient occupés par des rangées de plantes affichant par ordre croissant les dates des mélanges et essais. Au fond, sur toute la longueur, une pièce verrouillée dont la porte en bois avait au centre une rose en relief.

Elle n'avait pas de serrure apparente.

— Sophistiqué ! remarqua Ayodel en examinant le détail de la sculpture après avoir échoué à ouvrir, le nom d'une rose ?

— Ou d'une orchidée, contredit Steben en montrant les étagères, il les collectionne.

— Il adorait les dictons, rappela Irès.

— *L'algue se développe même au plus profond de l'abîme*, Steben posa la main sur la rose en relief. Non ? Fleur... le vers d'un poème ou une de ses maximes ?

Les deux autres haussèrent les épaules.

— Peut-être un de ses précédents... *La rose console de ses épines en étourdissant les sens par son parfum et élevant l'âme par sa beauté* ? Visiblement pas..., d'accord, cela va vraiment prendre du temps.

Trente minutes et une vingtaine de citations plus tard, ils n'avaient toujours pas réussi à l'ouvrir.

— De quoi avez-vous parlé la dernière fois que tu l'as vu ? s'enquit Steben à court d'idées.

— De rien !

Elle évada leur étonnement devant son attitude défensive en traçant des ronds sur le sol avec la pointe du pied.

— Irès, on a besoin de savoir.

— On a parlé de plantes..., Ayodel claqua la langue, désapprobateur. Bien ! céda-t-elle, vous devez me promettre de ne pas flipper.

Elle s'appuya contre la porte et instinctivement toucha son poignet droit et parut surprise de rencontrer le plâtre.

— Tu te souviens de la dernière fois où nous avons été recueillis sur Les cinq Muses ?

Steben, désorienté par le changement de sujet, fronça les sourcils.

— Euh... oui.

— C'est à cause de moi. Elle baissa la tête. T'as noté combien maman détestait lorsque je parlais de mon amie imaginaire et de son drôle de chiot bleu nuit avec des yeux quasi humains et une queue se terminant par une massue épineuse.

— Oui, mais c'était juste ton imagination…

— La fille imaginaire, c'est celle qu'on a vue au Domaine.

— Je croyais qu'elle avait la peau verte !

— Steben, c'était elle ! Tu ne t'en souviens pas, mais c'était bien elle !

— Comment ne peut-il se souvenir ? Ah, oui ! C'est ce phénomène dont tu as parlé chème… quelque chose, c'est ça ?

Irès inclina la tête

— Oui, Pupille Gu'el l'appelle "Chimer". Les actions et la présence des membres de cette société secrète sont automatiquement effacées de la mémoire des témoins. Sauf de celle de maman et moi, je ne sais pas pourquoi.

— D'accord, accepta Steben, je ne vois pas le lien avec M. Sin.

— Pupille Gu'el m'expliqua que si je le souhaitais très fort, je pouvais créer tout ce que je voulais. Elle disait que je manipulais le flux. Me demande pas, je n'en sais pas plus. Bref, M. Sin parlait de ce laboratoire ultramoderne qui sélectionnait des chercheurs aty-piques sur la présentation d'un projet, peu importait le domaine, il se devait juste d'être révolutionnaire, je l'ai un peu aidé.

— Comment ça ?

— J'ai travaillé sur un projet ces derniers mois… un peu plus d'un an en réalité. Bref, j'ai inventé Cœur de rubis. C'est une plante autosuffisante qui n'a pas besoin d'eau, se sert de l'humidité ambiante, crée ses propres défenses contre tous les maladies et préda-teurs communs des fleurs, peut vivre des années dans le noir. Elle a même la capacité de se reproduire sans aide extérieure…

— Wouah !

— Oui, comme tu dis. Le problème c'est que pour la créer je n'ai pas eu recours qu'à la science. Je n'ai pas pu ne pas y insuffler de ce fameux flux ! Il n'en savait rien, bien sûr ! La première et seule fois où j'ai sciemment utilisé ce pouvoir, maman m'a vue et a complètement paniqué. Elle m'a prise et s'est enfuie. Mais c'était trop tard, une lumière argentée a transpercé son ventre, on est tombé et j'ai perdu connaissance pour me réveiller sur le bateau. La suite tu la connais, maman a supplié les Bokhari de nous amener ici et nous a obligés à porter ce bracelet. Depuis, on n'a plus vécu aucun évènement bizarre, ni déménagé.

— Et les parents ont tellement aimé le pays qu'ils se sont installés ici, conclut Ayodel. Tu penses que les derniers ennuis et le sort de M. Sin sont liés à la création de ta plante.

— J'en suis certaine, elle toucha ses boucles d'oreilles, je suis protégée, pas lui.

— Tu te trompes Irès, ce qui lui est arrivé est un malencontreux concours de circonstances, pas vrai Steb' !

Steben, la mine songeuse, se laissa glisser au sol et ramena les jambes contre sa poitrine.

— Oui, assura-t-il sans oser les regarder en touchant son bracelet, bien sûr, tu n'as rien fait de mal.

Irès posa une main tremblante sur l'épine et murmura Cœur de rubis, la porte coulissa en douceur. Sur le bureau vide, était posée en évidence une lettre pliée. Steben s'en empara,

— Elle t'est adressée, Irès.

— Lis-la pour moi.

Steben frotta le pouce sur la lettre, hésitant.

Ayodel la lui prit des mains et s'appuya confortablement contre la table pour lire.

Ma chère, très chère enfant,

J'embarque aujourd'hui dans le plus dangereux des voyages. Tout cela grâce à ton incroyable don. Aussi, je souhaite te dévoiler mon crime, car je sais que je ne reviendrai pas de ce périple.

Vois-tu, je ne suis qu'un vieil homme égoïste. Dès notre rencontre, j'ai su ce que tu possédais. Grâce à ce bracelet. Mais, je m'égare déjà.

Il y a trente ans de cela, j'ai cédé aux sirènes du pouvoir et fit un pacte avec un véritable démon afin de sauver ma famille. Cet engagement entraina la destruction d'Alville et la mort de plusieurs milliers de personnes. Ma famille me fut malgré tout arrachée.

Je cherchais sans relâche un moyen d'expier pour mon crime. C'est là que tu entras dans ma vie.

Toi et ce bracelet. Ce bijou apanage de ceux qu'on appelle le Réseau.

Qu'est-ce que ce Réseau ? D'après ce que j'ai pu superficiellement observer, un groupuscule occulte très bien organisé qui assiste les êtres, pas tous humains, manipulant la magie. Comme toi. Oui, je sais que cette rose, cette divine fleur, est le fruit de la magie. Comment pourrait-il en être autrement ?

J'ai douté de toi mon enfant, avant de comprendre que tu n'étais pas l'un d'eux. Néanmoins, sans ton aide, je n'aurais pas pu obtenir le moyen de détruire le mal que j'ai laissé entrer dans cette ville.

Je peux amener mon plan à terme, maintenant. Je pénétrerai l'antre de ce monstre et lui porterai le coup final.

Ta magnifique fleur m'y donnera l'accès.

Ne garde pas un mauvais souvenir de moi.

Ton ami,

Singield Andéol Allyre Vang

Le silence dura pendant plusieurs minutes, avant qu'un tiroir ne s'écrasât sur le sol, suivi d'un autre et un autre. Irès ouvrit ensuite brutalement les armoires et commença à sortir dossier après dossier, les consultant à peine avant de les jeter par terre.

— Irès...

— Il était un simple fleuriste ! Il aimait les livres, les poètes français, les lilas, le chocolat aux amandes...

— Il était ton ami, il avait du mal à rajouter, il ne t'a pas utilisée.

— Vraiment !

Le classeur qu'elle tenait s'écrasa dans un fracas incroyable contre une vitre qui vibra. Ayodel la tira par le bras.

— On reviendra plus tard.

— Non, je ne remettrai plus jamais les pieds ici !

Elle s'arracha des mains de son ami et s'éloigna à grandes enjambées.

— Ayo...

— Oui, je vais lui parler..., et toi, ça va ?

Steben acquiesça. Son ami hésita sur le seuil avant d'aller rejoindre Irès sans insister. Regardant le fouillis par terre, Steben poussa un soupir. Il s'agenouilla et commença à trier. Ses mains ne tremblaient plus lorsque les piles furent parfaitement ordonnées.

— Donc... pas étonnant que je n'aie rien trouvé sur vous, Monsieur l'opportuniste Singield. Alors, qui êtes-vous vraiment ?

Il s'assit en tailleur et commença son examen des dossiers.

Des factures de fournisseurs, de clients, des paperas-series administratives. Perplexe, il examina des plans détaillés des plus grandes conceptions architecturales du pays et surtout d'Alville avant son engloutissement par les eaux.

Apparemment, avant de devenir fleuriste, M. Singield était un architecte suffisamment réputé pour être employé par le gouverneur.

Avec une certaine excitation, il releva des rendez-vous listés dans un carnet avec une personne dénommée "Sorcière Verte".

La première entrée, jetée à grands coups de stylo nerveux, dénotait l'excitation de M. Singield d'avoir été choisi par un proche de la Fondation Alfeyn dont le nom était placé près d'un sigle ; un triple rond, un sceptre et une feuille de chêne argenté, qu'il prit soin de noter pour de plus amples renseignements.

M. Singield ne cachait pas sa déception de n'avoir d'autre tâche que fournir des plans détaillés des réseaux existants et de ceux ayant existé sur l'ensemble du territoire, y compris les plans estimés des voies navigables, pour joindre Virgo-Fort et les îles de l'archipel de Mereg. Et ce, malgré son insistance que les eaux étaient trop dangereuses pour s'en approcher.

Ses rapports soulignaient l'inaccessibilité des îles avec leurs vertigineuses falaises à pic et leurs côtes déchiquetées parsemées de rochers à fleur d'eau. Les obstacles sous-marins abondaient ; bancs de sable, blocs rocheux, tourbillons et courants fourbes.

Les Arkiliens gardaient jalousement leur connaissance des voies navigables qui de plus, évoluaient sans cesse. Le seul réseau connu et co-entretenu par le gouvernement de Sauraye et les Arkiliens pour le passage obligé des transbordeurs comprenait des canaux d'à peine 40 mètres de large qui reliaient les ports de Virgo-Fort et de Sauraye.

Au fil des pages, un certain malaise se faisait sentir. Il questionnait l'insistance de la sorcière à accéder à l'archipel férocement protégé.

Elle n'acceptait pas l'explication que c'était une région autonome, bien sûr sous dominance du gouverneur de la baie de Sauraye, mais disposant de sa propre administration régie par un Arkos qui imposait sa loi depuis la citadelle dressée à Perthuis, la capitale. Il ne réussit pas à lui fournir un passage pour Mereg, inaccessible sans une autorisation de l'Arkos et du maire d'Alville.

Steben lut son appréhension devant l'insistance de la sorcière de contourner la loi pour manipuler le maire afin d'avoir malgré tout une autorisation. Il ressentit sa peur panique lorsque sa famille fut alors prise en otage.

La dernière entrée était succincte.

Ils n'ont rien trouvé. Ils ont pourtant retourné chaque pierre pour découvrir ce légendaire chemin partant d'Alville et menant à l'entrée secrète de Mereg. L'accès serait bloqué par une mystérieuse gardienne du fleuve Omblur.

J'ai osé lui demander ce qu'elle voulait de cette ville inaccessible, elle m'a parlé d'une frontière, l'Ark d'Argent, scellé et gardé jour et nuit... mais son maître abattra cette mythique porte et soumettra les humains.

... Des fous rêveurs. Oh, non ! Des idéalistes prêts à tout pour atteindre leur but.

Ils n'hésitent même pas à tuer et détruire des civilisations.

Ils ont inondé Alville !

Ils ont noyé ce foyer de lumière, anéantis sans état d'âme la vie de milliers d'humains, espérant contrer le "pouvoir" du fleuve par l'apport d'eau de l'océan.

J'ai honte de dire que par lâcheté, je n'ai même pas donné l'alerte, pire je l'ai aidée. Malheureusement, je ne peux me confier à personne, leur crime reste à ce jour impuni, car elle a l'appui de gens hauts placés qui n'hésitent pas à faire taire ceux qui comme moi veulent les dénoncer.

Je trouverai un moyen de me racheter, je me le dois à moi-même, pour espérer obtenir le pardon de mes proches et de tous ceux à qui j'ai nui...

Steben s'empara d'un plan d'Alville avec des gribouillis au dessous, qu'il déchiffra être un dessin composé d'un cercle contenant le sceptre de Neptune, dont la dent du milieu, était un triangle. Dessus, superposée grossièrement en crayon rouge il y avait une esquisse, il se pencha pour mieux voir et reconnut les contours détaillés d'une île.

L'île artificielle ?

16⌋

Persuasion

Tout en coupant son steak végétal en petits bouts et écartant les feuilles de salade fatiguées maladroitement cachées par la vinaigrette, Gail jetait des coups d'œil discrets en direction de son père.

Elle releva les drastiques changements apportés par les épreuves de ces derniers mois ; L'élégant costume gris, choisi par tante Kallioppe, cachait à peine son physique amaigri et, la façon dont il lançait sa canne d'un coup sec agacé dévoilait son dégoût devant sa faiblesse physique.

Une barbe poivre-sel impeccablement taillée, plus appropriée pour le responsable d'une école de médecine, cachait ses cicatrices

Autour des yeux et du front, des lignes, pas toutes liées à son deuil, s'étaient creusées et de nouvelles formées. Le contrecoup des interminables heures à ces réunions pour son tout nouveau poste se faisait sentir.

Il lui adressa l'un de ses trop rares sourires, ses yeux l'analysaient pourtant nerveusement.

— Félicitée a l'autorisation d'aller à ce récital... avec Marcie, sa voix généralement assurée trahissait pour l'instant son incertitude. J'avais oublié que c'était la soirée de congé de Mme Cartoler, elle ne pourra s'occuper de Benjamin, d'autres engagements..., il fit un vague geste de la main, avant de la regarder fixement comme pour mieux évaluer l'impact de ses prochaines paroles, tu crois que tu t'en sortiras avec Benjamin ?

Gail, sélectionna un bout de nourriture et commença à mâcher, lentement.

Elle évita le regard de son père, troublée. Ce dernier se dandina, embarrassé.

Elle avala finalement sa bouchée pensant avoir trouvé une façon adéquate de lui dire gentiment qu'on ne pouvait lui confier le sort d'un autre être humain, en particulier un dépendant petit être humain, lorsque Félicitée apparut subrepticement derrière Franck.

Elle lui lança un regard meurtrier, accompagné du signe de dénégation de la tête avec un air menaçant lui confirmant qu'elle allait bien devoir faire du babysitting. Toute seule.

Gail, coincée, tenta d'ignorer son rythme cardiaque qui s'emballa à l'idée de se retrouver seule avec son petit frère. Sentant son indécision, sa grande sœur la pointa du doigt avant de lui faire le signe de lui trancher la gorge.

Elle croisa les yeux coupables de son père. Il avait sans aucun doute changé moralement et physiquement.

Ses rares sourires vides et sa claudication n'en étaient pas les seuls signes. Néanmoins, son sens du devoir envers ses semblables n'avait jamais failli. Un fait qui ne cessait de la surprendre de la part d'un humain.

Elle tenta de parler, mais ne put émettre aucun son au travers de sa gorge serrée. Elle réussit à déglutir sans s'étrangler. Elle prit son verre et avala une gorgée d'eau, pour gagner du temps.

Elle tourna un regard irrésolu vers Félicitée avant de donner son accord d'un hochement de la tête.

Cette dernière relâcha sa pose menaçante lorsque son père se retourna et s'avança, cajoleuse, pour rejoindre un Franck soulagé mais pas réellement rassuré.

— Gail n'aura aucun problème à garder Ben ! Il dort déjà comme un loir, il ne va pas se réveiller. Chacun a les numéros de tout le monde et ceux des urgences... tu te fais trop de soucis pour nous, tu peux aller à ta conférence l'esprit tranquille !

— Gail...

— Gail a un an de moins que moi ! Elle est parfaitement capable de surveiller pour quelques heures un bébé d'un an à peine qui ne va faire que dormir !

— Félicitée !

— Quoi ! Tu la traites comme si elle était en porcelaine, elle est juste un peu lente, c'est tout !

— Ta sœur n'est pas lente, elle est... singulière. Elle a de plus des notes exceptionnelles et ne me crée jamais de problèmes !

"Contrairement à toi" était sous-entendu.

Félicitée eut la bonne grâce d'apparaître contrite. Elle réussit à jeter à Gail un regard vénéneux, avant de faire passer entre ses dents serrées :

— Je m'excuse ! Je vais me préparer !

Elle retourna dans sa chambre en prenant les escaliers en courant.

L'atmosphère pesante envahit à nouveau la salle à manger. Franck vint s'assoir et se massa automatiquement la cuisse. Gail regretta une fois de plus de ne pouvoir utiliser le seul don qui lui restait. Si une réparation graduelle des nerfs afin d'éviter la paralysie avait été possible, une guérison complète était bien trop dangereuse.

Déjà, le mot miraculeux fut prononcé plus d'une fois.

— N'écoute pas ce qu'elle dit, elle a toujours eu le caractère emporté de…, il ne pouvait encore prononcer le prénom de sa femme constata Gail, elle a un cœur brave, tu sais. Je comprends que la présence d'une sœur aussi populaire et expressive que Félicitée peut être intimidante.

Gail lui offrit un sourire avant d'incliner la tête, ainsi Franck avait moins de chance de lire sur son visage sa véritable opinion sur sa grande sœur. Il sortit une invitation de sa poche, et un dépliant exhibant un imposant bâtiment en verre qu'il examina avant de le lui remettre.

— Tu peux envoyer des messages et me contacter à cette adresse. Gail jeta un bref coup d'œil et se figea, elle nota vaguement que Franck poursuivait son monologue, Mme Depinot a promis de venir plus tard dans la soirée pour vérifier que tout se passe bien…

Le sigle, un trident avec la dent du milieu en forme de triangle dans un cercle ; le Réseau. Elle le traça du doigt. Elle l'avait vu sur la paume, au dessous du pouce de Muaud, la Sentinelle aux yeux nacrés, lorsqu'elle leva sa main droite pour saluer l'Honorable-Aînée la dernière fois. Pourquoi le sigle du Réseau était-il associé avec le nom d'Alfeyn ? Elle aperçut alors les trois cercles représentant les trois boucliers entourant le sceptre et la feuille de chêne.

Ce n'était pas une erreur, le Réseau collaborait officiellement avec Alfeyn. Un sentiment d'appréhension l'envahit. Alfeyn, dont tous les membres se devaient de jurer de préserver et conserver le secret de leur confrérie, avait désormais pignon sur rue.

— Gail ? Elle sursauta.

— Oui ?

— Tu vas t'en sortir ?

Elle lui adressa son sourire le plus rassurant.

— Bien sûr ! Elle s'appliqua à apporter toute son attention sur son père.

Franck la laissa après s'être assuré une dernière fois qu'elle savait où trouver les informations, quels gestes pratiquer dans tous les cas de figure, possibles et même improbables.

Gail attendit ensuite impatiemment que lui et Félicitée s'en aillent. Le premier le fit avec bien plus de réticence que cette dernière, tante Kallioppe l'entraîna contre son gré.

Félicitée se précipita dehors lorsqu'elle entendit le klaxon du scooter de son amie, non sans menacer une dernière fois Gail si jamais une seule égratignure apparaissait sur Benjamin durant son absence.

— Pourquoi la laisses-tu te traiter ainsi ! Tu es au-delà de toute la somme des connaissances humaines, pourquoi joues-tu à l'enfant ?

Gail ne réagit pas, elle se dirigea calmement vers l'escalier. Le chuintement des ailes de Juni l'avertit qu'il la suivait. L'ignorant, elle entra doucement dans la chambre de Benjamin.

Bien que l'enfant dormait à poings fermés, elle resta à une distance raisonnable. Lentement, elle fit le tour du berceau tout en retenant son souffle, ce serait vraiment malencontreux de le réveiller. Elle subit stoïquement l'amusement de son familier devant son attitude anxieuse.

Elle s'échappa de la pièce et poussa un soupir de soulagement après avoir délicatement fermé la porte derrière elle pendant que Juni disparaissait.

Revenue dans sa chambre, elle vérifia à nouveau que le récepteur installé provisoirement fonctionnait et qu'à la moindre alerte elle pouvait assister Benjamin sans délai.

Juni furetait d'un air vaguement dégouté parmi ses livres.

— Pathétique !

Gail prit un conte de fées que son père lui lisait quand elle était petite et s'efforça d'occulter son envahissant familier.

— Tout cela est bien frivole... ne veux-tu pas savoir comment je t'ai retrouvée ?

Gail tenta d'apprécier son histoire.

— Le niveau du flux s'infiltrant dans le territoire humain a augmenté, poursuivit Juni nullement découragé. Un déséquilibre qui comme tu n'es pas sans le savoir, coïncide avec la préparation à l'initiation d'un Filleul, la main de Gail se crispa sur sa page, tous les êtres magiques de ce côté de la barrière ressentent ce surplus et sont irrésistiblement attirés par la source. Ajoutant à l'apport de l'énergie. Lorsqu'elle atteindra son pic, pour ta gouverne à la troisième lune durant l'intervalle bleu, Gail tourna bruyamment une page,... tu es consciente qu'Alfeyn va tenter un assaut contre Mereg ? Si Mereg tombe, il aura accès à l'Ark d'Argent du côté humain alors que Pré-Mérick siège de l'autre côté.

Elle se retint de répliquer que sans le sceptre des Doras la frontière ne pouvait être ouverte quel que soit l'endroit où on se tenait.

Le chimère s'installa confortablement sur son lit, et émit un ronronnement de plaisir.

— Tu vas m'ignorer encore longtemps ? Elle se contenta de se concentrer sur sa lecture. Je ne comprends pas Anack'ti, tu n'es pas à l'aise dans ta famille, ni à l'école…, tu es isolée. Il patienta un moment, sais-tu pourquoi ? Cette fois elle leva brièvement la tête, parce que tu es plus elfée qu'humaine. Si tes capacités physiques s'adaptent, grâce à l'extrême plasticité biologique du genre humain, tu atteindras bientôt un niveau où tes gadgets ne seront plus suffisants pour ajuster tes sens.

Elle prit une profonde respiration, ses appareils auditifs et visuels devaient être ajustés hebdomadairement sinon elle était noyée dans un océan de cris et de lumières qui l'handicapait au point qu'elle ne pouvait quitter sa chambre.

— La réalité n'en est pas moins là, Anack'ti, insista-t-il, tu n'es et ne seras jamais un simple membre de cette famille. Rejoins ton monde ! La guerre est à nos pieds, je crains que Pré-Mérick n'ait trouvé un moyen de forcer un passage. Pire, il fait mention de survivre plus de cinq minutes sur le sol humain sans masque.

— C'est impossible, il n'a ni le sceptre, ni le statut de Dora ! Irès s'insurgea agacée, aucun elfée Guers ne peut marcher en territoire humain sans autorisation.

— La baie de Sauraye est la dernière des zones neutres encore protégée et inaccessible au Réseau. Oui, exactement où ta tante veut que ton père emménage. Il est fort probable qu'elle soit le passage obligé à la frontière… un lieu propice pour Pré-Mérick, avec les artefacts d'Alfeyn et les connaissances du Réseau, de lancer sa campagne contre l'humanité. Il n'aura peut-être même pas besoin d'entrer en guerre contre les Arkiliens s'ils disposent du pouvoir des trois filleuls.

— S'il arrive à trouver les trois filleuls.

— Ce n'est qu'une question de temps maintenant. En tant que Dora et future souveraine, le Réseau devrait pouvoir nous aider.

— Un, je ne serai pas un des prétendants à la couronne, deux, je n'ai pas confiance en eux.

— Un, moqua-t-il, tu n'as pas le choix, deux, politiquement, tu n'as pas d'autre alternative que de travailler, du moins assurer une alliance avec eux. Devant sa grimace il souligna durement, rappelle-toi Anack'ti, si Pré-Mérick réussit à s'emparer des trois filleuls, non seulement notre monde, mais aussi celui de ton cher Franck va disparaître.

— Vraiment ? Que puis-je seule et sans pouvoir face à un général Guers et deux organismes possédant des moyens matériels et humains considérables !

Pour la première fois, elle vit son familier hésiter.

— Renonce à cette stupide idée de te croire humaine et rejoins-moi, des vies sont en jeu dont celle de ton cher M. Galland !

Elle le considéra avec alarme. L'éclair rusé lui fit comprendre enfin que cela avait été son objectif tout le long.

— Vas-t-en ! dit-elle en gardant sa voix douce.

— Tant que tu n'acceptes pas ton rang, tu ne peux me donner d'ordres ! Alors, viendras-tu sauver ce monde qui t'est si cher ?

Juni sauta gracieusement du lit et s'avança pour pouvoir la regarder droit dans les yeux.

— Fais-le-toi !

— Oh non, c'est à toi de le faire. Alfeyn et les renégats du réseau semblent croire qu'une 'clé' existerait, ils ignorent les filleuls. Je n'en sais pas plus, mais on doit agir ! Guider, Protéger et Soigner, c'est bien la devise des Doras ! murmura-t-il.

Gail se redressa d'un bond.

Le retentissement de la sonnette la prit par surprise. Benjamin réveillé par le bruit se mit à pleurer. Gail hésita quelques secondes, avant de se précipiter dans la chambre de l'enfant.

— Chut! Les pleurs s'intensifièrent.

— Ce n'est rien, ne t'inquiète pas! Affolée, Gail s'avançait et reculait, indécise. Elle tendait les mains, les ramenait, tu es grand maintenant, pourquoi tu pleures? supplia-t-elle.

L'enfant était devenu tout rouge.

L'individu à l'extérieur accompagnait ses coups de sonnette par des "Docteur Galland!" suppliants.

Un ancien patient en déduit Gail. Franck n'avait pas exercé depuis plus de six mois.

Juni s'ennuyant surement se matérialisa à ses côtés. Et, le miracle se produisit, Benjamin s'arrêta de pleurer. Il fit une moue et leva la main tout en gigotant les pieds comme pour toucher Juni qui s'éloigna alarmé.

— Il me voit!

— Il te voit, confirma-t-elle, envahie d'un désagréable sentiment d'appréhension.

Le tambourinement sur la porte éloigna ses sombres spéculations.

— Va voir ce qu'il veut avant qu'il ne défonce la porte d'entrée, conseilla Juni, je ne vais rien lui faire! lui assura-t-il.

Gail lui lança un dernier regard inquiet avant de quitter la pièce, Benjamin était fasciné par un Juni vexé de ne pas impressionner et créer de la terreur chez ce petit humain.

Elle eut à peine le temps d'entrebâiller la porte avant qu'un homme, non un garçon, aux traits prématurément vieillis, les cheveux en bataille, pas rasé, les vêtements fripés au-dessous d'un manteau grisâtre usé au niveau des manches, l'assaillit.

— Anne Galland c'est bien ici ! Il faut absolument que je lui parle ! Ne la voyant pas réagir son agitation s'accentua, c'est très urgent ! Il faut que je la voie maintenant ! Visiblement irrité par son attitude il pressa, s'il vous plait dites lui que cela s'est encore produit et que Xavier Bold désire lui parler.

— *Bold ? Victor Bold est le nom du jeune filleul*, résonna dans sa tête.

Gail se redressa.

— *Tu en es sûr ?*

— *Écoute ce qu'il a à dire, cela ne coûte rien.*

Le garçon profitant de sa distraction avança et appuya de tout son poids sur la porte. Elle recula devant la détermination qu'elle lut dans son regard rougi de fatigue en déduisit-elle ne repérant aucune trace de substance, alcoolique ou autre dans son organisme.

— Écoutez ! cela ne va pas prendre plus de quelques minutes de son temps ! je peux patienter ici, jusqu'à ce....

— Elle est décédée, l'interrompit-elle brutalement. Le garçon la regarda, horrifié.

— Comment, quand ?

— Il y a quelques mois déjà...

— C'est terrible ! Elle était la seule qui pouvait nous aider... ils ont à nouveau enlevé mon frère, vous comprenez, et j'ai enfin retrouvé sa trace. J'ai besoin d'elle pour le récupérer et le soigner avant qu'ils ne l'emmènent ailleurs.

La famille avait connu suffisamment de problèmes mais le désespoir dans sa voix la fit hésiter.

— *Juni, le garçon...*

— *Son frère, oui. Intéressant, n'est-ce pas ?*

Son ton amusé lui confirma qu'il s'attendait à cette visite.

— *Que veux-tu que je fasse ?*

— *Ce genre de service ne peut se concevoir sans un accord préalable.*

— *Peut-on discuter politique après ?*

— *Non. Propose-lui ton aide.*

— *Juni....*

— *Décide vite, je ne crois pas que son frère tiendra encore longtemps au rythme du nombre de soins qui lui sont prodigués.*

Le garçon avait l'air affamé et ne tenait debout que grâce à la porte. Au final, elle n'eut pas bien le choix. Après avoir rassuré le garçon qu'elle s'en chargeait et, malgré ses protestations, remis un sandwich, elle affronta un Juni goguenard.

— Les termes ?

— Convaincs ton humain de déménager à la baie de Sauraye. Je ferai tout ce qui est en mon pouvoir pour assurer la protection des mortels que tu as adoptés...

— C'est le contraire, marmonna Gail, Juni l'ignora.

— ... et te guiderai jusqu'à ce Bold. Il leva les ailes pour se voiler. Autre chose, prévint-il avant de disparaître, le filleul n'est pas seul, une centaine de tes chers petits humains sont dans les rouages d'Alfeyn.

Seule, Gail serra les poings et tapa sur la porte, frustrée.

— Insupportable... Arrogante... Créature !

Après avoir vérifié que Benjamin s'était bien rendormi, elle retourna dans sa chambre. Elle souleva son sac pour le déposer avec plus de force que nécessaire sur le bureau, envoyant les papiers valser par terre. Prenant de grandes inspirations pour se calmer, elle se pencha et ramassa le dépliant que son père lui avait remis. Ses yeux se fixèrent sur le sigle.

Elle se dirigea vers sa commode, se mit à genoux et enleva complètement le dernier tiroir pour découvrir le plancher.

Elle fit glisser la lame de parquet et retira une petite boite. Elle l'ouvrit avec hésitation et sortit un serre-tête bleu orné d'un saphir et une bague, qu'elle déposa à côté du dépliant.

Elle prit l'anneau et compara les sigles. Le triple rond du bouclier, représentant les trois vœux et la protection des marraines, entourant le sceptre des Doras qui guide les choix et la feuille de chêne argenté, panacée pour guérir les plaies humaines. Les trois Primas, lois suprêmes et les devoirs d'Alfeyn stylisés par cette simple représentation.

Puis, elle l'approcha de celui du Réseau, le sigle d'Alfeyn s'effaça et le trident du Réseau s'afficha brièvement, validant l'authenticité de l'invitation, avant de reprendre son apparence habituelle.

Elle eut un soupir résigné, c'était bien le même.

Le vide qui l'habitait depuis le départ de sa Duégna, se trouva envahi par l'horrible anticipation doublée d'appréhension face à ce signe.

Il n'y avait plus de doute, sa destinée allait lui échapper.

Elle repensa au regard accusateur d'Irès, la seule amie qu'elle ait jamais eue et abandonnée. Juni avait raison, elle ne pouvait en toute conscience continuer à ignorer ses devoirs. Surtout en sachant qu'une simple humaine, sa mère Anne, avait osé braver les deux groupes.

Qu'elle le veuille ou non, elle était l'une des seules à être consciente du pouvoir pernicieux d'Alfeyn.

La question était comment faire pour préserver sa libre pensée à défaut de son libre arbitre.

17⌋
L'Agausto

Le cariste manœuvra habilement son véhicule et entra avec ses palettes surchargées dans la soute. La foule revint se tasser au pied de la rampe d'accès métallique.

Steben regarda avec frustration les derniers adolescents embarquer, ignorant l'attitude intimidante des gardes postés devant lui.

Irès, soutenue par Ayodel et Chloé, secouait la tête pour lui dire de ne pas insister.

— Ma sœur est malade, je dois l'accompagner... Hé !

Il sauta en arrière et tomba durement sur le derrière. L'un des gardes, la mine féroce approcha le loin d'être si innocent bâton qu'il avait cru au départ ; il s'était transformé en une lance au bout rond, avec des dents acérées tournant près de son visage, Steben recula vivement en s'aidant des mains.

— Tu n'as pas de laissez-passer, tu ne montes pas à bord !

— Mais je te connais !

Théo-Mathis Villord poussa les hommes qui se mirent au garde-à-vous.

L'étrange houppe au-dessus de sa tête avait grandi et tombait comme sous l'effet d'une forte brise sur le côté droit, allongeant son visage au long nez et au menton fuyant, rappelant une courgette, décida Steben. Ses yeux très clairs, d'un bleu pâle délavé, étaient remplis de malice et, malgré son jeune âge, trahissaient un être retors.

Du pont, Chloé, se croisait nerveusement les mains et lui articula silencieusement les mots, "pas de scène" avant d'être obligée de suivre les autres à l'intérieur.

— Je te parle !

Steben serra les poings, il jouait vraiment de malchance. Villord avait l'arrogance de ceux élevés avec la certitude que les moins nantis devaient s'incliner devant lui.

Il lui rappelait certains d'individus qui s'appuyant sur leur âge ou leur prétendue supériorité sociale, cherchaient à l'intimider ou le manipuler afin qu'il s'occupe gratuitement de leur maison en plus de leurs plantes. Chloé avait raison il était dans une délicate position, Irès était très mal au point, elle était sa priorité.

— Je... je

— Il n'a pas d'invitation, Monsieur.

Steben hésita, le pont s'était vidé sous l'action des gardes. Il n'y avait personne pour l'aider.

— Théo-Mathis où sont tes manières, nous sommes les hôtes. Vous semblez perdu, puis-je vous être d'une quelconque assistance ?

Si ce n'était le port hautain de la tête, les lèvres pincées et la voix condescendante, Steben aurait trouvé

Eulalie Adams charmante. Tout était parfaitement étudié pour projeter une image de rebelle, la dernière rage chez ceux qui s'y connaissaient ; les cheveux teintés d'un jaune électrique remontés en un chignon lâche, s'allumaient à intervalles réguliers, les lentilles de contact noir bordée d'un épais cercle doré qui s'harmonisaient avec la couleur or brillante de ses lèvres et de ses longs ongles.

Il était habitué à être regardé de haut, cette jeune fille de cinq centimètres de moins que lui parvint à réaliser ce que personne n'avait réussi, le faire sentir très petit. Humilié, il rougit. Les yeux de la jeune fille eurent un éclair de triomphe.

— Ce n'est pas nécessaire, marmonna-t-il tout en essayant de se lever.

Théo-Mathis et elle échangèrent un regard amusé. Elle avança adroitement sur son chemin.

— J'insiste, on va vous raccompagner, elle arrêta ses protestations, je ne voudrais pas qu'il cale ici, un seul…, elle l'examina de ses baskets sales à ses cheveux remplis de la poussière du sol, naufrage suffit !

— Mademoiselle, Monsieur ?

— Ah oui, il est notre invité !

— Il l'est ?

— Un jour tu perdras ta tête Théo, elle tendit la main et le souleva avec une force étonnante.

— Mais, les ordres…

Théo-Mathis eut un éclair de compréhension en voyant le clin d'œil complice de la jeune fille.

— Laissez-le passer, je m'en porte garant, intervint-il avec un air mauvais.

— Ce n'est pas la peine, assura Steben sentant un piège.

Il trouvera une autre solution.

— Suivez-moi, Eulalie passa son bras sous le sien et l'entraîna, on va vous amener rejoindre les autres.

— Merci, marmonna Steben mortifié et tentant discrètement de s'épousseter.

Il jouait vraiment de malchance d'être tombé sur les deux tiers des chouchous de la presse de luxe pour adolescents.

C'était malheureusement sa seule opportunité.

Sans le regarder, Théo-Mathis monta d'un pas majestueux à bord.

Ils empruntèrent un ascenseur doré, gardé par deux gardes et à accès codé.

L'espace salon des privilégiés situé au centre du bateau, était installé tout en longueur et comprenait deux zones distinctes. Un bar arrondi en verre et bois sombre servait de séparation et plusieurs hauts sièges en cuir noir et bois l'entouraient. Des tables basses avec des fauteuils dans le même matériau et thème donnaient un air club chic à l'ensemble.

Il se sentit emprunté dans son survêtement parmi les gens élégamment habillés qui s'amusaient.

Une large marche menait à un grand espace au décor raffiné et préservé des curieux par des paravents décorés d'arabesques d'or et de pierres précieuses. La partie des surprivilégiés conclut-il en voyant des serveurs en uniforme bleu roi se précipiter pour y accueillir la famille du gouverneur et le futur marié.

Le grand-père, Gauthier Villord, le 'Tigre', s'entretenait avec un homme maigre, long et tout en os, aux cheveux noir profond, plaqués sur le crâne. Sur un visage osseux, des yeux noirs petits rapprochés et des lèvres si minces qu'on les voyait à peine, trahissaient un homme habité par une fièvre inextinguible et brûlant d'une énergie se manifestant par une extrême tension nerveuse.

Ce dernier affichait une fausse affabilité, et tous, même les Villord, le regardaient avec une crainte respectueuse.

Eulalie le pressa à poursuivre leur chemin. Des petites alcôves occupaient les deux côtés de la pièce. Elles étaient meublées de banquettes tapissées de cuir et de tables ovales aux pieds en fer forgé.

Ils s'aventurèrent dans la partie réservée aux plus jeunes. Il s'étonna de ne voir qu'une vingtaine d'adolescents affalés sur les banquettes au long des murs, plus d'une centaine avaient embarqué. Ceux-là devaient être la cour de Villord, ils affichaient l'attitude servile et détachée appropriée. Il reconnut Pénélope qui évita son regard.

— Tu t'es trompé d'endroit, c'est réservé aux invités pas au petit personnel !

Une main dans la poche et l'autre venant à intervalles réguliers repousser en arrière ses cheveux longs, le rondelet blondinet Akins Milton Delaunay, lui rentra dedans.

— On l'accompagne Akins.

Ce dernier, après avoir consulté les autres, eut un sourire désagréable. Steben tenta encore une fois de se dégager, Eulalie resserra sa prise.

— Si on ne se dépêche pas, toutes les bonnes places seront prises, se plaignit-il, mais il les suivit.

— On leur demandera très gentiment de s'écarter, répliqua d'une voix mielleuse Théo-Mathis. Les deux autres éclatèrent de rire.

Eulalie se dirigea vers une des alcôves qui ne comportait aucun meuble.

Au fond, une porte s'ouvrait sur une coursive. Ils passèrent à grandes enjambées un dédale de couloirs et de ponts où il se serait surement perdu et, il sourit, dans le secteur privé des hauts gradés et privilégiés auquel il n'aurait jamais accédé avec une simple invitation.

Certain de trouver des réponses, il se redressa adoptant une attitude assurée.

— Allez, ce n'est plus très loin.

Les cabines de ce côté avaient des portes en métal et un système de coulissement pour les verrouiller de l'extérieur.

Steben ralentit, mais les deux autres le talonnaient et le poussaient en avant.

— Ah, nous y voilà, la salle de réception de nos invités privilégiés.

La porte coulissa dans un grincement crispant.

Instinctivement, Steben recula. Il entra dans un corps.

Un coup violent le propulsa à l'intérieur d'une pièce complètement sombre où il chuta violemment et glissa sur un sol en pente, humide et malodorant. Un claquement métallique suivit.

— Bonne traversée ! Les voix et les rires s'éloignèrent.

La pièce sentait un mélange d'alcool, d'huile de moteur et de détritus des cuisines.

Steben se relevait lorsqu'il fut bombardé d'objets et matières mous. Il se protégea la tête et retomba en pestant mais sa panique cessa lorsqu'il comprit que ce n'était que des déchets.

Il se redressa à nouveau quand il sentit le sol s'effondrer sous lui. Il réussit à se jeter sur une barre contre la coque et se cramponna désespérément pour ne pas être vidé avec les ordures.

Ses muscles protestaient douloureusement quand le sol se reforma sous ses pieds. Il se dépêcha d'aller se coller contre la coque et reprit son souffle.

Il toucha son front, une bosse s'était formée. Ignorant la douleur, il se précipita vers l'endroit où devait se trouver la sortie. Il se coupa la main sur une tige et acquit diverses autres blessures en trébuchant sur des cordes et des bidons avant d'y arriver.

Il se jeta contre la porte, chercha désespérément dans le noir, comme il le craignait, il n'y avait pas de poignée. À tâtons, il découvrit le long des murs des rayonnages remplis de gilets de sauvetage, de cordages, de bidons et de vastes conteneurs métalliques. Il finit par trouver derrière une étagère un cache en bois vissé dans la coque. Il revint sur ses pas et tâtonna jusqu'à la trouver.

— Ah, te voilà ! Il se saisit de la tige au bord acéré.

Après des efforts douloureux, il réussit à suffisamment écarter le bois et déloger une des vis pour voir qu'il cachait un hublot. Il intensifia ses efforts afin de dégager complètement le cache. L'ouverture était malheureusement trop petite pour s'évader.

Furieux il tambourina comme un fou contre la vitre avec la barre sans même pouvoir l'ébrécher.

La porte s'ouvrit brusquement.

Un garde à la mine sombre le toisa.

❧❧

Les squelettes des arbres pliaient sous le poids des débris. Des amas de mousse et de limon émergeaient à intervalles réguliers de la brume. Les grognements d'indiscernables animaux, le grouillement des insectes et l'assourdissant bruit de l'écrasement des vagues sur les rives et les ruines leur parvenaient, accentuant l'atmosphère dramatique et légèrement inquiétante.

— Crispant !

L'autre extra grogna son accord et rajusta fermement le col de son uniforme.

— Éloignez-vous du bord, insista le jeune préposé de l'Agausto qui avait poussé trop vite pour que son uniforme rouille suive, veuillez rejoindre votre salle, maintenant !

Les deux aides jetèrent leur cigarette à peine entamée par-dessus bord et s'éloignèrent sans hésitation, ignorant les trois adolescents appuyés contre la rambarde.

— T'as l'air mal au point, peut-être qu'il vaut mieux arrêter...

— S'il vous plaît, il faut vraiment rentrer, maintenant ! pressa le jeune homme d'équipage en regardant au loin avec appréhension.

— Non ! On s'est donné tant de mal pour être là, chuchota Irès, on ne va pas arrêter maintenant !

— Ton garde du corps n'est pas commode, tu ne veux pas que je parle à papa...

— Non Chloé ! Tu m'as dit qu'il restait dans le quartier des officiers pour tout superviser, ce n'est pas le moment de l'embêter.

— Irès, maman ne sait même pas que tu es à bord ! hissa Ayodel, si ton état s'empire...

— On veut rester avec notre amie, elle ne se sent pas très bien.

— Comme je vous l'ai déjà dit, expliqua patiemment le préposé, votre invitation ne vous donne accès qu'à ce niveau, j'ai déjà courbé la réglementation afin que vous restiez avec elle, mais elle doit rejoindre son groupe. Si son état le demande, on vous préviendra aussitôt.

Ayodel et Chloé cédèrent à contrecœur.

Irès avait froid, elle transpirait. Elle aspirait de grandes bouffées d'air, insouciante de l'odeur de pourriture.

Le préposé revint nerveusement vers elle.

— Maintenant, mademoiselle !

— Juste une minute !

— On n'a pas une minute mademoiselle, l'air va devenir toxique dès qu'on atteindra les racines de l'arbre… Là-bas !

L'arbre avait dû être d'une envergure colossale. Ses racines pouvaient facilement se comparer à des troncs d'arbres de taille moyenne, si elles n'étaient pas grotesquement tordues.

Il était déchiqueté, ses branches arrachées vicieusement. D'une étrange couleur jaunâtre, tachetée d'un marron maladif elle parlait de danger.

Irès avait tellement de mal à respirer qu'elle haletait presque en tentant d'aspirer de grandes quantités d'air.

L'homme jeta un coup d'œil spéculateur vers les racines avant d'arriver à une décision.

Il se tourna vers le garde.

— Si vous ne voulez pas voir un docteur, dit-il avec réticence, je peux vous emmener à une cabine le temps que vous repreniez vos esprits.

Le garde secoua la tête.

— Elle doit rejoindre les autres.

— Elle sera à l'écart de la… foule.

La cabine exiguë comportait un fauteuil dans lequel il l'aida à s'installer, son plâtre limitant ses mouvements.

— Le docteur pourrait…

— Non, je n'ai pas besoin de docteur ! assura Irès en hochant énergétiquement la tête.

Le garde et le préposé échangèrent un regard plein de sous-entendus qui donna à Irès la chair de poule. Son regard fut attiré par une large bande en métal gris au poignet du préposé, ce dernier le cacha en ramenant sa manche.

— Elle rejoint les autres après le... après, se plia avec mauvaise grâce le garde.

— C'est juste pour vous permettre de vous reposer un moment ! déclara le préposé, il enleva sa casquette dévoilant des cheveux bruns coupés à ras contrastant avec ses sourcils fournis, la remit, toussota avant de poursuivre, je suis Préposé Blackmittra... les médicaments sont dans cette boîte-là. Si vous êtes trop mal, demandez le docteur Valdfyre par l'intermédiaire du garde. Ce bouton vous permet de me contacter, n'hésitez pas si vous avez le moindre souci.

— J'ai juste besoin de reprendre mon souffle...

— J'en suis certain !

Un dernier regard appuyé et le jeune homme ferma soigneusement la porte derrière lui.

— Elle devrait être avec les autres ! décréta durement le garde.

— Qu'elle soit testée ici ou dans la salle commune ne change rien ! Elle a surement le mal de mer, il vaut mieux qu'elle n'accentue pas l'agitation des autres. Elle ne va pas s'évanouir on est en pleine mer. Tu comptes rester là ?

— Les ordres sont les ordres !

Alors que le préposé se détournait avec un haussement d'épaules, le garde se posta la mine renfrognée devant la cabine. Préposé Blackmittra porta la bande métallique à son poignet près de sa bouche. Cette dernière s'éclaira brièvement d'une couleur bleue avant de reprendre sa couleur grise.

— C'est moi. Elle est dans la cabine. On n'avait pas le choix, elle est amie avec la petite Fortevoni. Non, elle peut à peine marcher. Oui, et surveillez ses deux amis. S'ils deviennent trop curieux, tu connais les ordres.

Irès enleva son oreille de la porte et recula.

Elle avait réussi à s'octroyer un sursis.

Elle s'effondra, trop mal au point pour se soutenir.

Claire Sorren tentait de se débarrasser des deux ado-lescentes sans perdre de son professionnalisme.

Deux heures dans sa minuscule roulotte !

Elles avaient tout essayé ; les colliers, les bagues, même celles pour les pieds, les chapeaux, les écharpes. Elle était à bout de patience.

— Bleu métal ou vert tempête ? demanda pour la troi-sième fois celle aux cheveux striés horizontalement en noir et rose jusqu'au sommet du crâne avec des petites tresses derrière.

Son amie, qui affirmait son amour du pays en affichant sur son crâne le drapeau de la baie de Sauraye — le zigzag bleu et les cinq points blancs, les bandes noir et rouge, à l'intérieur desquelles on trouvait le carré vert —, était plus intéressée par les bracelets en lapis-lazulis que par les écharpes que l'autre lui désignait.

— Hum…, dit-elle distraitement.

— Béa !

Béa se releva avec un air coupable

— Euh, je ne connais pas bien ta sœur…

— C'est juste pour marquer le coup tu sais. Pour dire "Bravo ! Continue comme ça !"

— Ah ! suis pas sûre… au fait, tu ne m'as rien dit sur cette école.

— J'connais pas le nom, elle haussa une épaule, un lycée bourgeois qui ouvre de l'autre côté de la baie. Le recruteur a passé tellement de temps à baratiner au sujet de la qualité de l'enseignement et bla-bla-bla, que j'ai pas tout écouté. Alors, bleu ou vert ? Le bleu ira mieux avec ses yeux..., mais sa couleur préférée est le vert, un peu dans le ton de ce haut, elle sortit une photo qu'elle montra à sa copine.

— Hum, elle va croiser du beau monde. C'est Villord, non ?

— Mouais, elle fait partie des quelques privilégiés futurs élèves invités à la cérémonie d'investiture, tu crois qu'elle le portera !

Elle fourra une écharpe sous le nez de l'autre.

— Elle ne va pas se mettre la honte devant ses professeurs, imagine qu'ils ne l'acceptent plus à leur école à cause de sa façon de s'habiller ! Les deux se mirent à glousser.

Claire s'effondra contre le comptoir. La série de photos que l'adolescente faisait défiler montrait une jeune fille effacée affichant l'expression incrédule de quelqu'un qui n'en revenait pas de sa bonne fortune.

Derrière elle, sur le quai, Irès qu'elle croyait en sécurité sur la péniche empruntait l'accès au bateau, se jetant sans le savoir dans la gueule du loup.

— Je peux faire le deuxième à cinquante pour cent si vous prenez les deux...

— Vraiment ? L'adolescente se dépêcha de sortir son porte-monnaie de peur que Claire ne change d'avis.

Cette dernière les regarda partir avec soulagement.

— Alfeyn je crois qu'il représentait..., les autres paroles furent étouffées par la fermeture de la porte.

Elle se dépêcha de fermer en prétextant une urgence familiale auprès de ses rares clients, éberlués d'être éjectés.

Quelques heures plus tard, les Sorren et Cole Bokhari se tenaient sur le pont de la péniche Les cinq Muses, contrariés.

— La zone est bouclée, aucune circulation fluviale n'est autorisée sur tout le territoire pendant les trois prochains jours, je suis désolée Claire.

— Pourquoi es-tu si anxieuse ? s'inquiéta Ernest, la seule chose qu'ils risquent ce sont leurs prochaines punitions pour avoir désobéi.

— En cas de problème, ils peuvent compter sur l'appui d'Ismène et du commissaire Fortevoni, ils ne risquent rien, renchérit Cole.

Claire eut un pâle sourire évadant l'attitude soupçonneuse de son mari.

— Vous avez raison, il n'y a vraiment rien d'autre à faire. Bon, je vais aller…, elle fit un geste vague en direction des cabines.

Dès qu'elle eut fermé la porte, elle sortit son pendentif. Elle piqua son doigt et laissa une goutte tomber sur la pierre qui s'enflamma.

— Peri !

Baildbaad apparut dans un bourdonnement contrarié.

— Les enfants sont en danger, je veux que tu m'amènes à eux !

La créature resta silencieuse, comme trop choquée pour réagir.

— Je sais que tu peux le faire, c'est un ordre !

— Claire que se passe-t-il ? Qu'est-ce que c'est ?

Elle sursauta et se retourna vivement. Son mari, les yeux exorbités, pointait un doigt accusateur vers le Peri.

— Rien ! je veux dire ce n'est pas important…

— Ce n'est pas important !

— Écoute, je te promets de régler tout ça…

— Oh, non ! Tu vas m'expliquer pourquoi tu donnes des ordres à cette créature et la raison de ton insistance à rejoindre l'Agausto malgré les restrictions et interdictions, faisant presque perdre à Cole son permis.

— Le temps presse, les enfants sont en danger. Baildbaad amène moi à eux.

L'être ailé se balança de droite à gauche, hésitant.

— Tu ne peux pas ! devina-t-elle. Quel qu'en soit le prix, aide-moi à me rapprocher d'eux ! elle se tourna vers son mari, ne te fais pas de soucis, je sais que je te dois cette explication, tu l'auras dès mon retour !

Deux appendices transparents se projetèrent de l'abdomen de l'être et s'enfoncèrent dans le front de Claire qui cria sous le choc.

18⌐

Mission de secours

Steben reprit difficilement conscience. Il toucha le minuscule trou douloureux et rouge sur son bras. Il réussit à lever légèrement la tête.

Il nota des jeunes endormis, ou drogués comme lui à même le sol. Dans la pièce voisine, des personnes en blouse et masque bleu s'occupaient de malades installés sur des lits suspendus en acier.

Un homme arborant la double ligne devant l'oreille droite comme les Arkiliens, bien qu'il n'avait ni les traits ni les vêtements, passait lentement au-dessus d'un garçon un appareil torsadé avec un manche en bois que Steben n'avait jamais vu et dont il n'arriva pas à en déterminer le propos.

— Il peut rejoindre la partie.

— Vous en êtes sur !

— Vous remettez en cause mon expertise ?

— Bien sûr que non, Docteur Valdfyre, mais il y en a moins que prévu...

— Non !

Un autre hurlement strident retentit. Le docteur et le garde se regardèrent, puis sortirent précipitamment en direction du cri.

Steben se dépêcha de se glisser à l'extérieur. Il se retrouva dans un hall sombre et vide, qui donnait sur un couloir menant à d'autres pièces fermées, derrière lesquelles il entendait des pleurs et des ordres brusques ; les plaintes les plus poignantes venaient de derrière une grande porte coulissante noire.

Au lieu de s'enfuir, il ne put s'empêcher de s'approcher.

Osant à peine respirer, il entrouvrit légèrement la porte. Au travers de l'étroit espace, il découvrit une grande salle ovale.

Au fond il y avait une cellule grillagée.

Des prisonniers y étaient enfermés, cinq jeunes, dont deux qu'il reconnut comme faisant partie du groupe de futurs élèves. Quatre étaient écroulés inconscients sur le sol, et le dernier blotti le plus loin possible dans la minuscule cellule, les yeux écarquillés d'horreur.

Il suivit son regard.

Une jeune fille était attachée et fermement retenue par les branches tordues d'une espèce d'arbre que Steben n'avait jamais vu de sa vie ; un tronc lisse à l'écorce d'un violet profond, des branches souples comme des lianes et des feuilles émeraude avec des veinures couleur sang.

Épouvanté, il reconnut Félicitée.

— Vous ne pouvez pas...

Un homme portant un manteau noir métallique, au visage blafard et anémié, apparut.

— J'espère que vous aviez une raison valable de me déranger, écartez-vous !

Il s'installa en face de la jeune fille, deux branches de l'arbre s'allongèrent et se fichèrent l'une dans son cou et l'autre dans son front.

Excepté le couple en costume vert foncé, flegmatique, les autres personnes présentes, Raphaël Villord, le Dr Valdfyre, des gardes et un préposé regardaient avec une nerveuse expectation la jeune fille.

Soudain, elle convulsa et l'homme pâle s'affala comme vidé de toute substance.

Steben tituba sous la pression, comme une vague déferlante, oppressante et menaçante qui satura l'atmosphère, en même temps qu'une lumière argentée enveloppait la jeune fille, son visage se déforma, expérience très douloureuse sans aucun doute, elle avait la bouche grande ouverte, tentant vainement de hurler son agonie.

Un autre visage se superposa, ou plutôt força les muscles de la fille à s'adapter à sa propre morphologie, plus grande et aiguë, aux yeux immenses et durs.

Steben ressentit avec violence une puissance froide, paralysante, envahir ses membres, gênant sa respiration.

— Elle est encore trop faible ! Mais elle a plus de perspective que les autres. Seigneur est très mécontent de votre incompétence !

— Dites à notre Seigneur Pré-Mérick qu'on a trouvé la fille qui lui permettra de s'incarner durant la phase d'attaque.

— Où est cette clé ?

Du sang coula des narines de la jeune fille, l'être s'arracha brutalement dans un horrible hurlement et l'homme se réveilla comme régénéré ; il était toujours aussi pâle mais plus vivant, énergisé. La lumière argentée disparut et Félicitée s'écroula lourdement.

L'arbre était maintenant un simple squelette noirci.

— Occupez-vous d'elle, elle est bien une des trois !

Steben put à nouveau bouger et respirer, la terrible sensation d'impuissance l'ayant abandonné.

Après son départ, il y eut un lourd silence. Les personnes présentes avaient les yeux troubles, le souffle court et les gestes saccadés ; un contrecoup de l'incroyable présence.

— Blackmittra, amenez la fille !

Steben décampa.

☙❧

Une intense lumière bleue suivie du bruit sourd de corps s'écrasant sur le sol l'obligea à reculer au fond de l'étroite pièce. L'homme se prit la tête dans les mains en grognant.

— Qu'est-ce qui t'a pris ? Pourquoi m'as-tu suivie Ernest ?

Il maugréa, ayant des difficultés à mouvoir ses membres.

— Si la vie des jumeaux est en jeu, fulmina-t-il en lançant un regard implacable à la femme, j'ai le droit d'être là !

— Qui êtes-vous ?

Ils la dévisagèrent avec surprise.

La femme se raidit en la voyant. D'un bond elle se redressa et avança un éclat meurtrier dans les yeux. Avant qu'elle ne puisse la toucher, Juni se matérialisa dans son apparence des plus terrifiantes ; les yeux rouges luisant vicieusement, les cornes en avant prêtent à l'embrocher.

— Regarde Claire, c'est la bête qui s'est échappée... que tu as libérée, rectifia Ernest tout en se soutenant contre la paroi de la cabine.

— Bête, vous-même !

Les deux humains sursautèrent.

Claire se positionna devant son mari qui s'en indigna avant de fixer le chimère avec stupéfaction.

— C'est incroyable, vous parlez !

Sa femme le fixa, incrédule, avant de la dévisager avec suspicion.

— T'ai-je déjà rencontrée ?

Gail se remémora d'une balançoire.

Claire dut surprendre la brève évocation de ce souvenir dans son attitude, car elle sortit un pendentif fait d'ambre et dégageant une aura malveillante.

Dans un bourdonnement d'ailes, un Péri voleta au-devant d'eux et avec son étrange bruissement évoqua des faits inquiétants ; servitude, emprisonnement et souffrance.

Gail ne cacha pas que les informations la contrariaient. Juni émit un grognement menaçant, mais Claire nullement intimidée se tourna vers le Peri.

— Traitre ! accusa-t-elle Baildbaad qui voleta par sécurité loin d'elle. Où sont mes enfants ?

— On n'a pas vos enfants, le Peri estime qu'on peut vous aider, je me demande pourquoi, grogna le chimère.

— Juni n'y pense même pas !

L'ignorant il fonça, une patte ramena Claire vers lui, alors que l'autre se posa sur son crâne et un cri inhumain s'arracha de sa gorge.

— Comment s'appellent vos enfants ? s'interposa Gail.

— Irés et Steben Sorren, cria Ernest paniqué devant l'expression d'intense souffrance sur le visage de sa femme.

— Irès ? Juni lâcha Claire qui tomba à genoux, son mari se précipita pour l'aider.

— La fille à la balançoire, confirma Gail.

D'un geste Juni les masqua de la vue des deux humains ébahis.

Ernest se précipita vers la porte, un champ de force invisible le retint.

— Laisse tomber, on ne peut rien contre leur tour de passe-passe...

De l'autre côté de la barrière, après un reniflement hautain, Juni fit face à Gail.

— La fille sans odeur.

— La fille sans aura.

— Je pensais qu'on aurait le temps de se préparer avant d'atteindre l'île. Pourquoi attaquent-ils déjà ? Que leur veut-on ? Qui sont-ils ?

— Pourquoi ne me laisses-tu pas la sonder, tu auras peut-être ta réponse ?

— Parce que c'est un crime, elle est humaine et en mourra. De plus, elle utilise son sang pour contrôler son Péri, elle doit être jugée par notre cour. Si je te laisse faire lorsqu'ils tenteront de prélever des preuves ils n'obtiendront que des informations tordues par ton impétuosité. Où est passé ton génie politique ?

— C'est une humaine !

— C'est un témoin et quelqu'un de suffisamment important pour avoir obtenu un Péri d'une Dora !

Juni fit les cent pas, la mine sombre, avant de céder,

— D'accord, je ne touche pas à l'humaine. Encore un triste exemple de cette race. Si elle est bien celle qui fait porter le bracelet aux enfants..., prévint-il sur un ton menaçant

— On ne peut accuser sans preuve.

Juni cligna des yeux, le champ d'invisibilité disparut. Il prit Claire par le devant de sa blouse et la souleva.

— Ta fille, comment se fait-il qu'elle porte un bijou en pierre brossée d'Anahid Satine ?

— Je ne vois pas ce que tu veux dire, sale bête !

Il lui donna une seule secousse et elle hurla, Ernest s'élança, Juni le figea d'un geste.

— Elle porte de la Satahid, insista Gail, non seulement c'est d'une valeur inestimable mais c'est aussi le suppresseur préféré du Réseau.

— Vous êtes tous les deux de condition modeste, souligna Juni, comment avez-vous eu ces bijoux ?

— Un cadeau...

Juni la lâcha et elle tomba lourdement par terre. Elle lui lança un regard rempli de haine.

— Savez-vous qu'un humain non initié subit une très lente pollution de ce métal ? s'enquit le chimère négligemment. Vous avez vu ma condition après seulement sept ans avec cette merveilleuse invention, imaginez ce que vos enfants sont en train de vivre. Vous voulez les sauver, donnez-nous des informations !

Claire pâlit avant de lever le menton.

— Vous êtes habitué à tordre la vérité pour manipuler les honnêtes gens.

— Allez-vous nous tuer ?

Ignorant Ernest le chimère prévint Claire :

— Tu survivras humaine. Ta fille, je n'en suis pas sure. Pas si, comme je le pense, tu l'as brimée comme un animal. La question est, pourquoi ?

Claire déglutit, cachant mal un instant d'incertitude, avant de le braver.

— J'ai fait ce qui était juste !

— En la tuant à petit feu ! Elle regarda Juni avec effroi.

— Non, vous mentez ! Je fais tout pour la protéger de votre sale espèce !

— Et qui la protège de vous ? s'enquit doucement Gail d'un ton dur, alors que Juni tapait la massue au bout de sa queue contre le champ, le faisant désagréablement vibrer.

— Ne vous autorisez jamais Hombilic à...

— Juni ça suffit ! Le plus important est de trouver Ir... les enfants.

La résignation dans cette déclaration était flagrante.

— Je ne comprends pas pourquoi cet insecte m'a amenée à vous, je vais aller les chercher moi-même.

— Oh que non ! on va s'en charger et vous allez nous attendre ici, gentiment.

Claire fut projetée à côté de son mari, complètement déboussolé et dépassé par les événements. Elle se jeta vivement contre la barrière invisible et tapa des poings.

— J'aurais dû t'achever au lieu de t'aider à t'enfuir ! hurla-t-elle rageuse.

Ernest la regardait avec tellement de peine et d'horreur qu'elle fléchit.

Elle s'essuya le nez pour en retirer le sang. Il fit un pas avant de stopper devant le grognement menaçant de Juni.

— Ne vous faites pas d'illusions humains, on discutera de votre trahison plus tard. Il y aura des conséquences à vos actions, leur informa-t-il.

Ernest se plaça au niveau de sa femme en gage de soutien

— Je ne comprends pas de quoi vous parlez, ni vos doléances envers ma femme. Je me fiche de ce que vous pouvez me faire, je veux juste récupérer mes enfants. Je vous en prie, implora Ernest aidez-nous à les retrouver !

Juni réussit à donner l'impression de hausser les sourcils. Il avait un air intéressé et immensément satisfait.

Gail retint un soupir, désabusée. Elle s'adressa à Baildbaad, la réponse était hésitante.

— Tu ne peux pas les repérer, très bien, rejoins ta ruche en paix Baildbaad.

Juni et elle inclinèrent la tête respectueusement devant le Péri qui s'effaça, dans un bourdonnement apaisé.

— Vos enfants peuvent être n'importe où à bord, le bateau est immense, elle se tourna vers son familier, Juni peux-tu les repérer ?

— Non. Tous nous avons le même problème, le champ inhibiteur empêche d'accéder à l'intérieur de cette zone centrale. Tu es la seule à pouvoir agir, ajouta-t-il goguenard.

Elle croisa les bras défiante avant de céder.

— Bien, je me dirige vers le cœur de l'Agausto, déclara-t-elle sans enthousiasme.

— Je fais un saut sur le pont avant de te rejoindre, personne ne peut me voir, je découvrirai peut-être un indice. Ne faites pas de bêtises pendant notre absence, dit-il sur un ton menaçant aux Sorren.

※

Le couple poussa un soupir de soulagement après que la fille et la créature soient sorties.

Claire patienta pour être sûre que la jeune inhumaine et son monstrueux animal ne reviennent pas sur leurs pas avant de tester la solidité de leur prison.

Elle sortit d'une poche en toile agrafée à l'intérieur de sa blouse des pierres et bijoux.

— Claire...

— Pas maintenant Ernest !

Après plusieurs essais, dont l'un alluma un début d'incendie, ils purent sortir par une brèche creusée grâce à l'éclair lumineux jaillissant d'une pierre rose.

— Au lieu de courir dans tous les sens, il serait plus judicieux de parler au commandant, non ? Pressa son mari.

— Si tu veux que les enfants survivent, il vaut mieux ne pas faire intervenir trop de personnes. Cela peut attirer l'attention.

— Écoute, je crois qu'il serait plus prudent de retourner à la cabine, Claire haussa la tête distraitement, avant de se tourner vers lui et de le percer du regard. Il s'empressa d'ajouter, ils peuvent revenir avec les enfants sans qu'on le sache, je préfère être là pour les accueillir.

— Bien, ne te fais pas repérer !

Il la rassura en s'éloignant.

Claire vérifia les alentours avant d'enlever son pendentif et de convoquer Baildbaad.

Deux minutes plus tard et le Peri n'était toujours pas apparu.

— Sale bête qui n'en fait qu'à sa tête ! Le maudit-elle avant de reprendre sa route.

19

Proxi Ombaline

Steben se plaqua contre la paroi en retenant son souffle. Il se remit en route en entendant les pas du Préposé Blackmittra s'éloigner.

Il le suivait discrètement ; son instinct lui disait qu'il allait l'amener à Irès.

Ils empruntèrent plusieurs escaliers et coursives, dont celle réservée aux invités de marque. Cette dernière était garnie de lambris en bois ivoire au toucher doux et velouté. Steben entraperçut en passant des gens aux tenues et accessoires brillants sous les lumières flatteuses.

Le préposé s'arrêta enfin devant une cabine protégée par un garde du corps à la mine rébarbative. Sa forte stature était soulignée par l'uniforme noir et argenté, aux épaules protégées par des bandes métalliques. À sa ceinture était attaché un bâton rond que Steben avait vu se transformer de très près, lorsqu'il insista et mit le pied sur le pont d'embarquement malgré leurs sommations, en une inquiétante longue lance au bout dentelé et acéré.

— Je viens la chercher, tu peux rejoindre les autres.

Steben s'engouffra dans la première cabine ouverte lorsque ce dernier inclina la tête et vint vers sa direction. Elle empestait l'encaustique et le cirage pour chaussure. Une boîte carrée et très lourde attira son attention, elle pourrait lui faire office d'arme. Le préposé, soutenant une Irès très mal au point, reprit le même parcours qu'à l'aller.

Steben patienta jusqu'à l'endroit parfait, un étroit palier sombre avec un placard. Il abattit son arme de fortune derrière le crâne de l'homme qui s'effondra, entraînant sa jumelle avec lui.

Après avoir forcé sa victime dans l'étroit espace, il aida sa sœur à se redresser.

— Viens, dit-il la gorge nouée par sa pâleur de craie, avant qu'on nous repère.

— Steb'... comment ?

Elle ouvrit les yeux avec difficulté.

— Tu es dans un sale état.

— Mal de mer.

— Laisse tomber, je sais que ce n'est pas le bateau ! Il appuya chaque mot devant ses lèvres pincées et son air têtu, qu'est-ce qui se passe ?

Elle tenta de croiser les bras contre sa poitrine, y renonça avec un gémissement de douleur. Elle frissonna, ferma les yeux et se laissa aller contre la paroi, comme vidée de ses dernières réserves d'énergie.

— Après que je me sois reposée, je suis vraiment crevée.

— On peut pas traîner ici, ils sont à ta poursuite.

Irès ramena les mains sur ses oreilles, gémit et prit son bras gauche contre elle. Steben malgré sa réticence, remonta sa manche. Il ouvrit des yeux énormes.

— Ton bras a doublé de volume ! Pourquoi n'as-tu rien dit ?

— Ce n'est pas celui qui a la fracture, elle lui montra celui dans le plâtre, sa main était violette.

— Pourquoi ! Pourquoi n'en as-tu pas parlé plus tôt ?

— Parce que m'man n'aurait pas attendu la fin de l'année pour s'enfuir.

Devant son regard incrédule, elle soupira et protégea sa main contre sa poitrine.

— Il te faut un docteur.

— Non ! Steben est-ce que ta tache de naissance... a changé ?

— Changé comment ? Tu crois que c'est cancéreux ?

— Non ! Alors ? Steben remonta son bracelet et inspecta sa tache. Le cercle était légèrement plus prononcé. Maintenant, regarde sous mon plâtre !

Steben regarda sa tâche avec incompréhension ; elle était boursouflée et violacée.

— Comment ?

— Cela s'est empiré depuis qu'on m'a enlevé le bracelet... on ne peut rester là, je pense qu'on doit trouver le père de Chloé.

— Non ! On ne sait pas qui est mêlé à l'affaire. Il faut d'abord te mettre à l'abri.

Ils profitèrent du bruit et de l'agitation du personnel, se cachèrent dans tous les recoins sur leur route et empruntèrent des passerelles suspendues pour trouver refuge dans les ponts inférieurs.

— On n'a pas bougé depuis un bon moment, constata Irès légèrement plus réveillée. Elle avait raison, il hésitait à quitter la sécurité de leur perchoir. J'espère que les autres enfants sont en sécurité.

— Je suis désolé, mais tu es ma priorité. Quand tu seras en sécurité, je parlerai des autres au père de Chloé. Rappelle-toi, les fugueurs retournent toujours chez eux, mal au point, mais vivant. Toi, ils te veulent pour ce Seigneur. Je ne sais pas pourquoi, mais je n'ai pas l'impression que tu ne t'en sortiras aussi bien que les autres.

— Les gars louches sont surement passés maintenant on peut repartir, non ?

Le chemin paraissait effectivement dégagé.

— Tu es sûr que tu ne t'es pas trompé pour cette histoire de sacrifice, insista-t-elle, Steben se contenta d'un regard appuyé et de l'aider à descendre l'escalier abrupt, on devrait essayer de rejoindre le père de Chloé et les faire tous arrêter.

Ils touchèrent le sol derrière une grande colonne.

— Fais-moi confiance tu ne veux pas qu'ils t'attrapent. T'as toujours la nausée ?

— Le plus handicapant est ma vue... mes oreilles résonnent un peu comme si j'étais sous l'eau... Elle tituba, et mon équilibre est HS.

— Me demande ce que ce préposé t'a donné.

— Un relaxant... très, très relaxant... tout est cotonneux... je n'ai même plus mal. La douleur est très loin, elle rigola, très, très loin...

Steben eut un sourire indulgent et la tira par la taille vers la sortie.

Leur trajet était long et stressant. À chaque mouvement ou bruit suspect ils se cachaient dans l'un des innombrables espaces sombres qui se trouvaient au niveau technique.

Si sa compréhension de l'aménagement du bateau était exacte, au fond à gauche il y aurait un escalier tournant menant à la porte d'accès, réservée au personnel mécanicien, juste à l'entrée de la grande salle de la classe économique.

— Tu vas continuer à nous faire visiter tous les placards que tu trouves sur notre route ?

— Chuuuut !

Il passa la tête entre l'entrebâillement de la porte. Irès se mit à humer, chut ! Sans résultat. Il finit par lui poser la main sur sa bouche lorsqu'au lieu de se taire elle augmenta le volume. Il reprit sa route, en traînant sa charge.

— Steb' pas par-là, Steben !

Elle tenta de lui échapper et réagit avec une plus grande agitation lorsqu'il ne voulut pas la lâcher.

— Quoi !

— Par là !

— Y a que les moteurs par-là !

— Viens !

Il grommela, mais l'accompagna de peur d'attirer l'attention.

— Il n'y a pas d'ouverture !

Irès l'ignora longeant le mur, les yeux fermés, balançant la tête comme en transe.

— On doit reprendre les passerelles, elles courent sur toute la zone, il y aura surement moyen de descendre de l'autre côté. Elle hésita trop longtemps à son goût avant de se laisser convaincre.

Steben était de plus en plus anxieux. Irès devenait incohérente, comme le jour où ils mangèrent toutes les cerises trempées dans l'alcool et avaient dû être désintoxiqués à l'hôpital.

Une lumière aveuglante empêchait de voir le cœur de cette partie de la salle des machines.

Il n'y avait pas d'accès visible non plus.

— On doit les aider ! s'écria Irès, horrifiée.

— Qui ?

Il se pencha, il ne distinguait absolument rien.

— S'il te plaît Steb', ils souffrent ! J'ai vu des câbles dans le troisième placard, tu peux aller les chercher, ce n'était pas une proposition. Elle lui fit un sourire fatigué, je vais juste me reposer un peu.

N'étant plus ralenti par sa sœur, il put se faufiler sans problème parmi la frénésie et l'inquiétude des mécaniciens pour récupérer des câbles.

Il les accrocha à la rambarde métallique et les lança dans l'aveuglant vide lumineux espérant qu'ils étaient suffisamment longs pour toucher le sol.

— Je vérifie et te donnerai l'accord...

— Depuis quand tu te la joues macho ?

— Irès, tu peux à peine marcher !

Devant la moue obstinée de sa jumelle, il poussa un soupir d'exaspération et calcula soigneusement la solidité de l'installation avant de s'incliner avec réticence.

— Bon, ça devrait tenir !

Il les attacha tous les deux et commença avec précaution la descente, regrettant bien vite de ne pas avoir de gants. Les gémissements se firent entendre à mi-hauteur.

Le teint d'Irès était de nouveau d'un crayeux maladif. Elle avait une expression d'intense souffrance et ses traits se crispaient à chaque gémissement.

— Irès...

— Il faut le libérer, il faut tous les libérer. Il ne tiendra plus longtemps...

— Qui ?

Elle ouvrit la bouche dans un cri muet et ses yeux roulèrent dans leur orbite montrant le blanc. Paniqué, il accéléra sa descente ignorant la brulure de ses paumes. Il s'écrasa lourdement sur le sol et eut le souffle coupé lorsque le corps d'Irès s'effondra sur lui. Grimaçant de douleur, il la repoussa doucement et porta ses mains à la bouche, soufflant dessus pour alléger l'irritation.

— Irès...

Il avait atterri sur un sol irrégulier. L'air était saturé d'une odeur de bois brûlé. Une lumière intense venait de trois immenses colonnes rondes.

À l'intérieur se trouvait une forme vivante luisante qui puisait de ses tentacules, non, ses racines dans des structures ovales et translucides.

Steben vit épouvanté que les conteneurs renfermaient d'étranges animaux, des drôles d'humanoïdes et de jeunes humains. Une espèce pour chacune des trois colonnes.

Il examina les caissons, ils étaient reliés à la colonne par quatre racines. Les humains, restreints par le même métal qu'Irès et lui portaient, en avaient une qui se divisait pour entrer dans les tempes, une à l'arrière de la tête et une au niveau du cœur.

— Impossible !

Il cligna des yeux.

Ce n'était pourtant pas une erreur, l'un des trois prisonniers était Victor Bold ; les traits tendus, grimaçants de son rival trahissaient une grande souffrance.

Le sol vibra, le déséquilibrant et le lançant contre un caisson. Il frissonna, la surface était glaciale et pulsait.

Il se précipita auprès d'Irès, la secoua, mais il lui fallut plusieurs tentatives avant qu'elle ne reprenne connaissance. Ses yeux s'agrandirent d'étonnement, elle se mit debout avec difficulté et se dirigea vers l'une des colonnes.

Elle posa la paume sur la vitre et un membre rappelant grossièrement une main se plaça de l'autre côté de la sienne. Steben fit un bond en arrière.

— Tu veux libérer ces monstres ! s'écria-t-il, en lui montrant les caissons pour rappel.

— Oui, il souffre horriblement !

Steben l'entendit murmurer "Victor !" en voyant les prisonniers, avant de se tourner vers lui avec détermination.

— Les trois colonnes sont les souches d'une même entité dont la vie est en sursis, artificiellement séparées en trois pour absorber le maximum d'énergie. Ce ne sont pas des monstres, expliqua-t-elle devant son air sceptique, elles sont contraintes de puiser la force vitale des autres espèces. Mais, cette substance obtenue sous la torture l'empoisonne. On doit trouver leur entité d'origine et le libérer. Je me demande où ces criminels ont bien pu l'enfermer, proche surement...

— Comment le sais-tu ?

— Je l'entends, elle tapa sa tempe droite, pas toi ?

Il n'eut pas le temps de répliquer avant que le sol ne se soulève et ne les jette violemment par terre.

— Qu'est-ce qui se passe ?

Steben se tourna vers Irès, elle s'était évanouie. Une brève vérification le rassura qu'elle n'avait pas aggravé ses blessures lors de sa chute. Très préoccupé par l'état de sa sœur, il décida d'explorer, espérant trouver une solution pour l'aider.

La pièce colossale prenait toute la hauteur du bateau. Il se tenait sur un genre de plateforme ; le sol irrégulier était veiné de racines, de branches et de feuilles de toute la gamme des oranges, rouges et marrons et plus surprenant argentées.

Le sol, quelques mètres plus bas, comprenait une cabine à travers la vitre de laquelle il vit un panneau de commande.

Il n'avait pas de corde et il ne pouvait pas sauter.

Le sol bougea à nouveau et, malgré ses efforts désespérés, à cause de sa position près du bord il fut projeté par-dessus la plateforme. Instinctivement, il se prépara pour l'impact.

Il se reçut sur l'épaule et roula. La douleur aigüe lui indiqua qu'il s'était surement froissé peut-être même déboité l'épaule.

— Irès ! Irès ! Faites qu'elle n'ait rien !

Il n'y avait rien qui puisse l'aider à rejoindre sa jumelle. La plate-forme, en réalité une épaisse couche de matière végétale posée sur un énorme tronc aux écorces rugueuses jaunes et vert-émeraude qui baignait dans de l'eau, était maintenue et retenue par une vingtaine de troncs souples qui s'appuyaient sur les murs de la pièce, formant des arcs.

Ces derniers semblaient vivants, des tressaillements les traversaient à intervalles réguliers.

En contrecoup, le tronc se secouait alors comme animé par un courant électrique et, coincé dans sa cabine en verre, en voulant échapper à son tourment donnait des coups contre les parois de son habitacle, ce qui provoquait les fortes secousses.

Des tuyaux couraient depuis le tronc, jusqu'à la pièce de contrôle.

— Ce bateau est de plus en plus étrange.

— N'est-ce pas ? Steben sursauta. Tragique ce à quoi notre illustre gardien a été réduit. Harnaché pour fournir du combustible.

Une femme très grande et fine portant une robe bleu-émeraude, si fluide qu'elle donnait l'impression d'être faite de liquide se tenait devant lui. Ses traits étaient dissimulés par une capuche profonde.

— Euh, qui êtes-vous ?

— Un Éclat déclenché par votre proximité à côté de, elle désigna le tronc, Mounati, gardien de la baie de Sauraye.

— Euh, bonjour ? vous pouvez m'aider ?

Le regard de la femme alla à son poignet

— Si tu es jugé digne de braver les Arcades, enfant du temps, c'est de mon devoir de t'aider.

— Euh... d'accooord, préférant ne pas s'attarder sur le titre, il attira l'attention sur le plus urgent, ma sœur est blessée et elle a été droguée.

— Ne peux-tu la descendre ? Je suis malheureusement limitée par le rayon d'influence du Grand Mounati.

— Je ne suis pas sûr...

Il regarda les arches.

— Ils t'emprisonneront aussi si tu les touches. Tu dois être en mesure de trouver une réponse à tes problèmes dans cette pièce, elle lui désigna la cabine de contrôle.

Il se dépêcha de suivre son conseil.

— La porte ne s'ouvre pas.

— Essaie ton bracelet. Après tout, son rôle est d'annuler les champs de force.

Steben fronça les sourcils, puis secoua la tête, il demandera des précisions lorsque sa sœur sera en sécurité.

Il amena son bracelet sur la surface carrée, légèrement enfoncée, sur la porte. Un craquement horrible se fit entendre, rappelant le crissement du métal contre le métal et avec un bruit sec la porte céda.

J'aurai le temps d'enquêter plus tard, chanta-t-il dans sa tête, *l'important c'est Irès*.

De derrière la vitre, il prit conscience que la salle des machines baignait dans une brume irisée qui accentuait la luminosité. Cette lumière était presque aveuglante sur la plate-forme et autour des captifs.

Le panneau de contrôle donnait une vue d'ensemble de la salle des machines ; 'combustible', trois 'drageons' et pour chacun d'entre eux quatre 'alimentations'.

À côté de combustible, une ligne 'Flux' menait à une rose magnifique, éblouissante derrière sa cage transparente, et enfin 'Contrôle/Fin'.

Il y avait aussi une vue d'ensemble du bateau et le schéma des chaînes d'alimentation depuis la pièce vers la plus traditionnelle salle des machines accolée. Ainsi que de nombreux boutons et d'innombrables poignées et autres étranges graphiques incompréhensibles.

— Allez Steb' ! Cole t'as laissé gouverner la péniche plus d'une fois.

Après quelques tâtonnements, il repéra les commandes de ce qu'il appelait la plate-forme.

Il activa une poignée avec l'image rappelant vaguement un escalier et une marche transparente apparut au-dessous de la plateforme. Il courut y prendre place, une deuxième plaque transparente s'afficha. Il sourit et se dépêcha de rejoindre sa sœur.

Irès n'avait pas bougé. De petites racines l'entouraient et une s'était déjà attachée à son cœur.

— Non !

Il tira pour les dégager, sa sœur se redressa et commença à hurler. Il cessa immédiatement, désemparé.

— Je vais te sortir de là ! jura-t-il, même s'il faut faire exploser le gardien !

Quand il revint l'affronter, la femme émeraude conversait avec le monceau d'arbre derrière la vitre dans un langage bruissant qui rappelait les vents d'après-midis d'été.

— Votre illustre gardien est en train de tuer ma sœur !

— Sottises ! Tu ne devrais pas t'inquiéter pour elle, elle est forte, elle doit l'être. Elle n'a guère besoin de ton aide, c'est son épreuve. Toi, tu te dois de trouver ta porte !

— Quoi ! Non, pourquoi m'avez-vous aidé avant et maintenant...

Steben frustré se précipita vers la cabine de contrôle. Malheureusement, il eut beau essayer, la porte resta verrouillée.

— En l'ouvrant tout à l'heure, tu as donné la fréquence-code de ton obstructeur, elle désigna le bracelet, à Mounati. Il ne te sera plus d'aucune utilité dans cet espace maintenant.

— Qu'est-ce que vous voulez dire, je ne comprends pas votre fascination envers ce ridicule bracelet ?

— Il est une insulte à ce que tu es, à ce que tu incarnes.

— Eh bien, c'est plus clair maintenant, répliqua Steben sarcastique se demandant s'il n'aurait pas mieux fait de tenter sa chance avec Valdfyre.

Il tapa contre la paroi pour la tester, peut-être qu'il pouvait effrayer l'énorme gardien.

— Il n'est pas dans le même espace-temps que toi, ce sont les surgeons qui appartiennent à ce monde.

— D'accord, je comprends, vous vous moquez de moi !

— Tu perds du temps ! Tu dois rejoindre les Arcades maintenant.

Avant qu'il ne puisse se défendre, elle le ramena vers elle et posa un doigt long gris noueux sur son front.

Une étrange sensation envahit ses membres, un peu comme s'ils étaient pressés.

— Qu'est-ce que..., le monde s'évanouit.

20

La porte

Les eaux bouillonnantes du fleuve venaient s'écraser à grand bruit sur le rocher plat. Elles généraient une brume froide rendant la pierre glissante, difficile pour se redresser. Steben gémit, son épaule était sensible et son atterrissage sur la pierre n'avait pas aidé.

Perdu, il tourna lentement sur lui-même.

La rive la plus proche se perdait sous une végétation bien trop dense, remplie d'orties et de racines de mangroves. L'autre berge présentait une plage de sable noir d'où s'élevait un arbre immense dont le tronc était en partie immergé dans l'eau et aux écorces semblables à celui enfermé sur le bateau.

S'il réussissait à braver les eaux sombres et furieuses, il escomptait l'escalader afin de découvrir où il se trouvait.

Enlevant ses chaussures, il enfonça le pied dans l'eau et l'en sortit immédiatement.

— C'est glacial !

Grommelant, il allait attraper une pneumonie à coup sûr, il s'élança malgré tout à l'eau.

Le courant était bien plus fort qu'il ne s'y attendait. Il échappa de justesse d'être violemment projeté contre la pierre plate.

Il se trouva entraîné, balloté comme une vulgaire brindille et avait des difficultés à se maintenir hors de l'eau. Se souvenant des conseils de Cole, il prit plusieurs grandes inspirations et espérant avoir emmagasiné assez d'oxygène, il plongea.

La descente dans l'eau trouble et contre les rapides le fatigua très vite. Enfin, il aperçut les plantes qui garnissaient le lit de la rivière, il redoubla d'effort. L'eau au fond était effectivement moins tumultueuse et limpide. Il vit les énormes racines du chêne, d'une étrange couleur argentée, elles vibraient d'énergie. Il s'accrocha à l'une d'elles. Elle était d'une rassurante chaleur en contraste avec le froid ambiant et commença son interminable montée.

Les poumons en feu, il creva la surface et, se cramponnant toujours à la racine, il atteint l'autre rive, à bout de souffle, épuisé, glacé et rêvant d'étrangler la femme Émeraude.

Grelottant, il sautilla un peu pour se réchauffer.

L'arbre était encore plus formidable de près. Il n'avait jamais entendu parler de chênes pouvant dépasser un gratte-ciel et de l'envergure des trois tours de Perdlieux.

Il toucha le tronc et fut rejeté en arrière, tombant douloureusement sur le postérieur.

La légère aspérité qu'il voulait utiliser pour grimper craqua comme du bois sec et un petit être se détacha. De la taille d'un enfant avec une tête d'adulte, trapu, les yeux en fentes sous des excroissances rappelant des écorces pour sourcils sur un visage carré.

Une tête semblant faite de bois grossier, le corps recouvert d'un vêtement bouffant d'une texture rappelant les feuilles de l'arbre, la créature se pencha vers lui.

— Je rêve! murmura Steben. Il ferma les yeux et les rouvrit, la scène ne changea pas

— Pas très vif! raisonna l'être, d'une voix rauque et supérieure.

— Vous parlez!

— Simplet même.

Il émit un drôle bruit de gorge, rempli de dérision.

— Hé!

L'ignorant, l'être continua à l'envisager.

— Ton nom!

— Steben Sorren, et vous qui êtes vous...

— Affligé par la qualité du matériel avec lequel je dois travailler.

Steben mit quelques secondes pour comprendre que l'être faisait allusion à lui.

— Hé!

Ce dernier poussa un soupir mélodramatique à fendre l'âme.

Le soulevant par son col comme s'il n'était qu'un simple fétu de paille, il le fit tourner de gauche à droite pour mieux l'examiner.

— Humain!

Il y avait un tel mépris dans son ton que Steben se retint à grand-peine d'émettre un autre "Hé". L'être continua à l'envisager.

— Ce n'est pas la procédure habituelle, hum..., il le relâcha, elle doit avoir ses raisons.

— Bien, raconte-moi ton histoire.

— Euh...

— On devra travailler aussi sur ton élocution.

Il secoua la tête tristement.

— Euh… Steben rougit, on était sur ce bateau l'Agausto…,

La créature écouta patiemment. Il réagit uniquement lorsqu'il parla du combustible de la salle des machines et de la dame Émeraude ; ses yeux se fermèrent, devenant de simples lignes noires.

— Tu as donc une jumelle.

— Oui ?

— Pas notre habituel candide, alors, murmura-t-il pensivement, il a su faire preuve d'une certaine… opiniâtreté. Hum ! Bon, tu as gagné le droit de passer le test !

— Quoi ! je croyais qu'elle m'avait envoyé ici pour trouver de l'aide…

— Oh, crois-moi, ta sœur me semble assez forte pour s'en sortir, sinon tu ne serais pas ici.

— Vous êtes fou ! Steben se retrouva projeté au sommet de l'arbre.

— Trouve ta porte !

— Quoi ?

Il fut lâché.

Hurlant d'effroi, il vit le sol se rapprocher à une vitesse vertigineuse.

Il ferma les yeux maudissant la misérable créature.

Il s'écrasa brutalement sur une couche épaisse et spongieuse dans un grand éclaboussement de feuilles et de brindilles, s'étouffant presque dans le sol tapissé d'humus.

Il s'écorcha douloureusement les mains, fragilisées par son séjour dans l'eau, qu'il avait inconsciemment ramenées en avant pour amortir son atterrissage. Il fit rouler son épaule toujours douloureuse. Il se mit sur le dos et vérifia que tous ses membres étaient présents.

C'est seulement après qu'il fut certain d'être toujours entier qu'il se décida à ouvrir les yeux.

— Je déteste ma vie !

Il regrettait d'avoir ignoré les plaintes d'Irès, il avait cru à une tactique pour les empêcher de prendre le bateau.

— Trouve ta porte ! Trouve ta porte ! Qu'est-ce que ça peut bien vouloir dire ?

Il prit une grande inspiration et se centra, la colère ne l'aiderait pas à sortir de ce cauchemar.

Calmement, il examina autour de lui.

À nouveau, il se trouvait au milieu d'un enchevêtrement de racines. Quoiqu'il hésitât à leur donner ce titre, elles étaient de toutes les couleurs possibles et imaginables.

Elles venaient d'un espace, sans limites visibles, bien qu'il perçût le bruit de vagues s'écrasant sur la rive. Leurs tailles allaient de celle d'un cheveu à la grosseur de son bras. Elles se divisaient par épaisseur plus que par couleur pour passer l'un des neuf gigantesques passages voûtés en forme d'arc au-devant de lui. Elles s'enroulaient ensuite pour s'engouffrer dans des conducteurs argentés qui se perdaient à l'infini.

Il se demanda ce qui se passerait s'il en prenait une et décida de tester. Sa main ne rencontra que du vide. Il essaya à nouveau, sans succès.

Il se frotta les yeux, les fils étaient toujours là dans toutes leurs exubérantes couleurs.

— Il faut que je me réveille !

Il se pinça très fort et ne put s'empêcher de crier sous la piqûre. Les fils continuèrent à le narguer.

Les neuf arches étaient-elles aussi des illusions de son esprit fatigué ? Non, pas neuf, dix arches.

Cette dernière se dressait solitaire, à l'écart, diffusant une désagréable impression de stérilité, de danger.

Il fut inextricablement attiré par la première et se décida à l'emprunter. Il fut surpris de voir les fils s'écarter pour l'éviter.

En franchissant le seuil, il eut la sensation d'être plongé dans de la ouate. Ses pas, ses pensées se ralentirent.

— Y'a quelqu'un ?

Sa voix fut immédiatement avalée.

Il ne voyait plus les fils, ni les autres arches. Il se tenait juste là, posé sur un sol absent qui se confondait avec des murs invisibles dans ce lieu étrange où il ne faisait ni clair, ni sombre. Il frissonna et décida de faire demi-tour.

Un désert de dunes s'étendait à perte de vue. Le sable était d'un blanc immaculé. Il ne distinguait pas l'entrée, il n'y avait pas non plus de repère pour lui indiquer la direction à prendre.

— Qu'est-ce qui se passe ?

Il prit un peu de sable, émerveillé par la finesse du grain, ils changèrent de couleur et devinrent rouge. Des images se précipitèrent vers lui, un vieil homme aux yeux d'aveugle portant le signe de l'infini sur le front, un jardin avec La Conscience et une femme en tailleur vert, Muaud, sa mère enlevant son pendentif et parlant à une créature ailée bleue, un immeuble en feu et une fille à la peau verte avec un genre de petit chien ailé.

Il lâcha le sable comme s'il le brûlait. Il se retrouva au pied d'une immense montagne argentée. Il pensait que c'était de la glace, pourtant la texture mouvante démentait cette idée.

— L'Ark d'Argent ou le mont d'Argent comme l'appellent les humains. La barrière entre le monde des hommes et celui des êtres magiques. Jalousement gardée par les gardiens sacrés, les elfées.

Steben recula nerveusement tout en examinant l'apparition. Il avait déjà vu ce vieil homme ; un aveugle avec le signe de l'infini sur le front et de longs cheveux remplis de perles multicolores qui le fixait comme s'il le voyait.

— Qui êtes-vous ?

— Un grain de sable parmi tant d'autres. Ce qui importe, c'est qui tu es toi !

— Euh ? Steben Sorren et je suis perdu.

— Ne t'es-tu jamais demandé pourquoi tu étais capable de figer le temps lorsque tu t'amusais ou de l'accélérer quand tu voulais éviter de faire tes corvées, voire annuler de petites bêtises sans conséquence ?

— Le vase était en équilibre et j'avais un devoir le lendemain... hé, cela c'est vraiment produit !

— Chacune de tes actions et pensées crée des espaces hors temps. Malgré les précautions d'initiés, il lança une graine et le jardin de MCom s'afficha brièvement, tu arrivais toujours à être là où il ne le faut pas. Seul un archan, un enfant du temps, comme toi Steben Sorren, peut accomplir une telle prouesse. Tu peux même visiter les espaces des autres. Tu empruntes d'ailleurs, l'un des miens actuellement.

— Je ne comprends rien.

— Regarde dans la vallée et les montagnes alentour, que vois-tu ?

— D'immenses forêts d'arbres... étranges.

Steben tiqua, ces arbres imposants avaient quand même un physique très humanoïde.

— Les redoutables guerriers elfées Guers. Ils siègent ici depuis dix ans. Ils espèrent trouver une opportunité d'abattre cette barrière transtemporelle afin d'envahir votre monde. Une personne peut les arrêter...

— Surement pas moi !

Steben se retint d'éclater de rire face aux scénarios qui lui venaient à l'esprit ; il ne se savait pas aussi imaginatif.

— Non, mais ta sœur, si elle ne meurt pas avant, oui !

— Irès va mourir !

— Pas si tu acceptes de suivre la voie de Chronos et apprends à maîtriser ton don. Jusqu'à présent tes actions n'ont pas eu de répercussions notables, mais nul, même un élu du temps, ne peut jouer impunément avec les Arcanes sans en payer le prix.

Le vieil homme disparu.

Désemparé, il chercha à s'éloigner de cette énième hallucination, un peu trop réelle.

Il accéléra pour mettre le plus d'espace possible entre lui et ses visions stressantes et incompréhensibles. Il lui fallut quelque temps, après qu'il se soit calmé, pour se rendre compte que l'espace s'était fermé derrière lui. Bien qu'il ne discernât pas d'obstacle, il savait qu'il ne pouvait pas revenir sur ses pas.

Carrant les épaules, il avança à l'aveugle. Il ne bénéficiait même pas du bruit de ses pas pour le rassurer qu'il ne faisait pas du sur-place.

Il marcha longtemps dans ce qu'il finit par désigner 'l'absence'; un endroit indescriptible sans repère où il ne voyait rien, pourtant il n'y faisait pas nuit, ni jour non plus.

Sa tête était remplie de rêves, de couleurs, de temps perdus. Sa démarche se fit bientôt incertaine.

Il avait l'horrible envie de s'assoir et de ne plus bouger.

Il ralentit.

Non, il se devait de trouver la sortie afin d'accomplir, de sauver quelqu'un...

Peut-être qu'il pouvait se reposer un peu avant.

Il s'arrêta pressa brièvement la paume des mains sur ses yeux. Il était tellement fatigué de ces visions.

Il s'assit, exténué. Il examina autour de lui se demandant où il se trouvait, qui il était.

Il se passa la main sur le visage.

C'est à ce moment-là qu'il vit sa main.

Il hurla et la secoua pour s'en débarrasser. Il les frotta vigoureusement. Il les inspecta et horrifié, constata que oui, elles étaient toutes noueuses, veineuses et couvertes de traces de vieillesse.

Il contempla désemparé ses paumes jaunies.

Il aperçut alors, une marque de naissance sur son poignet. Il traça lentement le contour, il connaissait quelqu'un qui en avait une aussi, l'intérieur cependant était deux traits au lieu d'un point unique.

— Irès..., ses yeux s'agrandirent, il se leva d'un bond, il devait l'aider !

Autour de lui, l'espace s'éclaira.

Assis par terre, un petit garçon chauve jouait avec trois boules multicolores.

— C'est de la triche !

Il désigna son poignet sans arrêter de jongler. Steben regarda sa main et poussa un soupir de joie, il était de nouveau dans son propre corps.

— Qui es-tu ?

— Un assistant des Archives.

— Euh, est-ce que je suis endormi ?

— Tu n'es pas un peu simplet ? D'ailleurs, je crois que je t'appellerai simplet dorénavant !

— Tu sais que tu es une petite peste !

— Ah, ah ! Ce n'est pas judicieux d'insulter la personne qui va t'aider Monsieur Simplet, chantonna-t-il d'une voix moqueuse.

— M'aider ?

— Oui, tu as rencontré ta plus grande faiblesse, ton inaptitude à respecter le Temps. Au point d'être consommé par lui, Steben se demanda pourquoi il parlait du temps comme d'une entité, maintenant tu dois l'affronter. Il laissa tomber une balle qui roula pour s'arrêter devant un mur où apparurent trois portes jusque-là invisibles. Intéressant, Arcana Atemporalis n'est pas un mythe..., qui l'aurait cru. Allez ! Vas-y, choisis ta porte !

— Elles me mèneront où ?

— Le temps par-delà le temps... je ne sais pas, il faut être un élu du temps pour y aller, il haussa les épaules, elle est aussi connue pour t'emmener là où tu en as le plus besoin.

— Laquelle me mènera à Irès ?

— Vraiment ! Tu as accès à l'infini et tu désires juste rejoindre ta soeur ? Bien, si tel est ton désir.

La balle revint dans la main de l'enfant qui souffla dessus, lui fit un clin d'œil et la lança dans sa direction.

Steben se baissa pour l'éviter, sans succès.

Il sentit une piqûre sur le lobe de son oreille et y porta la main, il avait un genre de bosse dure.

Il haussa les épaules, ce n'était pas important.

— Les voies des Arcades te sont ouvertes, Aspirant Simplet !

L'enfant disparut avec un dernier obscur, "fais attention au Griffon !"

✿

Steben s'arrêta sur le seuil d'une jungle envahie par une faune géante, sous un genre de dôme bleu vert, au toit explosé.

— Oh, non ! Il finit par avancer sachant qu'il n'avait pas le choix, la porte par laquelle il était arrivé n'existait plus. Je rêvais d'une vie passionnante et exceptionnelle, pas de ce genre d'exceptionnel, juste quelque chose d'assez remarquable pour remettre à leur place les Victor... aaaaaaaaaah !

Il se retrouva la tête en bas, suspendu par une liane, bientôt suivie par d'autres qui jaillirent de la première et le ligotèrent tellement serré qu'il pouvait à peine respirer.

— Steb' !

— Irès ?

— Oh, Steb' je suis désolée. Je vais te descendre tout de suite... ne bouge pas !

Steben roula des yeux, résigné. Il tâcha de voir le point positif, il avait retrouvé sa jumelle. Il finit par être ramené sur le sol. Il chercha sa sœur et se retrouva face à face avec Victor Bold, plus connu sous le stupide surnom d'Arès qui faisait un effort louable pour ne pas rire.

— Je déteste vraiment ma vie !

— Toujours aussi geignard à ce que je vois !

Irès intervint avant que cela ne dégénère.

— On n'a pas le temps pour ça les enfants... dépêchez-vous ! Steb', est-ce qu'il y a un moyen de repartir par le même chemin ?

— Non, la porte a disparu. Les hallucinations et l'humour douteux des locaux n'aident pas non plus, grommela-t-il.

— Oh ? Je sens une histoire juteuse, lança Arès avec un clin d'œil facétieux.

Steben l'ignora.

— Victor ! Va vérifier les pièges !

— Pièges ? s'enquit Steben alarmé.

Irès fit le geste que ce n'est pas important pour le moment tout en réengageant la liane qui l'avait piégé.

— On n'est pas sur le bateau, n'est-ce pas ? J'aurais dû être plus explicite avec le morveux ! Comment êtes-vous arrivés ici ? C'est très vert...

— Remercie ta sœur, c'est cela qui nous protège des bêtes.

— Bêtes ! Il rougit en entendant sa voix craquer, au même moment un puissant rugissement retentit, il y a des félins ici !

— Ceux attachés dans la salle des machines.

— Steb' ! Victor ! Dépêchez-vous, il revient ! cria Irès.

Courant à toutes jambes, Victor le dirigea avec habilité vers l'énorme arbre dans lequel sa sœur avait pris refuge avec une autre jeune fille.

— Où ?

— À onze heures ! indiqua un garçon au sommet de l'arbre.

Victor dévia sa course.

Les deux autres regardaient avec inquiétude leur progression.

Victor arriva le premier à la corde qu'Irès leur tendait et pressa Steben de monter en premier.

— Vas-y, insista Victor.

Steben secoua la tête.

— Il sera sur vous dans quelques secondes ! prévint le garçon qui descendait en sautant de branche en branche.

— Steb' accroche-toi !

Steben s'élança, grimpant aussi vite que possible en s'aidant de la corde que sa sœur avait jetée par-dessus les branches hautes de l'arbre et en s'appuyant sur des rameaux qui se formaient sous ses pas avant de se rétracter immédiatement.

Victor le suivit en faisant des sauts et se rattrapant à la force de ses deux bras, ce qui donnait de trop grandes secousses à la corde et ralentissait leur montée.

Le félin fondit sur eux à une vitesse telle que l'impact envoya Steben se cogner contre l'arbre.

Il fut assommé par le choc ; sa sœur aidée de la jeune fille se penchèrent dangereusement et réussirent de justesse à le tirer violemment par sa veste et l'amener en sécurité sur une branche avant qu'il ne tombe.

Victor eut moins de chance. Steben le vit chuter, trop abasourdi pour assurer une prise.

Sous les hurlements des filles pourtant il réussit au dernier moment à freiner sa descente en saisissant fermement la corde à deux mains.

Avec une agilité incroyable, il fit un salto arrière échappant ainsi, en ayant les pieds en haut, à la gueule grande ouverte prête à happer ses jambes ; l'animal rentra de plein fouet dans le tronc.

Victor atterrit sur la bête lorsqu'il s'aplatit sur le sol. Il s'élança à nouveau vers la corde, montant avec l'énergie du désespoir. Le félin émit un grognement de douleur et secoua la tête pour se ressaisir.

Il reprit son élan, des lianes jaillirent de la terre et s'enroulèrent autour de lui, l'entravant.

— Zut ! mes lianes ne sont pas assez solides, s'écria Irès.

La bête finit par se dégager et s'élança. Au moment où les pattes avant du félin allaient toucher l'épaule de Victor, des éclairs martelèrent indistinctement tout le secteur, l'effarouchant brièvement.

Cela ne fut pas suffisant pour le faire renoncer à sa proie. Il bondit à nouveau.

— Arrête, tu vas tuer quelqu'un !

Malgré les cris d'alarme de la fille et les menaces de Victor, les éclairs continuaient à se former dans les mains du pauvre garçon paniqué. Des incendies se déclaraient déjà.

— Je n'arrive pas à le maîtriser !

Steben finit par le plaquer contre le tronc, arrêtant la pluie d'éclairs, juste quand l'un d'entre eux touchait la tête de la bête qui rugit de colère et de douleur. Il frappa aveuglément, réussissant à atteindre Victor et à l'envoyer s'écraser sur le sol.

Rien ne put arrêter sa chute.

L'animal aveuglé et blessé s'évanouit dans un dernier rugissement plaintif et d'un pas chancelant dans la jungle.

La jeune fille se pencha immédiatement et lançant la main en avant créa un tourbillon qui souleva les cendres, la poussière et des petites branches.

— T'es sûre que c'est prudent !

— On n'a pas le choix, les prédateurs vont sentir le sang et les éclairs ne les tiendront pas longtemps à l'écart !

— Tu aveugles les bêtes mais on ne peut pas descendre le récupérer ! Et puis, cela attise les flammes qui viennent vers nous !

Le tourbillon s'arrêta, pas le vent.

Les dents serrées, le corps tendu sous l'effort qu'elle déployait, la jeune fille remonta Victor. Sa maîtrise était fluctuante, le garçon s'élevait pourtant, lentement si ce n'est de manière saccadée. Personne n'osait respirer de peur de la déconcentrer. Victor fut bientôt suffisamment haut pour pouvoir être attrapé. La fille s'effondra, tremblante, épuisée par l'effort. Des rugissements furieux se firent une dernière fois entendre.

Un silence pesant descendit sur le petit groupe.

— La bête ne l'a pas raté, constata Irès devant les profonds sillons dans le dos et les cuisses. Il a en plus surement une concussion, il faut le réveiller.

Malgré leurs efforts ; elle le secoua, Steben lui donna des claques, le jeune garçon ne reprit pas connaissance.

— Il a besoin de soins d'urgence ! remarqua inutilement Steben, on doit sortir d'ici ?

— Je ne sais... retiens-le !

Il était déjà trop tard, Victor s'éleva et son corps s'éloigna rapidement avant de disparaître dans un flash de lumière bleue.

— Qu'est-ce... ?

Steben échangea un regard abasourdi avec sa sœur. La fille et le garçon avaient l'air trop exténués pour être vraiment paniqués par la disparition de Victor, leurs traits très tirés trahissaient toutefois leur inquiétude.

— Comment vous avez fait ça ! Steben mima les mouvements de mains qu'ils firent pour appeler les éléments.

— Par accident la première fois, le garçon acquiesça, c'est cet endroit.

— On a de la chance, confirma la fille, les bêtes sont affamées, agressives et attaquent sans relâche. Cela taxe toute notre énergie de les combattre et nos nouvelles... capacités sont tellement fluctuantes et chaotiques qu'on ne sait pas quand elles se manifesteront ni si elles vont continuer à le faire, expliqua la jeune fille en s'appuyant contre lui.

— J'espère qu'on aura la paix pendant quelques heures sinon je ne crois pas qu'on s'en sortira, marmonna le garçon en passant un bras autour de la jeune fille, qu'est-ce que j'ai sommeil, il bailla et ferma les yeux. En à peine une minute, les deux s'étaient endormis.

— Alix Dante et Gab Strovins, présenta Irès devant sa silencieuse question.

— Tu n'as pas le même problème qu'eux avec tes pouvoirs ?

— Non ! fut sa réponse brève.

Deux heures plus tard, tout était plus calme. Les derniers incendies s'éteignirent en laissant une forte odeur métallique.

Ils mangèrent les fruits, des oranges qu'Irès fit mûrir pour étancher leur soif.

Il lui raconta une version abrégée de ses mésaventures et censurée des hallucinations du vieillard ou encore d'être un supposé élu du temps ; peu importe ce que cela voulait dire.

— ... et oui, je me rappelle aussi de l'attaque à l'appartement, de Papillon, ils échangèrent un sourire, mais c'est un peu comme les souvenirs de quelqu'un d'autres. J'ai deux versions très claires et séparées de ma vie. Tu m'as souvent menti.

— Je t'ai caché la vérité, ce n'est pas la même chose ! Je crois que c'est moi qui ai créé cet endroit, avoua-t-elle après un douloureux silence, les autres gisaient dans cette grande pièce blanche stérile. Ils respiraient à peine. J'ai paniqué et souhaité être dans un endroit protégé. Notre serre est apparue. Puis les plantes ont grandi pour atteindre cette taille gigantesque. Des éclairs, des tourbillons ont fait exploser le toit laissant cette jungle remplie d'une lueur verdâtre. Ils se sont alors réveillés, tous ! Ces deux-là en dernier. Les éléments se sont calmés. Quand les bêtes se sont tournées vers nous, j'ai fait pousser cet arbre. Victor… Arès, elle s'éclaircit la gorge et Steben ignora ses yeux brillants, m'a aidée à les hisser. Il a une force incroyable ! Et de très bonnes idées, je n'avais pas encore pensé aux lianes.

Ils examinèrent d'un air sombre le ciel qui ne leur donnait aucune indication de l'heure qu'il était.

— Pour échapper à un problème, on s'en attire d'autres. Tes bras ?

Elle montra ses deux bras libres du plâtre et parfaitement guéris.

— Je ne la sens plus.

— On est des projections saines, conclut Steben. Tu crois que Victor y est retourné ?

— Je… je ne sais pas…

— Peut-être que si on se blesse, ils nous renvoient dans le monde réel. On ne sert à rien dans une machine lorsqu'on est un composant abimé.

— Je ne vais pas me blesser pour tester ta théorie !

— Peut-être qu'Ayo ou Chloé vont s'inquiéter et nous chercher.

— Chloé a dû alerter son père. Mais l'équipage est sous les ordres de Villord, il brouillera les pistes.

— Ils vont surement vérifier les salles des machines. Ils découvriront nos corps, nous enchaîneront comme les autres ou nous tueront.

21

Retour aux sources

Le capitaine Mathison Kleinsan se tenait toujours très droit, espérant ainsi faire oublier la légère bosse sur son épaule droite. Sa mère insistait que c'était une preuve de force et de confiance en soi.

Pourtant, il avait envie de se recroqueviller sur lui-même sous le regard intransigeant du Dr Valdfyre. Il était aussi intimidé par la présence inattendue de Villord qui feignait de ne pas s'intéresser à son rapport en notant des chiffres sur les cartes étalées sur le bureau.

— Je vous ai accepté dans mon équipe sous la recommandation de Madame votre mère, grand personnage, je peine à voir ses exceptionnelles qualités en vous.

Mathison déglutit, la remarque était injuste. Il avait accédé à ce poste de commandement, à vingt-huit ans à peine, grâce son travail acharné.

— Les hommes ont fouillé tous les recoins du bateau, Monsieur. Peut-être ont-ils quitté...

Le fracas de la bille de fer s'écrasant sur le sol le fit taire.

Il aurait voulu s'essuyer le front or sa mère lui disait toujours que montrer sa nervosité donnait à son interlocuteur un avantage.

— Nous surveillons les proches relations des deux individus, s'empressa-t-il d'ajouter, comme le silence s'étendait, et Monsieur le Commissaire reste...

— Quelles sont les nouvelles des techniciens ?

— Monsieur ?

— Mon bateau est immobilisé, je veux avoir votre rapport.

— Il y a des à-coups, le moteur s'est arrêté sans qu'on puisse en déterminer la cause, les bancs de sable et la végétation ne cessent de grandir, nous n'avons pu atteindre le vieil arbre...

— Je ne veux pas savoir ce qui ne marche pas mais connaître les décisions que vous avez prises pour y remédier !

— Une équipe de vingt hommes travaille sans relâche à résoudre le problème...

— Augmenter ce nombre

— Mais... tout de suite Monsieur !

Après avoir sélectionné l'équipe supplémentaire et réussi à les faire enfiler une protection, le jeune capitaine se rendit dans la salle de contrôle.

— Rien à signaler ?

— Il y a une surcharge d'énergie. On ne peut l'injecter malheureusement à cause des..., l'officier toussa gêné, des débris extérieurs.

Aucun des hommes ne voulait commenter l'impossibilité d'avoir des débris s'empilant sans cause apparente.

— On devrait peut-être faire demi-tour et passer par la route habituelle. Quoi ? Vous connaissez la légende, personne ne peut traverser le fleuve sans l'autorisation de la Grande Dame, l'Esprit de ce fleuve !

— Évitez de propager vos superstitions Guil ! Il y eut un mouvement d'humeur parmi les hommes, il se dépêcha de les reprendre en main, envoyez quelqu'un vérifier que le surplus a bien été absorbé. Inutile d'avoir les circuits grillés si, il se racla la gorge... quand on dégagera le bateau.

— Préposé Blackmittra !

— Monsieur ?

— Monsieur Villord vous demande de vérifier l'installation annexe, j'espère que vous savez de quoi il en retourne.

Le jeune homme se contenta de s'incliner, à vos ordres Monsieur.

Le capitaine s'éloigna espérant cacher son inquiétude. Il ne croyait pas aux ragots des marins ivres. Cela ne l'empêcha pas de se rappeler que ces dix dernières années tous les bateaux assez hardis pour couper par le fleuve avaient sombré.

Les Arkiliens n'autorisèrent pas le passage par Virgo-Fort non plus. Ils ne cachaient pas leur objection à l'existence de cette île artificielle si proche de leurs côtes et sur les restes d'Alville ou à la création d'une ligne maritime au-delà de leur sphère d'influence.

Ce trajet inaugural ne se faisait pas sous les meilleurs auspices. La dernière solution exigeait d'emprunter la route passant en pleine mer, rallongeant le trajet de six heures. Les propriétaires y étaient fermement opposés ! Pire, ils insistaient pour passer par ce circuit inhabituel et dangereux, entre le phare de Virgo-Fort et l'énorme et horrible monceau de tronc détruit lors de la perte d'Alville. Il se reprit, il avait un bateau à mener à bon port et des enfants à trouver.

Le préposé Blackmittra, se massa le derrière de la tête en grommelant et appuya son bracelet contre le bloc de sécurité pour ouvrir la porte de la salle annexée à celle des machines. Il sentit la présence derrière lui trop tard pour le contrer, un coup sec à la nuque et il s'effondra.

— Juni !

— Aide-moi, avant qu'on ne soit importunés.

Gail retint la porte pendant que le chimère tirait l'homme à l'intérieur.

— Ils sont là ! Le corps d'Irès est là, mal en point et sous stase, son essence...

— Se trouve dans les Arcades, comme son frère.

Gail se retourna si vite qu'elle se cogna contre le Préposé Blackmittra soutenu par Juni et l'envoya par terre. Elle jeta un "désolé !" d'excuse à l'homme inconscient.

— Aînée Ombaline ! L'être pencha la tête de côté. Gail eut un éclair de compréhension, non, vous êtes un Proxi figé dans le temps, alimenté par votre Gardien et déclenché par une source suffisamment puissante... les enfants au même visage, ce sont des Filleuls ? demanda-t-elle abasourdie.

— Oh non, ils sont bien plus dangereux que cela... Pré-dauphine.

— Comment ça ? Qu'est-ce qui se passe réellement ?

— Ils ont été empoisonnés, Juni et Gail inclinèrent la tête pour agréer, je n'avais pas d'autre choix que de les envoyer dans les Arcades.

— Ils y sont sans guide !

— Ils ont entraîné les autres captifs, sauvant ainsi leur vie, c'est plutôt encourageant sur leur aptitude. Elle regarda en direction de la cime du gardien. Ils ont dû rencontrer des complications, un des humains vient d'être rejeté du refuge. Il est très grièvement blessé.

Gail eut un pincement au cœur, elle comptait profiter de la fête sur l'île pour chercher Bold et il était peut-être déjà trop tard. Puis, elle comprit sa présence sur les lieux et secoua la tête.

— Non, je ne peux pas, elle lança un regard accusateur vers le Chimère. Tu m'as piégée ! Tu as aidé au sabotage du bateau !

— Il n'y avait pas d'autre alternative ! On t'a créée pour assumer cette responsabilité et cela passe par le rétablissement de tes pouvoirs !

— Je ne me rendrai pas dans les Arcades !

— Tu crois qu'après tous ces sacrifices tu as le choix ?

Gail se précipita vers la porte, Juni était déjà sur elle.

— Tu dois retrouver tes pouvoirs Pré-dauphine.

Ignorant ses protestations, il l'immobilisa et Proxi Ombaline toucha la base de son crâne. Elle n'entendit plus alors que le grésillement de l'air s'entrechoquant dû au différentiel d'énergie entre les espaces qu'elle traversait. Quand sa vision s'ajusta, elle se trouvait allongée sur un rocher plat au milieu du fleuve.

— J'aurais dû m'en douter, le débarcadère des Candides !

Boudeuse, elle y resta étalée un moment dans l'espoir futile d'être ramenée sur le bateau.

Elle prit une grande respiration laissant les parfums de son enfance lui remplir les poumons. Un écrasant sentiment de nostalgie l'envahit. L'eau fraîche et farouche du Lysomb lui rappelait les sorties interdites, les danses à la nuit tombée pour éviter d'être repérée, le goût délicieux des fruits cueillis et offerts par les facétieuses Prixilines, au clair de la lune verte.

Elle ne pouvait le repousser plus longtemps, elle devait se lever et affronter l'un des douloureux paysages de son enfance.

Elle nota progressivement les différences.

Le courant était devenu dangereux, sauvage. Les eaux miroirs de l'Omblur humain demeuraient sombres, rendant toute traversée périlleuse.

Les lieux alentour restaient silencieux, écrasés par la voix furieuse du fleuve. S'ils n'étaient pas vraiment hostiles, ils ne se faisaient pas accueillants non plus.

Elle se fortifia avant de faire face à l'arbre sacré, le gigantesque et majestueux arbre-gardien ; Mounati, siège de l'âme de l'elfée Aînée Ombaline, protectrice des Arcades. L'un des mille descendants d'Ydrassil ayant accepté de croiser sa destinée avec la Grande Fée, l'un des plus anciens êtres magiques qui touchée par l'humanité et désireuse de l'accompagner dans son épanouissement s'ancra ainsi sur terre afin de préserver l'Équilibre du monde.

Gail fronça les sourcils ; de profondes lésions dans le tronc de Mounati laissaient échapper la force vitale verte et argentée.

Des branches étaient tordues et arrachées. Ses rares feuilles brunies et jaunâtres trahissant la maladie et le manque d'énergie pour se renouveler.

Elle ramenant les mains croisées sur sa poitrine s'inclina et déclara la voix forte et claire au-dessus des eaux rugissantes :

— Sage Hékay, je sollicite l'autorisation de franchir le seuil des prestigieuses Arcades.

Uniquement la tête du lutin se détacha pour l'envisager avec l'habituel air ombrageux.

Sa peau était maintenant fendillée, comme le tronc du chêne.

— La petite Pupille Gu'el... ah ! Elle t'a nommée, Galixan Anack'ti. Que tu as grandi ! Hum... tu es bien plus polie que dans mes souvenirs. Qu'est-ce qui t'es arrivé depuis cette fameuse nuit de la troisième lune verte, tu as payé pour ton acte de délinquance j'espère !

— Je n'ai pas laissé le nid de Solguiérs dans votre lit ! insista-t-elle avec pétulance.

— Peut-être, cela reste une histoire de point de vue.

Serrant les dents, elle reprit avec force politesse ;

— Je dois rejoindre les Arcades, des vies sont en jeu...

— Les élus à qui j'accorde l'accès aux Arcades s'attendent à affronter des épreuves dangereuses. Il leur faut apprendre et grandir, se surpasser dans un environnement adapté qui peut également s'avérer fatal ! déclara le lutin d'un air suffisant.

— Pas dans le cas présent, ils y sont arrivés par erreur !

Il l'examina avec cette méfiance qu'elle avait appris très tôt être la norme parmi ceux au courant de son existence.

— Pourquoi devrais-je te croire ? Il y a longtemps qu'un humain ou même un être vivant ne m'a été envoyé. Tu es peut-être l'un des leurs.

— Pourquoi n'y a-t-il plus de candides ?

Hékay dirigea son attention vers la vallée des Glaces en contrebas.

— C'est..., les yeux de Gail s'écarquillèrent, des Guers étaient postés depuis devant l'Ark d'Argent, occupant toute l'embouchure du fleuve et s'étalant à perte de vue.

— L'armée Guers, confirma tristement le sage Hékay.

— Ce sont eux qui ont attaqué le gardien, comprit-elle.

— Ils pensaient l'obliger à ouvrir le passage.

— Mais ils ne peuvent forcer la barrière sans le sceptre !

— Ils tentent d'autres alternatives. L'Arcade est sous surveillance mais je suppose qu'elle a une raison de t'envoyer. Il fit un bruit trahissant son agacement. J'ai vu un humain ce matin finit-il par admettre. Il était souillé par la sorcellerie humaine, je ne crois pas qu'il dépassera le niveau Aspirant, sinon ce ne sera pas sans séquelles. Tu es liée à lui, il a la même occultation que toi au creux de son être. Hum... , c'est contraire aux lois, les temps sont incertains, il lui lança une baie qu'elle attrapa au vol. La clé est temporaire, tu as une heure pour les trouver. Après, je recondamne l'accès des candides sinon c'est moi qui passerai par leurs armes.

⚭

Le hall d'entrée des Arcades rappelait un amphithéâtre au toit haut, de forme ovale, avec ses gradins menant aux galeries qui couraient tout le long de l'édifice. Ils étaient régulièrement divisés à la verticale par sept chenaux qui se déversaient dans le fossé rempli d'eau autour de l'arène. Les pierres étaient effritées, les couleurs ternes et des lézardes couraient le long de plusieurs voutes.

En voyant le déplorable état des lieux, Gail ressentit pour la première fois de la peur. Est-ce que Juni avait raison, leur monde aussi s'effondrait par manque de flux ?

Les Guers ne pouvaient avoir consommé les ressources du monde elféique jusqu'à l'épuisement juste pour asservir les humains

Afin d'éloigner ses appréhensions, elle se raccrocha à un rite familier. Elle tomba à genoux au milieu de l'arène et baissant la tête récita les paroles des hôtes de passages :

— Moi, Abigail Galland m'incline devant la source de toute connaissance des mondes frontière unis. Puisse l'enseignement des piérilytes assister les générations futures afin que la vérité éclaire les décisions et le courage guide le bras des fortunés qui survivront aux voies des Arcades.

Elle patienta le temps requis et testa l'atmosphère. Personne ne s'avança. Elle ne détecta aucun sentiment hostile, juste un intérêt prudent.

Les piérilytes étaient perplexes, suffisamment curieux pour l'écouter.

Elle s'enhardit et se mit debout.

— Je me permets de braver votre seuil car je suis à la recherche d'intrus non validés par un Sage...

— Si ils sont encore vivants, Gail tiqua, le Cicérone a dû reconnaître leur mérite. Pourquoi ne pas laisser la leçon trouver sa naturelle conclusion ? La voix venait de partout à la fois, pour mieux l'impressionner en déduisit-elle. Elle tenta de distinguer le contour de granit rose veiné de gris qui trahirait leur position, sans succès, les habitants des lieux savaient se protéger des yeux indiscrets.

— Ils n'ont pas de guide pour les aider à assimiler les connaissances, je me propose de leur offrir mon soutien, expliqua-t-elle.

— Ton identité nous est cachée, pas tes origines mi-elfée, elle sentit leur satisfaction de l'avoir démasquée, tu es toutefois aussi démunie qu'un nouveau-né hybride, nous ne pouvons accéder à ta requête.

— Testez-moi !

Il y eut un silence étonné.

— On n'a pas la puissance que requiert ton âge et ta race.

— Testez-moi comme un humain.

L'espace devant elle s'évanouit. Elle se trouva à un carrefour. Elle se tourna successivement dans les quatre directions. Les routes étaient identiques ; larges avenues pavées de roches verdâtres, dégagées pour lui permettre de les voir se perdre à l'infini dans un paysage de champ vert monotone au ciel d'un bleu si pâle qu'il en devenait blanc à l'horizon.

Aucun indice pour l'aider à prendre une décision. Elle regretta les limites de son corps humain.

Elle sonda discrètement l'espace, ses sens ne relevaient rien au-delà du carrefour.

Le paysage était immobile, un tableau parfait. Trop parfait pour être humain. Elle prit une grande inspiration et sa gorge se trouva saturée de particules argentées elféique.

Le paysage cachait des pièges que ses facultés humaines ne percevaient pas.

Elle maîtrisa un mouvement de colère. Elle eut soudain un sourire narquois.

— Je demande l'aide de Cicérone !

Une multitude de voix outragées s'élevèrent. Une plus puissante que les autres s'imposa d'un ordre bref, réussissant à les faire taire.

— Cela ne fait pas partie de l'épreuve.

— Qu'est-ce qui ne l'est pas ? Que je sollicite de l'aide ou que je fasse appel à Cicérone ?

— Rien n'est précisé dans un sens ou dans l'autre, finit par avouer la voix avec réticence après quelques minutes de silence.

— Donc, je peux réclamer le conseil de Cicérone.

Une petite fille aux yeux aussi bleus et mobiles que ses cheveux se matérialisa.

— Tu es bien une de ces elfées ne jurant que par la Loi ; pour l'appliquer ou la détourner selon leur propre besoin !

Gail s'empêcha de répliquer que la stricte application de la loi par les Doras avait sauvé les piérilytes du pitoyable destin d'être de simples pavés sur les routes.

— Alors ! Que veux-tu savoir ? s'impatienta-t-elle.

— Est-ce que les épreuves sont basées sur ma condition humaine, ou sur les règles des Arcades ?

Une lueur amusée apparut dans le regard de Cicérone.

— Celle des Arcades.

Tout ne serait donc qu'apparence et déception pour ses limités et mortels sens humains. Cela lui confirma aussi qu'ils ne voulaient pas qu'elle arpente les Arcades.

— Dois-je l'affronter en tant que Candide humaine ?

Cicérone grimaça, elle était tenue de répondre.

— Non.

Gail sentit un frisson glacé lui traverser le corps.

— Dois-je l'affronter en tant que Candide elfée ?

Cicérone baissa la tête.

— Oui.

— C'est contraire à votre propre loi, je suis humaine ! Les cheveux de Cicérone devinrent rouges, danger. Elle insista, vous vous devez de me donner un facilitateur.

L'enfant s'évanouit dans un vacarme d'éboulement de pierres qui loin de l'intimider, l'amusa.

Le facilitateur apparut à l'endroit où le piérilyte se tenait.

Elle s'empara de l'appareil rond et l'enclencha. Le manipulant comme un compas, elle chercha le Nord ; là se situait la tour de la docte Aînée Ombaline ainsi que les cinq tours des Marraines-Aînés formant l'Ennéade.

Elle se concentra et posa lentement le pied gauche sur l'avenue. Les trois autres s'évanouirent.

Elle avança le pied droit et s'enfonça dans une masse d'eau.

Seuls les réflexes martelés par sa Duégna lui sauvèrent la vie. Elle retint instinctivement sa respiration malgré le choc d'être plongée dans un plan d'eau froid si sombre qu'elle ne voyait pas au-delà d'un mètre. Tournant sur elle-même, elle examina autour d'elle. L'absence de poissons et créatures marines indiquait qu'elle se trouvait dans les eaux neutres, surement une de ces fameuses chambres aquatiques.

Cela ne servait à rien d'essayer d'atteindre la surface, si surface il y avait, elle était trop loin.

À ses pieds, des algues, des racines et des pierres. Elle plongea espérant repérer une caverne et une poche d'air. D'énormes racines s'enfonçaient dans un amas rocheux blanc, elles comportaient des petites dentelures placées à intervalle régulier d'où s'échappaient des bulles. Avec l'énergie du désespoir, elle y nagea de toutes ses dernières forces et enfin put aspirer avec gratitude l'oxygène piégé dans la roche.

Elle compta autour d'elle douze blocs rochers. Ils étaient placés en cercle.

Elle vérifia son facilitateur, il pointait sous ses pieds.

Ses yeux s'écarquillèrent. Elle avait été précipitée dans un Aquacella. Un bassin d'élevage hermétiquement fermé. Les racines étaient des cordons nourriciers. Elle se tenait donc au-dessus d'une chrysalide de Neriacil.

Si elle réussissait à emprunter le cordon mère, elle pourrait entrer dans l'alvéole protectrice remplie d'air. Elle repéra au troisième amas de pierres une racine suffisamment importante pour jouer ce rôle.

Elle s'élança avec regret de sa niche sécurisée.

Contrairement aux autres, celui-ci ne comportait pas de bulles d'oxygène. Sous ses mains, la pierre veinée de gris était lisse et fine, pulsant régulièrement et réchauffant la paroi exceptionnellement dure.

Ses poumons brûlaient, sa vue se brouillait. Elle chercha une dépression, une irrégularité. Elle en aurait pleuré de frustration.

Si seulement elle pouvait voir à travers la paroi. Elle baissa avec difficulté sa deuxième paupière pour se protéger les yeux. Enfin elle le repéra, juste au centre des douze tas de pierres un tourbillon s'engouffrait dans un espace invisible à l'œil nu. Elle s'y lança.

Le sol se déroba sous ses pieds, elle fut aspirée avec les autres éléments et protégea instinctivement son visage.

Elle heurta violemment le sol mou et spongieux, et s'éloigna de l'entrée avant de se jeter sur le dos en toussant, crachant l'eau et les débris qui s'étaient engouffrés dans son nez. Elle reprit son souffle bruyamment, heureuse de se retrouver dans un espace sec et respirable.

La chrysalide occupait le centre de la pièce.

Étonnement, elle gisait non pas sur un lit stérile et éclatant de santé mais sur un tapis de pierres noires, de sable gris et d'herbes asséchées et cassantes. Sa coquille était même parsemée de taches suspectes jaunâtre et marron, signe caractéristique du flux souillé et anémié.

Au-dessus d'elle, à environ deux mètres, les particules de pierres et d'algues se trouvaient en suspension. Elles tournoyaient avant d'être absorbées ou rejetées. Le sable et les pierres approuvés servaient à consolider et nourrir le cocon. Les plantes se désintégraient après que leur force vitale fut aspirée.

Le rejet se divisait ensuite ; certains se trouvaient projetés à la base des douze racines qui alimentaient la chrysalide, formant cette magnifique pierre blanche et veinée qui pulsait. Les autres déchets jugés sans intérêt atterrirent sur sa tête au lieu d'être rejetés du nid.

Un tourbillon lumineux dont la couleur verte n'était pas sans lui rappeler les aurores boréales s'éleva et commença à tournoyer lentement le long du cocon. Le cycle reprenait. Avec inquiétude, elle vit le mouvement se rapprocher d'elle.

Elle allait être désintégrée, analysée et les éléments jugés utiles absorbés.

Elle se jeta contre le cocon et tapa sur la coque épaisse.

— Je suis vivante... tu m'entends ! Réveille-toi, je ne suis pas de la nourriture !

Ses coups se firent désespérés à l'approche de la lumière qui devenait un tourbillon.

La chrysalide ne se réveillerait jamais sauf si elle se sentait en danger.

Elle décolla et chercha fébrilement autour d'elle. Le plus important, la propreté ! La chrysalide ne devait en aucun cas être contaminée.

Elle ramena le poignet à sa bouche et mordit afin de faire jaillir du sang, puis ignorant la douleur, elle le frotta contre la coquille, juste avant que le vent ne l'emporte.

Dans un cri horrible, l'endroit qu'elle avait taché de sang se fendilla. Le vent s'arrêta et Gail retomba depuis un mètre de haut.

Un hurlement de colère et de dégoût alerta Gail.

Elle fit une roulade pour amortir sa chute et s'éloigna rapidement pour éviter les deux dangereux appendices qui, bien qu'encore en formation avec leurs os à peine couverts, fouettèrent l'air juste à l'endroit où elle s'était tenue une seconde plus tôt.

Des yeux jaunes malicieux la dévisagèrent.

— Je suis désolée d'avoir dérangé ton sommeil. Si je ne l'avais pas fait ton développement aurait été contrarié.

— Que fais-tu dans mon nid, humaine ! Tu voulais m'attaquer ! Me voler, n'est-ce pas !

— Non ! Les piérilytes m'ont envoyée ici.

— Pourquoi les formateurs feraient-ils une telle chose ? Ils savent que laisser un corps étranger dans mon nid me nuirait ! Tu mens ! Tu voulais me blesser, me tuer peut-être. Je suis plus fort que tu ne crois.

— Si j'avais voulu te blesser je ne demanderais pas ton aide !

— Mon aide ! Je vais t'écraser !

— Et j'éclabousserai mon sang partout dans ton nid. Aide-moi à sortir et tu pourras continuer sereinement ton évolution.

— Est-ce une menace vermine..., Gail souleva sa main ensanglantée.

— Je veux juste te laisser finir ton éveil en paix, aide-moi.

Quelques interminables longues minutes plus tard, qui mirent ses nerfs à vive épreuve, Gail se retrouva dans l'arène.

Gail massa sa main meurtrie par le contact contre la coquille protectrice du Neriacil.

Cicérone apparut, réussissant à afficher un air pensif sur son visage marbré.

— Pourquoi avez-vous voulu me tuer ? demanda-t-elle entre ses dents serrées pour se retenir de crier de colère.

Le piérilyte se détourna et contempla le triste spectacle des lieux.

Un vent chaud se leva et sécha Gail immédiatement.

Elle lui en fut involontairement reconnaissante.

— Les humains sont la seule espèce encore protégée du joug de l'Alliance, avoua-t-elle enfin, on espérait obtenir ta protection en t'absorbant.

Gail se retint difficilement de lui dire combien elle trouvait cette idée absurde et naïve.

— Tu n'es pas ce que tu apparais. Le piérilyte l'envisageait avec des yeux soupçonneux, le futur scion a diagnostiqué des spores d'elfée dans ton sang, d'une qualité que l'on trouve que chez les éminents Doras ou un Guers. Qui es-tu ?

Futur scion ? Les Arcades n'avaient donc plus d'administrateur.

Elle comprenait mieux le délabrement des lieux et les décisions irraisonnables. Elle se demanda si l'ancien administrateur avait connu le même sort que les Aînés. Cela signifiait aussi que l'armée des Guers survivait dans la vallée glacée grâce à l'énergie que les Doras infusaient dans l'existence des Arcades.

— Je veux juste apporter mon aide aux Candides. Le sage Hékay m'a autorisée à me présenter devant vous, vous ne pouvez m'empêcher de parcourir le chemin.

— Si tu passes le seuil de l'une de nos nefs, tu te devras de finir la voie... ou de mourir. Toujours intéressée drageon d'elfées ?

— Quelles sont mes autres options ?

— Si ton statut est bien ce que nous croyons, tu as dû arpenter plusieurs chemins au sein de nos murs. Malheureusement, il ne nous permet pas d'accéder à tes archives, Gail pressentit la demande avant même de l'entendre, déclasse ton dossier !

— Ce serait trahison !

Un petit garçon se détacha du mur.

Le Duplicat était parfait, il marchait et respirait comme un humain.

Il l'examina et lui donna un magnifique sourire innocent.

— Tu veux qu'on plie les règles pour toi, ne devrais-tu pas nous rendre la même politesse... ou te considères-tu supérieure à nous drageon d'elfées ?

— Je n'ai pas l'autorité d'accéder à votre requête, cette demande est une rupture aux traités en vigueur. Vous vous devez de rester neutres !

Il éclata de rire.

— Ainsi tu es bien un rejeton des Doras ! Pas la peine de le démentir, tu n'aurais pas cité les traités, ni survécu à notre... petit test. Ton existence ici aujourd'hui rend caducs tous les accords passés avec les Doras. D'ailleurs la loi de l'Alliance supplante maintenant celle des Doras.

Gail se contenta d'afficher un air amusé.

— Une tentative d'assassinat sur la personne d'un elfée me semble excessive pour régler cette infraction à la règle. Elle laissa le silence s'installer. Je suis ici afin de sauver des vies humaines, nous savons tous que c'est une raison valable pour cette transgression, votre réponse fut excessive. Écoutez, si vous m'amenez directement à eux, vous participez à une action charitable et cet incident sera oublié.

Le Duplicat était hostile, son visage trahissait la crainte des conséquences s'ils la laissaient quitter le lieu.

Gail soupira, il ne céderait pas sans une preuve tangible. Juni n'allait pas la laisser vivre l'enfreint à son enseignement.

— Ce n'est pas dans mon intérêt de vous nuire, elle prit une mèche proche de sa nuque, l'enroula et la remit à l'être, La parole d'un elfée l'engage ; si je survis aujourd'hui et sauve ces personnes, je promets de respecter une demande de Collusion. Le jour où votre peuple fera appel à mes services, brûlez cette mèche, je vous viendrai en aide. Ma proposition est-elle acceptable ?

Il y eut un silence où l'enfant ferma les yeux. L'illusion disparut et sa peau reprit sa teinte et sa texture naturelle marbrée. Une statue composée entièrement de gemmes mnémoniques, capable de s'adapter et de mimer n'importe quel interlocuteur.

Le temps s'écoula lentement pendant que Gail s'empêcha presque de respirer pour ne pas contrarier son interlocuteur. L'enfant ouvrit enfin les yeux et lui offrit un sourire angélique. Une boîte transparente se forma à la place de sa main, il y mit délicatement le cheveu et l'objet disparut dans son corps.

— Bien, il sauta presque d'excitation, on y va ! Voyant son regard surpris, tu n'es pas une Candide ; tu ne peux emprunter la route des brumes. Tu n'es que mi-elféé...

— C'est plus court, des vies sont en jeux !

Il ignora son intervention.

— ... ni celle des humains. Tu n'es pas une complète humaine, encore moins celle des Êtres ! Gail retint son soupir, agacée. Et, je ne vais surtout pas te laisser te promener seule dans les traverses Entremondes...

— Tous les chemins se rejoignent lorsqu'on devient aspirant, marmonna Gail.

— Donc, ce sera aux Vestibules des choix d'ouvrir une voie.

— Elle sera constituée d'autant d'épreuves selon les faiblesses...

— Espérons que tu en as peu alors !

L'enfant tapa du pied, pour montrer son impatience.

Gail régna sur son agacement et répondit par un sourire qu'elle espéra gracieux.

— Comment dois-je te nommer ?

— Kiltiria... Kiltiria le Normalise !

— Très bien et ton vrai nom piérilyte ?

— On n'est pas encore assez intime pour cela ! lui répondit-il avec un clin d'œil effronté.

Gail se contenta d'un, *insolent tas de pierres archaïque!*, dans sa tête avant de monter les escaliers situés au

Sud-Sud-ouest menant au Vestibule des alternatives des humains.

— Le chemin se base sur ta structure extérieure, expliqua le piérilyte devant son regard perplexe en l'englobant d'un geste de la main, tu as une apparence humaine !

Franchissant le seuil du vestibule, Gail catalogua les différences avec celui des elfées.

La couleur dominante était bleu ciel au lieu d'être argentée et irisée.

De la pierre sculptée et du verre furent les matières privilégiées. En même temps, elle n'était pas certaine que le bois vivifié et la brume des pays Fée pouvaient survivre dans ce lieu stérile.

La sculpture centrale évoquait la qualité intrinsèque des deux races ; sur une structure massive et carrée figuraient les cinq lignes, représentation des cinq éléments. En transparence, en son sein, il y avait deux triangles, dont l'un était inversé et placé sur le premier ; le sablier rappelant leur mortalité.

En contraste, le Vestibule des alternatives elfées était une pièce complètement vide en forme de trèfle à cinq feuilles identiques dont le centre comportait le triple cercle autour d'un point.

Ce symbole des Doras représentait ; la protection du satellite terrestre, la recherche infinie de l'équilibre des mondes et le flux.

Le plus dérangeant était les sculptures.

Non, elle frissonna d'horreur en sentant leur essence très faible, une simple trace maintenant, c'était les corps d'élémentaux trépassés et emmurés.

En même temps, cette monstruosité était nécessaire ; les humains ne possédaient pas une biologie pour leur permettre de survivre suffisamment long-temps dans les Arcades et finir leur formation.

Le piérilyte traversa le hall et alla poser sa main sur le segment correspondant à l'élément Terre ; une petite porte blanche se matérialisa. Il fit un signe impatient pressant Gail de le rejoindre.

— On te suivra le long de ton parcours, devant son air surpris, il expliqua moqueur, pour faciliter ta progression. Après tout, ce n'est pas tous les jours qu'on peut joindre les pas d'une peut-être Dora, même celle d'une demie démunie de son héritage !

Le refuge des humains devait se trouver dans la tour de formation privée d'Ombaline.

Gail prit une profonde inspiration pour se fortifier face aux épreuves à venir, inclina la tête indiquant qu'elle comprenait et franchit le seuil.

22

Survie

L'étrange lumière verte durcissait les traits, donnant un aspect cauchemardesque au paysage et une apparence maladive aux gens. Irès avait en plus les yeux enfoncés, noirs, vides.

Steben se détourna de la douloureuse vision.

Il vérifia une dernière fois l'enchevêtrement de branches que sa jumelle avait si péniblement construit pour les protéger des futures attaques, avant de s'écrouler exténuée.

Il suivit la progression d'une des petites créatures aux yeux orange électrique, aux poils longs gris qui donnaient à son corps trapu un faux air de peluche démenti par les griffes acérées qu'il utilisait pour déchiqueter un petit humanoïde.

Celui qui avait échappé à l'attaque nageait au sein de l'étang juste autour de leur arbre, son gros bec orange-rouge rentré sous ses ailes.

Le félin, étrangement, se faisait discret. Steben s'en inquiétait malgré l'apparente solidité de leur abri.

Les fines et longues épines pointues qui garnissaient maintenant le tronc de leur arbre sur une bonne hauteur étaient suffisamment épaisses pour décourager les plus téméraires. Son aspect lisse ensuite jusqu'aux premières branches empêchait les bonds audacieux.

Un ronflement au plus profond de l'abri le fit tourner la tête. Il n'aurait jamais pu se détendre suffisamment pour céder comme les deux autres à la fatigue. Ils dormaient cependant d'un sommeil agité.

— Tu devrais te reposer.

Irès qui s'était fermement calée contre une branche afficha son air têtu.

Il renonça à lui dire à nouveau qu'il tenait le tour de garde.

— Tu crois qu'il est quelle heure ?

Steben frissonna intérieurement, il essayait d'oublier toute référence au temps. Il avait omis de parler du vieil homme aveugle avec le signe de l'infini sur le front sans trop savoir pourquoi. Sa sœur haussa un sourcil, il fit un rapide calcul.

— Si le temps se déroule à la même vitesse, je dirais minuit, minuit trente.

Elle lui montra sa montre.

— Tous les appareils se sont arrêtés lorsqu'on est monté à bord.

— Tu n'as pas trouvé la structure du bateau étrange ? Irès se contenta d'un haussement de sourcil, il était comme... vivant... pensant.

Sa sœur ramena les bras contre sa poitrine.

— Il était à l'agonie, concéda-t-elle après s'être installée plus confortablement contre sa branche.

— Victor ?

— Non, le... l'être dans le bateau.

— Tu pouvais le sentir ?

— Je peux leur parler. J'ai toujours su... il m'a encouragée.

Le changement de ton, rempli d'amertume, lui indiqua qu'elle parlait de M.Singield, enfin. Ayo ne voulait pas la trahir en divulguant ce qu'elle lui confia et lui avait conseillé de cesser de la presser et d'attendre qu'elle soit prête.

— Je croyais qu'il voulait m'aider, qu'il me comprenait. C'était excitant d'être prise au sérieux. Et puis maman n'arrête pas de me surveiller comme si j'allais exploser. Lui m'encourageait à accepter ma différence..., mon anormalité.

— Tu ne pouvais pas savoir.

— J'aurais dû. Tu sais comment les plantes réagissent parfois en ma présence. Il a dû s'en rendre compte lorsque je traînais dans Florast. Qu'il me propose d'aider au magasin pour me permettre de payer ma serre n'avait aucun sens ! Steben se rappela son propre sentiment de plaisir d'être traité comme un adulte, c'était leur premier boulot de vacances rémunéré par autre chose que des friandises ou des bons cadeaux. George travaillait déjà là, poursuivit Irès, même si c'est un vrai tire-au-flanc et le magasin est vraiment petit. Je voulais tellement garder ce travail que j'en ai fait des tonnes.

— Irès, ce n'est pas de ta faute. Non, crois-moi ! Grâce à lui tu peux nous nourrir et nous défendre.

— Maman m'avait prévenue. Elle savait que cela allait se produire. J'espère qu'elle ne sera pas trop en colère.

— Tu la connais, elle va démolir tout sur son passage pour nous retrouver. Faire regretter à ces hommes de nous avoir fait du mal et ensuite nous punir à vie. D'ici là, j'espère que p'pa l'aura amadouée suffisamment pour qu'on puisse au moins aller à l'école sans qu'elle nous chaperonne.

Irès eut un petit rire.

— Elle est si déraisonnable...

Son hurlement de douleur le prit par surprise. Il mit quelques secondes avant de comprendre la situation.

Il la saisit par la taille et la poussa au plus profond de l'abri, puis attira l'attention de son attaquant en faisant des grands gestes.

L'énorme bête ailée marron et noir ; mi-oiseau, mi-félin, émit un drôle de ricanement guttural qui lui glaça le sang avant de revenir à l'attaque.

Heureusement, l'échafaudage de branches et de lianes qu'Irès avait construit tenait bon.

Après plusieurs attaques infructueuses, la bête s'éloigna avec un grognement frustré.

Steben se précipita vers sa sœur. Les deux autres tentaient d'arrêter le saignement et nettoyaient la plaie avec des bouts de tissus arrachés de leur vêtement.

— C'est une simple égratignure, le rassura Irès, il surprit l'incrédulité d'Alix.

— Fais voir ! sa sœur s'éloigna, cachant son dos.

— On doit partir d'ici, s'écria Alix paniquée, l'abri ne survivra pas à une autre attaque.

Une légère brise se leva, et s'intensifia jusqu'à faire trembler l'abri.

— Le feu peut encore l'effrayer.

— Cela ne marche plus, Gab !

— Irès à raison, ce sont des créatures intelligentes. On ne peut les combattre ! D'ailleurs, tu comptes faire du feu comment ?

Gab montra ses mains, une odeur de soufre se faisait déjà sentir.

— T'as failli brûler toute la place la dernière fois !

— Tu es vraiment un pessimiste !grogna Gab.

— Réaliste...

— Arrêtez-vous deux !

Le ton effrayé d'Alix stoppa leur dispute. Ils dirigèrent leur attention vers l'arbre en face que la jeune fille fixait avec épouvante. Steben mit quelques secondes à voir l'éclat lumineux des yeux intelligents du fauve qui testait les branches à petits pas prudents.

— Non, il ne va pas..., il était trop horrifié pour le dire.

Tout se passa comme au ralenti. Le félin se ramassa, Steben comprit qu'ils n'avaient aucune chance, il se précipita vers Irès pour la protéger. Il vit ses yeux s'agrandir d'effroi avant de prendre un inquiétant air vague, ses paupières tombèrent, se rouvrirent difficilement puis se fermèrent définitivement avant qu'elle ne s'écroule et disparaisse dans un éclair bleu.

Il n'eut pas cependant le temps de s'inquiéter du sort de sa jumelle, l'animal arrivait à leur hauteur toutes griffes dehors, les yeux étincelants et la mâchoire grande ouverte sur de longues canines tranchantes.

Le temps se trouva suspendu alors que les trois jeunes échangeaient un regard désemparé, avant de hurler de terreur lorsque la branche sur laquelle ils se trouvaient se recroquevilla sur elle-même et que leur arbre diminuât brutalement pour redevenir un simple arbuste ; Aralia Ming, suppléa inutilement le cerveau de Steben alors qu'il chutait vers une mort certaine.

23⏌
Proposition

Les trois adolescents franchirent précautionneusement le seuil.

— Cet endroit me donne la chair de poule. Une véritable scène de film d'horreur avec ces troncs morts, cette lumière verte...

— Il n'a pu entrer qu'ici Chloé, insista Ayodel Bokhari regardant avec soupçon autour de lui.

— Il n'a peut-être rien à voir avec la disparition des jumeaux, lui rappela raisonnablement Chloé Fortevoni.

— Moi je vous dis que Steben a voulu déterrer une de ses histoires tordues, Irès l'a suivi comme d'habitude pour le couvrir ! insista Pénélope Montauban d'un air agacé.

— Pourquoi tu nous as suivis alors ? Chloé s'approchant avec de grands yeux vers la colonne en verre, emprisonnant un tronc d'arbre. Oui, murmura-t-elle, un vrai film d'horreur.

Un gémissement les figea.

— Steb'? Irès?

À nouveau un faible bruit.

— Ils sont là-haut! On doit trouver un moyen...

Un escalier transparent se matérialisa devant Ayodel qui s'y précipita.

— Écoute, c'est peut-être un piège, s'inquiéta Chloé.

— Je m'en fiche!

— Ayo, je suis d'accord avec Chloé, il serait plus sage d'en parler aux adultes, d'avoir de l'aide, insista Pénélope en lui serrant le bras pour l'empêcher d'avancer.

— D'accord, vous deux allez chercher de l'aide, je monte voir.

— Ayo! devant son air décidé elle s'inclina, Pénélope vas-y, je reste ici au cas où. D'accord?

Pénélope s'exécuta à contrecœur.

Ayodel accéda à la plate-forme non sans un regard rassurant à l'attention de Chloé.

— Il y a quelque chose de pas net. Je vois des caissons avec des animaux et..., il aperçut les corps emprisonnés, Victor!

— Victor?

— Oui, Victor Bold, il perd du sang..., oh! Ce n'est pas possible...

— Ayo?

— Chloé, va chercher un médecin, vite! Irès baigne dans son sang. Je n'ose pas les toucher.

— D'accord, elle vérifia son portable, il ne fonctionne toujours pas! Ne t'inquiète pas, je vais chercher du secours!

Elle sortit en courant.

Claire Sorren franchit le seuil, brandissant un petit glaive effilé d'aspect dangereux.

Ombaline se manifesta, le visage grave.

— Reste loin d'ici si tu tiens à ta vie ! ordonna-t-elle.

— Tu es dans une zone neutre Dacastoled, Claire hissa avec colère "Sorren ! ", l'ignorant l'être indiqua l'arme, le Carminiarca ne te sera d'aucune utilité.

— Qu'avez-vous fait de mes enfants !

— C'est toi qui les as amenés là où ils en sont aujourd'hui. Tu aurais dû honorer ton vœu.

— Où sont-ils ! cria Claire.

— Claire ! c'est toi ? Ayo se penchant au bord de la plate-forme, Irès et Victor Bold sont blessés. Pénélope et Chloé sont allées chercher de l'aide, la rassura-t-il.

Claire blêmit.

— Personne ne doit entrer ! Elle se dirigea vers la porte, la referma et chercha frénétiquement un moyen de la bloquer. Ne trouvant rien, elle se précipita vers l'escalier. Ce dernier s'évanouit. Tu vas me laisser rejoindre mes enfants, maudite créature ! hurla-t-elle furieuse. Aînée Ombaline l'ignora. Claire eut un sourire vicieux, elle enclencha l'arme pour la retransformer en un pendentif, Ayo, tu vas m'écouter attentivement. Je vais te lancer le bijou...

— Tu commets une grave erreur Claire, lui indiqua Proxi Ombaline.

— ... derrière le poussoir il y a un bouton, poursuivit-elle sans tenir compte de l'être, enclenche-le et utilise l'aiguille pour piquer la main d'Irès. Ensuite, recueille une seule goutte de sang et dépose-le sur la pierre.

— Mais...

— C'est peut-être notre seule chance de la sauver, ne pose pas de questions !

Ayodel hésita, regarda en direction d'Irès puis de Claire avant de lever la main. Elle lança le bijou, qu'il réussit à attraper de justesse.

— Ensuite ?

— La pierre est intelligente, tu n'as pas à t'inquiéter. Devant l'extrême répugnance du garçon, elle durcit le ton, Ayo tu es le seul en mesure de l'aider ! Maintenant Ayodel !

Après s'être assurée que le garçon lui avait bien obéi, Claire revint prendre son poste auprès de la porte. Quelques minutes à peine plus tard, le bateau tangua.

Des arbres morts, noirs et déformés, percèrent lentement le plancher. L'Aînée Ombaline leva la tête vers la frondaison ; Irès s'était réveillée. Claire grimpa sur l'arbre le plus proche de la plate-forme avec une agilité qui trahissait sa formation. Elle se précipita auprès de sa fille qui se cramponnait à Ayodel.

— M'man ? Maman ! Steben est enfermé avec des animaux sauvages...

— Irès calme toi !

Claire s'agenouilla auprès de sa fille qui tremblait d'épuisement et de douleur.

— Écoute Irès, je t'ai toujours découragée à utiliser ton... tes capacités, la situation est grave peux-tu faire grandir un tronc qui bloquerait la porte ?

— Claire ! C'est ridicule... Irès ! c'est toi qui fais ça !

L'adolescent fixa bouche bée le tronc qui bloquait maintenant l'entrée.

— Ayodel, va vérifier l'état des autres ! il hésita avant d'y aller à contrecœur, Irès je comprends que tu es épuisée, tu auras de l'aide bientôt, raconte moi ce qui s'est passé.

— ... Je me suis évanouie et réveillée ici.

— Envoyez-moi auprès de mon fils ! exigea Claire à Aînée Ombaline qui l'ignora. Irès, elle a dû t'expédier dans son monde. Concentre-toi juste sur cet endroit et souhaite de tout ton cœur d'y aller et de m'y emmener avec toi.

— Elle ne peut pas et même si elle le pouvait tu ne pourrais pas en revenir, humaine ! annonça Ombaline, tu y subirais la punition pour haute trahison.

— J'ai l'air de m'en soucier !

— Maman qu'est-ce qui se passe ?

— Irès plus tard.

— Ce n'est jamais le moment ! Chaque fois qu'un événement étrange se produit, tu me regardes comme si j'en étais responsable et le lendemain on doit s'enfuir dans un autre appartement ou une nouvelle ville si ce n'est un différent pays !

— Irès, tu as toujours été difficile !

— Irès a raison !

— Ernest ! je croyais que tu restais dans la cabine.

Elle chercha Ombaline qui inclina la tête, le Proxi avait dégagé la porte pour leur donner accès.

Ernest Sorren se redressa sous l'attitude trahie de sa femme.

— Il fallait que quelqu'un de raisonnable inter-vienne. J'ai demandé l'aide au capitaine et le proprié-taire qui était présent a insisté pour nous accompa-gner.

Raphaël Villord s'avança et se pencha pour offrir à Irès un sourire cruel.

— L'élusive mademoiselle Sorren, aux gardes armés, emparez-vous d'elle !

— Ernest, qu'as tu fait !

Villord l'examina.

Son visage s'éclaira soudain d'une joie mauvaise.

— Claire ! Claire Da...

— Claire Sorren !

— Claire Sorren ? Cela fait quoi, vingt, vingt-cinq ans, chantonna-t-il presque, avec une excitation à peine contenue.

— Vous vous connaissez ! c'est inespéré, vous allez pouvoir...

— Taisez-vous ! Il ne sait pas qui tu es, intéressant... vous ! ordonna-t-il à l'un de ses hommes, maîtrisez et surveillez cette femme, cela fait longtemps qu'elle nous échappe.

— Quoi ? Claire... hé, qu'est-ce que vous faites ? Se débattit Ernest alors qu'on les obligeait à descendre de la plate-forme, Claire ?

— Non ! Chloé monta en courant pour s'interposer, mon père...

— Rien du tout ma petite. Oui, elle aussi ! ordonna-t-il en voyant les hommes hésiter à restreindre la fille du commissaire.

Il leur indiqua d'un geste de prendre position.

Deux gardèrent l'entrée, les autres malmenèrent les prisonniers afin de les regrouper loin de la présence hostile du Proxi.

Claire regarda son pendentif, Villord, Muaud et les enfants avant de renoncer avec regret à intervenir à la vue des armes acérées dans la main des gardes.

— Je t'avais demandé de m'attendre, pourquoi ne m'as-tu pas fait confiance !

L'air perdu, son mari se tourna vers elle.

— Qu'est-ce qui se passe, qu'est-ce qu'il veut dire...

— Silence ! ordonna Villord, on ne s'entend pas parler. Muaud, prépare-toi.

Muaud sortit une boîte ronde présentant l'aspect d'une pierre rouge et verte et la déposa par terre. Elle l'ouvrit délicatement en chantant des sons, des onomatopées rauques. Après quelques minutes, une graine se matérialisa.

— Docteur, amenez-la moi ! ordonna-t-il en désignant Irès.

Un homme portant la caractéristique marque des Arkiliens sur la joue souleva Irès en ignorant ses efforts pour s'évader, sous les protestations et menaces de ses parents et amis.

Le bateau eut une énorme secousse.

Villord regarda en direction du gardien derrière sa barrière vitrée avec une certaine appréhension avant d'offrir à Claire un sourire satisfait.

— Maman, gémit Irès lorsque le bateau donna un autre soubresaut.

Villord se tourna vers Claire.

— Maman ? Comment ?

— Tout le monde peut adopter, non ! aboya Claire, laissant les membres de sa famille la regarder avec ébahissement.

Elle avança vers Villord les poings serrés.

Ce dernier se raidit comme pour ne pas céder à la froide furie dans la voix de Claire.

— Dacastoled ne partage pas le pouvoir. Tu crois qu'il fera quoi en me voyant ? Ton mariage avec Hautgenest ne lui sera plus d'aucune utilité. Il aura juste besoin de mon sang pour avoir accès à Mereg. Malheureusement pour lui, personne ne peut le toucher, je l'ai protégé avec de l'Anahid. La région en regorge. C'est pour cela que vous ne pouvez pas conquérir le dernier bastion des Marraines, pas vrai ? Virgo-Fort et Mereg sont complètement verrouillés ! Vous avez cajolé, menacé et inondé Alville sans pouvoir faire plier les Arkiliens, n'est-ce pas ?

— Ta fille... je comprends maintenant pourquoi elle nous a si longtemps échappé. Que lui as-tu fait pour nous la masquer ? Peu importe, j'ai ta famille, tu n'auras pas d'autre choix que de t'exécuter et m'aider !

— C'est faux, Claire Sorren nous appartient ! intervint Ombaline.

— Vraiment, ton ordre s'est éteint. Les Doras sont muselés grâce à Seigneur Pré-Mérick !

— Humains ! Vous êtes d'une telle arrogance ! Vous ne savez pas les enjeux qui se jouent ici. Vous croyez vraiment que vous êtes sur mon fleuve sans y avoir été autorisés !

Un bref éclat de peur apparut sur le visage de Villord.

— Peu importe vos supposés enjeux, un geste et je fais exploser ce tas de bois qui vous accorde un sursis, prévint-il avec hauteur.

— Tu as trop besoin de sa protection pour atteindre ton île !

D'un mouvement de la tête le Proxi bloqua la porte, empêchant les hommes de sortir. Villord se tourna vers la femme en tailleur vert et yeux nacrés.

— Muaud qu'est-ce que tu attends ? Déclenche-le !

— Je ne suis pas un de tes laquais ! On a déjà eu du mal à la trouver, je ne vais pas abîmer la seule personne qui peut nous aider à atteindre notre but ! Le temps nous est littéralement compté !

— Je ne l'aurais pas mieux dit, intervint un homme à la peau cadavérique qui s'était tenu à l'écart des évènements jusqu'à présent, le prochain créneau temporel ne sera pas avant vingt-cinq ans Villord, l'opération doit être un succès ! Enclenchez le localisateur mais attendez mon signal avant de l'activer ! intima-t-il.

Villord inclina la tête et se précipita dans le local vitré.

La graine était maintenant un arbre violacé.

Muaud nota avec intérêt son envergure, avant de dévisager Irès.

— Un manipulateur-élémental. Je parie que c'est toi qui es à l'origine de cette rose extraordinaire. Je te remercie, elle nous a permis de trouver les trois compatibles avec le Gardien de ce bateau ! On a dû se débarrasser des témoins ensuite, mais pour accéder à la mythique cité des Grandes Fées aucun sacrifice n'est trop grand.

— Vous avez fait couler les bateaux et tué tous ces gens ! s'exclama Irès horrifiée, en se débattant contre le docteur qui tentait de la restreindre. Elle le mordit. Ce dernier la gifla violemment et, profitant de son choc, l'attacha à l'arbre.

— Il n'a jamais eu d'autre bateau que celui-là. Mais il faut bien apaiser le peuple, non ! On n'avait pas le choix, ils voulaient nous arrêter, ont presque réussi à libérer..., un raclement de gorge de Muaud et Villord ajouta avec colère, ils ont failli faire exploser l'Agausto !

— L'important c'est qu'on t'a toi, maintenant ! se réjouit Muaud.

L'homme étrange à la peau presque bleuâtre se posta en face d'Irès.

Deux lianes sortirent de l'arbre restreignant Irès pour aller s'enfoncer dans son front et derrière son cou. Son visage montra son inconfort.

— Tu es toujours aussi inepte que quand tu étais jeune Muaud Virago !

— Et toi toujours aussi bornée Claire !

— Tu trahis la raison d'être du Réseau !

— Tu en serais à la tête de droit aujourd'hui. Tu n'as qu'à t'en prendre à toi-même.

La coque du bateau disparut pour laisser apparaître le paysage extérieur plongé dans une nuit sombre, éclairé par intermittence par le phare.

Le monceau du gardien se débattit et lança un hurlement à glacer le sang. Le paysage commença à geler. Irès s'affaissa sur elle-même et, comme traversée par un courant électrique, convulsa.

La lumière du phare de Virgo-Fort s'éteignit soudainement. L'eau autour d'eux gela.

Un silence inquiétant, effrayant s'installa.

— Maintenant ! ordonna Villord.

Un bref éclair arc-en-ciel jaillit du phare. Tous les regards se dirigèrent vers lui.

Alors qu'Irès commençait à hurler, l'homme attaché en face d'elle éclata d'un rire grinçant.

24⌡

Dilemme

Gail déboucha dans la principale cellule d'entraine-
ment de l'Aînée Ombaline pour voir un sabrilion et un
griffon fondre sur un arbre où trois humains étaient
complètement figés et un autre disparaitre, surement
quelqu'un de sérieusement blessé. Un manipulateur-élémental visiblement, comme les plantes rapetissèrent
subitement.

Elle chercha un moyen d'empêcher leur mort certaine lorsque le piérilyte entra en sifflotant et claqua des
doigts. Tout se figea. Proxi Ombaline devait être déjà
très faible si les piérilytes pouvaient intervenir dans son
espace de formation. Elle se devait de trouver très vite
un moyen de rentrer avant que le Proxi n'expire si elle
ne voulait pas rester coincée.

— Je me disais qu'on pourrait discuter, non ?

— Maintenant ! souligna-t-elle, désignant du doigt
les enfants et animaux figés.

— Qui es-tu ? Tu n'as rencontré aucune épreuve, cela ne s'est jamais vu !

— Tu l'as dit toi-même je suis différente ! Maintenant, laisse-moi sauver ces...

— C'est leur épreuve, c'est à eux de s'aider.

Gail agacée s'avança, le piérilyte se matérialisa devant elle.

— Tu ne peux intervenir !

— Tu vas faire quoi ?

Elle se trouva prisonnière sous un dôme translucide. Elle négocia.

— D'accord, je te donne mon nom et tu les sauves ! Nous serons ainsi tenus tous les deux par le secret de cette entorse aux règles.

Le piérilyte n'hésita même pas.

— D'accord !

— Je suis née Galixan Anack'ti d'Ael.

— D'Ael ! Comme de la Régence des Doras d'Ael ! Le piérilyte recula, tu mens ! Tu ne peux être la fille de la souveraine Ysia d'Ael, la Pré-dauphine...tu as des cellules humaines !

— Je ne connais pas le mystère de ma naissance. Elle n'allait certainement pas lui confier qu'elle était née par co-gènation et simili-gestation humaine.

— Si cela est vrai, tu as la prééminence sur le trône ! Tu pourrais nous redonner notre noble mission. Pourquoi n'es-tu pas en train de récupérer le sceptre ?

— Je ne veux pas concourir pour le trône !

— Quoi ! C'est ton devoir !

— Je suis en partie humaine et n'ai plus de pouvoir.

Le piérilyte secoua la tête.

Il commença à faire les cent pas, ou plutôt sa propre version des cent pas qui consistait à se désagréger dans le sol pour revenir à chaque fois sous ses différentes formes.

Il s'arrêta enfin à son dernier personnage avant de lui donner un sourire éclatant. Il claqua des doigts et le sol se liquéfia et commença à grimper le long de sa jambe, l'immobilisant sur place.

Plus elle essayait de bouger les pieds, plus vite l'autre paroi autour d'elle se rapprochait, paniquée Gail tapa comme une forcenée contre sa prison.

— Libère-moi !

— Tu n'es personne, une humaine, tu crois pouvoir me commander !

— Libère-moi, ou...

— Ou quoi ? railla le piérilyte.

La matière gluante s'accrochait à sa peau avant de l'infiltrer et de transformer ses membres en pierre. La douleur était insupportable. Gail observa alarmée la substance qui s'approchait rapidement de son cœur. Elle leva des yeux suppliants vers son bourreau.

— Que veux-tu ?

— Rien ! Toi par contre, tu dois sauver ces pauvres êtres, il claqua des doigts, la chute mortelle reprit et les cris de détresse envahirent la pièce.

Gail terrifiée regardait maintenant de la piérilyte goguenarde aux pauvres êtres vivants se rapprochant de plus en plus vite du sol. Elle hurla lorsque son cœur se transforma en pierre.

Elle ne pouvait pas laisser d'autres personnes mourir devant elle.

Les piérilytes ont pour but de regrouper la somme de toutes connaissances ; se l'approprier, l'apprendre, la transformer, l'enseigner, la conserver et la transmettre...

— Pupille Gu'el, céda-t-elle enfin avant que ses cordes vocales ne lui soient enlevées, j'ai parcouru le chemin sous le nom de pupille Gu'el, reprogramme moi !

La pierre l'enveloppa complètement. Des données furent chargées.

Elle utilisa sa deuxième paupière pour contrer la luminosité blessante.

Elle s'y plongea à la recherche des informations manquantes... voilà, pupille Gu'el.

Elles s'engouffrèrent brutalement par la base de son crâne ; elle embrassa son passé, subissant stoïquement la souffrance du retour du flux dans son organisme.

Ce dernier se réinstalla dans le dense réseau subtil qui alimentait son corps, les réanimant et l'énergisant.

Elle le sentit grandir, s'alléger et se libérer.

Quand le bouillonnement énergétique cessa, elle tapa du pied, laissant la substance émiettée tomber, vide de ses puces mnémoniques.

Elle suivit avec détachement la chute des êtres qui en s'écrasant firent s'enfoncer le sol sous la puissance du choc.

Elle s'approcha des corps.

La réinitialisation à base-neutre de la pièce avait permis au sol, une légère couche d'énergie protectrice grise, de s'ajuster à leur corps.

Le flux les maintenait pour l'instant en stase.

C'est alors qu'un son dur, saccadé et étrangement harmonieux retentit et monta de plus en plus en puissance.

— L'appel au sang de l'armée Guers, murmura le piérilyte avec effroi.

En même temps, Gail sentit le petit choc dans son cœur qui ne pouvait signifier qu'une chose.

— Irès est mourante. Le devoir m'appelle Kiltiria.

L'être s'inclina.

— Nous suivrons de très près ta quête... Galixan Anack'ti d'Ael.

Avec un mélange de ressentiment et de gratitude, elle l'observa se dissoudre et devenir un avec le plancher.

— Vous souhaitez venir avec moi en territoire humain, s'enquit-elle sans se retourner.

— Les deux options sont aussi dangereuses... petite hybride.

Gail sourit, elle avait toujours aimé les griffons.

— Sauf si on va se cacher à Mereg, contra le Sabrilion.

— Ce ne sera pas nécessaire si les Arkiliens vous reçoivent, proposa Gail.

Au final, seul le griffon voulut la suivre. Les autres lui demandèrent de rapatrier leur enveloppe au monde elféique.

Gail baissa sa paupière visualisant pour la première fois depuis dix ans les courants d'énergie. Elle chercha la salle des machines et un couloir libre qu'elle pourrait emprunter sans se faire remarquer.

— Accroche-toi.

Elle franchit avec excitation l'Intraspace, au travers d'un tunnel formé de poussière argentée de flux brut.

Son apparition sur la frondaison passa inaperçue.

L'étrange tension et les hurlements de souffrance la poussèrent à s'approcher discrètement du bord pour évaluer la situation.

La salle ressemblait à un champ de bataille, glauque.

Elle ferma les yeux, cherchant le problème. Ses lentilles ! Elle les enleva, cligna plusieurs fois pour adapter sa vue ; la pièce était plus nette et toujours dévastée. De même, elle enleva son appareil auditif et ajusta son audition, sans pouvoir la descendre au-dessous d'un certain seuil aussi, elle était toujours en mesure d'entendre le martèlement des cœurs affolés.

Son propre cœur s'emballa en comprenant la situation.

Ils tentaient d'ouvrir un passage dans l'espace-temps couvrant les deux mondes grâce au gardien Mounati. Et, pour orienter la venue des elfées Guers, une triangulation était utilisée : Irès Sorren était l'ancreur humain, un hybride très affaibli attaché en face d'elle comme empreinte elféique et le phare servait de localisateur terrestre.

La seule configuration permettant de s'affranchir des lois des Doras pour apparaître en territoire humain. La lumière du phare embrasa brièvement la scène et un troisième niveau se remplit sur le chronocompte placé devant une cabine vitrée.

L'agonie d'Irès s'entendait dans ses hurlements maintenant silencieux, ses larmes de sang, alors que l'une après l'autre des ombres s'extirpaient très lentement de son corps pour se poser sur l'eau noire gelée.

L'armée des Guers se matérialisait en terre humaine.

25⌋

Sursaut

Steben se réveilla en sursaut et retint un gémissement de douleur. Il bougea lentement les jambes, les bras, toucha sa tête et poussa un soupir de soulagement en voyant qu'il était entier.

Les trois cylindres lumineux signifiaient qu'il était à nouveau sur le bateau.

Il se leva et retomba sous l'effet d'une incroyable pression. Ses yeux s'agrandirent, il l'avait ressentie auparavant mais pas au point d'en être étourdi.

Il chancela jusqu'au bord de la plateforme. Ses parents, postés devant Ayodel et Chloé, étaient retenus prisonniers. Ils fixaient avec désespoir vers un arbre à l'écorce rouge sang.

— Non !

Attachée à l'arbre, sa sœur se débattait faiblement alors que l'ombre d'une créature effrayante lui sortait avec difficulté du corps.

Il se précipita vers l'escalier, une main le retint fermement par le bras.

— Tu vas te faire tuer ! hissa une voix.

— Lâchez-moi ! Il reconnut la fille aux longs cheveux méchés. Pupille Gu'el ! Tu crois que je vais l'abandonner comme toi tu l'as fait !

— Il était plus prudent ainsi !

— Ce n'est pas le moment de vous disputer ! Si on ne peut arrêter le transfert, ni le localisateur, notre seul recours sera alors de tuer la fille !

— Misérable bête ! Steben se jeta sur Juni, Gail resserra son étreinte.

— Arrête, il ne pensait pas ce qu'il disait. Le chimère grommela une excuse peu convaincante sous son regard dur. Laissez-moi réfléchir, s'énerva-t-elle en voyant les deux prêts à protester, ils ont créé un espace hors temps artificiel en se branchant sur la fréquence du gardien Mounati afin de contourner les lois des Primas…, ils utilisent le phare pour les guider entre les deux mondes… Juni, tu crois qu'il existe un moyen de couper la connexion avant que le localisateur n'atteigne le neuvième niveau.

— À part arrêter le temps.

Gail se surprit à envisager sérieusement la solution.

— Il faudrait un Auguste et la loi leur interdit d'intervenir.

Steben se racla la gorge.

— Je ne suis pas un Auguste, mais je peux essayer… je ne sais comment faire.

Gail pencha la tête, le regarda attentivement et vit la boule à son oreille.

— Un enfant du temps ! C'est pour cela que tu as pu t'échapper de la cellule et te réveiller ! Vas-y, je vais t'apporter du flux, essaie quelque chose, n'importe quoi…, souhaite-le !

Steben prit une grande respiration.

Il ferma les yeux pour couper les émotions parasites.

Il souhaita de toutes ses forces que le temps s'arrête.

— Le temps s'est ralenti, annonça finalement Gail avec un soupir déçu le ramenant de sa transe.

Les personnes dans la salle des machines s'étaient figées, mais les ombres des Guers apparaissaient toujours si ce n'est plus lentement, comme au ralenti.

— Ceux qui sont hors de cet espace ; elle désigna les personnes concernées, ta sœur, le gardien et l'armée de Guers ne peuvent être figés.

Un éclair passa au-dessus de leur tête et la matière garnissant le mur derrière elle explosa.

— Ni les Sentinelles du Réseau, ajouta Muaud leur adressant un grand sourire, attrapez-les ! ordonna-t-elle aux quelques gardes portant un uniforme anthracite et un bracelet semblable à celui des jumeaux, sauf qu'il était gris au lieu de vert gris.

Elle porta son propre bracelet à sa bouche, ce dernier s'alluma d'une lumière bleutée.

— Nous avons besoin de renfort !

Le garde le plus proche repoussa Steben brutalement avec son étrange arme.

Ce dernier esquiva heureusement la pointe acérée mais ne put éviter le coup violent porté à son ventre.

Il gémit et vit avec panique l'arme revenir.

Il fut jeté sur le côté. Sa mère s'en empara adroitement avant qu'il ne l'atteigne et profitant de la stupéfaction du garde l'assomma avec.

Elle adressa un regard mauvais à Muaud.

— Toutes les sentinelles du Réseau ! Même celles qui n'en font plus partie !

Poussant son fils derrière elle, Claire attaqua.

Elle entraîna lentement la menace le plus loin possible de sa famille et amis.

Elle n'hésitait pas à neutraliser brutalement les gardes grâce à la Carminiarca, qui se transformait à volonté en un glaive, dague ou lance.

Elle touchait toujours sa cible, l'incapacitant le plus souvent de façon sanglante.

Les gardes avaient reçu le même entraînement qu'elle cependant et paraient grâce à leurs armes qui devenaient boucliers ou des armes de forme ronde à trois lames aiguisées rétractables et qui tournaient.

Muaud réussit cependant à la soumettre en utilisant des nuées de papillons qui entravèrent ses mouvements et la firent s'écrouler avec d'horribles cris de douleur. Leurs piqûres, sur toutes les parties du corps non protégées, provoquèrent des blessures qui s'agrandirent et prirent une horrible couleur noire.

Muaud se tourna ensuite vers Steben qui avait distancé ses gardes et tentait discrètement de libérer Irès. Les papillons se rassemblèrent en un poing noir qui se propulsa vers lui, le cogna dans le ventre et le jeta violemment loin de sa jumelle.

Enfin, profitant de l'inattention de Gail, aux prises avec plusieurs gardes, elle la prit par le cou et serra. Gail abattit violemment le plat de ses mains sur ses tempes sachant que les protections des Sentinelles étaient affaiblies à ce niveau. Muaud recula et secoua la tête. Gail visa alors les yeux lorsqu'un garde l'attaqua par-derrière.

Elle cria en sentant la lame acérée lui entamer le dos. Des pattes puissantes la soulevèrent avant que l'arme ne la transperce.

Son assaillant eut le bras portant le bracelet arraché, reçut un jet de vapeur verte dans le visage et s'écroula en hurlant.

— Bons cauchemars ! jeta-t-il d'une voix mauvaise.

— *Non, Juni protège Proxi Ombaline, elle doit bloquer l'accès.*

Juni l'ignora pour s'occuper d'un autre ennemi.

— *Ta protection est mon devoir Pré-Dauphine ! Ce qui m'inquiète ce ne sont pas les gardes, mais l'armée de Pré-Mérick. Tu es la seule à pouvoir les affronter !*

Un éclair rouge illumina brièvement la salle. Gail regarda avec appréhension en direction du phare.

Son inattention faillit lui coûter la vie. Muaud lança un objet, qui s'épanouit en un papillon doré et explosa en touchant son corps ; elle tomba à genoux, traversée par une intense souffrance.

— Tu aurais dû mourir, s'étonna la Sentinelle avec consternation.

Gail grimaça, son statut devait rester un secret.

— *Non Juni, je vais bien !*

Mais son familier en voyant Muaud se préparer à l'assaut fondit sur elle.

Gail se mordit les lèvres pour s'empêcher de hurler de douleur et se concentra à reprendre le contrôle de son corps tout en évitant les attaques des gardes.

— Si vous voulez votre famille vivante, cessez maintenant ! ordonna une nouvelle voix. Préposé Blackmittra avait un couteau sous la gorge de Claire.

La milice de Villord était arrivée.

Ils avaient perdu.

L'éclair du phare illumina le nombre grandissant des ombres des elfées Guers sur le fleuve glacé.

Le septième niveau était complété.

∞

En un rien de temps, Steben, qui se tenait le ventre en gémissant, et Gail eurent les mains entravées. Juni les ailes déployées, le corps tendu prêt à bondir, narguait les gardes qui gardaient prudemment leurs distances.

La lame s'enfonça dans la chair de Claire Sorren, incroyablement remise de son attaque avec les papillons, tirant une goutte de sang.

— C'est une humaine, qu'est-ce que sa mort peut me faire !

— Sale bête ! pesta Claire.

Raphaël Villord, qu'un garde avait réussi à ramener au temps présent en lui mettant au poignet un de leurs bracelets métallisés, la jeta de côté pour s'emparer de Steben et lui enfonça une dague dans l'épaule.

— *Juni !*

Le familier grommela sous l'injonction mentale de Gail, mais laissa les gardes l'entraver.

Irès hurla soudainement avant de s'évanouir.

— Elle ne tient pas le coup !

Villord la gifla sous les cris et menaces de sa famille. Muaud arrêta sa main lorsqu'il voulut le refaire.

Irès releva très lentement la tête.

Une ombre, d'aspect plus transparent que les autres, apparut à nouveau.

— *Si seulement ce fichu phare pouvait s'arrêter !*

Gail partageait les pensées de son familier.

Un bref éclair du phare illumina la salle.

Elle nota que le chronocompte avait atteint le début du huitième niveau. Surtout, elle aperçut une concentration immense de flux provenant de la cabine.

Profitant de la distraction des gardes qui suivaient les progrès d'Irès, elle leva sa deuxième paupière ; une fleur dont la forme et l'apparence des pétales lui firent penser à des gouttes de rosée rougies par le premier rayon du soleil de l'aube.

La fleur était d'une incroyable, si ce n'était sanglante, beauté et dégageait un niveau d'énergie brute tel qu'elle aurait pu alimenter la baie de Sauraye pour au moins les cent prochaines années.

Elle avait découvert l'énergie supportant le localisateur.

— *Juni* ! Son familier tourna juste les yeux vers elle confirmant qu'il recevait son message mental. *La source se trouve dans la cabine ! C'est une fleur* !

Irès tressaillit, sa chaîne avec le pendentif d'un animal bleu sortit de sa blouse.

Les yeux de Gail s'agrandirent.

— *Juni peux-tu créer un lien entre moi et Irès*, pressat-elle avec excitation, *sa fréquence n'a pas dû changer de beaucoup depuis son enfance* !

Juni, entravé par des liens d'Anahid, inclina la tête. Ne pouvant maitriser ses pouvoirs, il força le passage avec plus de vigueur que nécessaire.

Irès convulsa.

Gail contraignit son énergie à retrouver la trace mentale de sa cible.

— *Irès* ? Cette dernière prit un temps considérable avant de bouger légèrement la tête, *Irès, tu te rappelles ce jour sur la balançoire* ? La jeune fille inclina la tête.

Tu te souviens de ces lignes ? Tu m'as dit que tu préférais les peluches. Un autre hochement de tête. *As-tu créé cette fleur ?* Elle lui envoya l'image de la fleur sanglante. Irès confirma en dodelinant de tête. *Je veux que tu diriges le Flux dont tu as nourri la fleur vers un autre endroit.*

— *Comment !*

— *Elle est trop faible pour cela !* intervint Juni, comprenant son intention de surcharger le phare pour le détruire. Gail soupira de frustration. *Elle est mourante, Anack'ti.*

Effectivement, un simple balayage lui montra que les principaux organes cédaient sous la pression de l'éprouvante expérience, mais aussi à cause de l'empoisonnement à l'Anahid.

Son cœur était à vingt-et-une secondes de lâcher.

— *Souhaite-le !* s'écria-t-elle avec désespoir. *Réintègre l'énergie que tu as mise dans le rosier, elle te, nous sauvera !*

Dix-sept secondes, seize secondes, quinze secondes...

— *Je suis bloquée par un champ d'énergie !* Je n'arrive plus..., murmura-t-elle à onze secondes, puis sa tête tomba.

— *Irès, c'est ta seule chance !* insista Gail.

Un autre niveau passa, un air d'anticipation imprégna la salle.

— Zut, elle s'est encore évanouie !

— La frapper ne sert à rien,

— Tu proposes quoi d'autre ?

— Va amplifier le niveau de l'énergie !

Villord, semblait vouloir contester les ordres de Muaud, lorsque le neuvième éclair illumina le bateau. Il sortit une clé de sa poche et se précipita dans la cabine.

— *Irès, profite qu'il enlève les protections !*

Gail vit que le frère, profitant de l'inattention de leurs gardes, s'était approché suffisamment pour poser une main réconfortante sur son épaule.

— *Juni essaie de protéger les humains !*

Le chimère se posta en grommelant devant les humains figés et poussa une Claire récalcitrante derrière lui.

Un rayon vert irisé sortit de la fleur, au grand désespoir de Villord qui cria de douleur lorsqu'il le frôla.

— Ferme ! hurla Muaud en se précipitant à son aide, mais le rayon s'agrandit et fila vers Irès, forçant la Sentinelle à se jeter sur le sol pour l'éviter.

Irès fut soulevée dans l'air, ballotée comme une poupée de chiffon et ne s'envola pas grâce à la grippe inflexible de son frère. Les branches de l'arbre affaibli s'étaient émiettées et l'homme en face d'elle fut engouffré par des flammes.

La lumière verte l'envahit et se transféra bientôt à son jumeau.

L'assemblée regarda l'énergie crépitant autour d'eux avec appréhension. Un garde qui s'approcha trop prêt fut incinéré. Les autres gardes s'éloignèrent en voyant le champ autour des jumeaux s'agrandir.

— Restez où vous êtes, cria Gail, mais Claire échappant à la surveillance de Juni l'ignora et courut vers ses enfants. Gail réussit à la plaquer de justesse au sol.

— Ils doivent absolument être purifiés pour guérir, chuchota-t-elle urgemment, si vous interrompez le processus, ils mourront !

La lumière verte devint bleue et se rétracta. Gail s'empara du pendentif Carminiarca et enclencha le champ de protection devant Claire, avant qu'elle ne puisse protester. Elle posa ensuite sa tête contre le sol, serra les paupières et se boucha les oreilles.

L'explosion lui écorcha les tympans et la catapulta parmi les gardes qui amortirent sa chute.

Elle ouvrit prudemment les yeux.

Les plus proches du foyer de la déflagration avaient été pulvérisés ou souffraient de sévères brûlures. Les otages et Claire avaient été épargnés grâce à Juni dont la robe par endroits montrait des lésions.

Les jumeaux étaient étendus au centre d'un petit cratère noirci et encore fumant creusé dans le plancher. Le bateau, bien qu'éventré n'avait pas sombré grâce à la protection d'Ombaline. Par sécurité, Gail ajouta une couche supplémentaire.

Elle se tourna vivement vers le chronocompte.

— Oh, non !

Les neuf niveaux étaient remplis.

26⌋
Portail

Gail fixa en direction de l'eau gelée avec un sentiment d'horreur. Le phare n'avait plus qu'un quart de sa
hauteur mais elle n'avait pas besoin de sa lumière pour
voir qu'une fraction de l'armée, elle en compta deux cent
trois, était coincée entre les deux mondes.

Il suffisait d'un seul d'entre eux, avec ses pleins
pouvoirs, pour détruire une ville humaine entière. Une
véritable machine de guerre ; pouvant projeter une aura
hostile qui annihilait ou affaiblissait sa proie avant qu'il
ne l'achève brutalement avec ses armes alimentées,
en particulier en terre humaine, avec les ressources
élementales inépuisables.

Il était quasi impossible à tuer ; son armure était aussi
impénétrable que celle d'un dragon, les armes humaines
n'apporteraient qu'un surplus de combustibles au lieu
de le blesser et même dans ce cas, il était capable de se
régénérer.

Une immense silhouette se détacha lentement.

Il émit un cri de triomphe et leva la main ; une boule de feu noire en jaillit et s'élança vers le grotesque et gigantesque monceau d'arbre sur la rive et l'embrasa comme s'il n'était qu'une botte de foin.

Le gardien derrière la vitre hurla.

Le bateau tangua violemment à chacun de ses soubresauts.

Avec des cris terrifiés, les hommes tentèrent de se raccrocher, ceux qui se cramponnèrent aux branches arc-boutées contre la prison de l'arbre, se firent piéger, de minuscules lianes s'enfoncèrent dans leur chair.

— Tout n'est pas encore perdu Pré-dauphine.

Gail se détourna de l'horrible scène pour constater que Proxi Ombaline complètement collée contre la paroi, puisait les dernières énergies de son gardien pour obtenir quelques minutes supplémentaires.

— Votre action a bloqué leur essence dans l'Intraspace, vous pouvez encore les renvoyer dans notre monde en condamnant la porte.

— Comment peut-il détruire alors ? En montrant l'arbre toujours en flamme.

— Il est mi-ombre, mi-incarné et se nourrit de l'énergie de son armée pour exister sur ce plan.

Gail prit quelques secondes pour comprendre ce qu'elle voulait dire.

Elle releva brutalement la tête le visage grave.

— Vous en êtes sûr !

— Certaine.

— Bien, Gail lui donna le salut d'adieu selon la tradition ; la tête penchée avec les mains croisées venant brièvement se poser sur le front. Avez-vous accompli votre dernière mission ?

Aînée Ombaline lui offrit un faible sourire.

— Grâce à vous. L'enfant s'est débarrassée du poison dont la nourrissait sa mère et malgré les efforts de cette dernière, elle est consciente de son rôle, de son pouvoir. On ne peut prévoir les séquelles du contact prolongé de l'Anahid sur son organisme, malheureusement. Vous avez déjà accompli bien plus que je ne le croyais, peut-être que nous vous avons traité trop durement.

— Le regret est l'excuse des faibles, récita Gail, le Proxi eut un petit rire.

— Vos enseignements n'étaient peut-être pas tous valides, admit-elle, avant d'incliner la tête en portant la main droite à son épaule gauche, reconnaissant ainsi l'hybride comme son égale. Je peux rejoindre les limbes en paix, souffla Proxi Ombaline, la flamme des Doras brillera à nouveau au-dessus du Pic de Flammeroles.

— Attendez mon signal, lui intima Gail, distraite par l'immense silhouette qui se manifesta soudainement devant les jumeaux.

Son corps était entièrement protégé par l'imposante armure écailleuse semi-vivante. Seuls ses démesurés yeux noirs luisants étaient visibles derrière la lisière garnie de piques. Sa protection avait pris l'aspect de bois rugueux noir, veinée de sève argentée.

Tous les humains présents vibraient sous le champ d'énergie hostile libéré par le Guers.

Les plus blessés convulsaient et Gail savaient que plusieurs ne tarderaient pas à mourir.

D'un geste presque imperceptible l'être ramena le corps assommé d'Irès vers lui, l'examina sous tous les angles avec suspicion.

La laissant suspendre, il s'intéressa à Steben.

Il émit un grognement dédaigneux, leva sa paume gantée vers le garçon et un jet de flammes noires en jaillit.

Juste avant d'engouffrer l'humain il se transforma en une pluie d'eau.

Le garçon se réveilla en sursaut et poussa un cri alarmé lorsque Gail le ramena vers elle avant que le Guers ne puisse faire une autre tentative.

— Tu oses t'opposer à moi vermine !

Proxi Ombaline se positionna devant elle.

— Général Pré-Mérick, vous n'avez aucune autorité dans ce monde.

— Aînée Ombaline ! dit-il avec mépris.

— Un Proxi, général. Il faut croire que vous avez perdu votre si acclamé pouvoir d'observation.

Pendant ce temps, Gail murmurait ce qu'elle attendait de lui à un Steben trempé, titubant sous la puissance énergétique du Guers et qui surveillait sa sœur suspendue dans les airs avec anxiété.

Fatigué de discuter, le général fit apparaître un objet rond avec le dessin d'un aigle creusé dedans et le lança vers le Proxi.

— Retourne dans les limbes !

D'une pensée, Gail l'intercepta adroitement. Le Guers se retourna vers elle et avec un cri rageur. Gail fit apparaître de justesse le bouclier du Carminiarca, après avoir arraché le pendentif à Claire Sorren, pour contrer le bombardement de boules enflammées puis une pluie de dards acérés; bien qu'elle chancela et gémit de douleur sous la violence des chocs.

— Tu te permets de tourner les armes de mon peuple contre moi, humaine !

Enragé, il se précipita vers elle en écrasant ceux sur son passage et élevant la fréquence de son champ de force.

Les humains les plus proches vidés de leur force vitale, explosèrent.

Les yeux de Gail s'agrandirent d'effroi lorsqu'elle vit le Guers faire apparaître une épée et bondir.

Elle contra difficilement la lame venant vers son cœur avec la Carminiarca transformée en un glaive et réussit à la faire dévier l'arme sans pouvoir l'éviter.

Elle gémit lorsqu'elle entailla sévèrement son épaule.

Elle évada adroitement les autres assauts du Guers en roulant sur le sol et prenant refuge derrière les troncs.

Elle finit par se redresser d'un bond et courut, sous ses cris de : "Lâche ! Sale vermine ! Je vais te pulvériser !", se placer devant la vitre de la prison du gardien.

— Maintenant ! hurla-t-elle, la mine résolue et les jambes fléchies pour amortir l'impact.

Ombaline inclina la tête, se matérialisa derrière elle et se transforma, devenant un nuage de gouttes d'eau argentées aussitôt aspiré dans la vitre.

À l'endroit où elle se trouvait, un portail tourbillonnant s'ouvrit, alors que le Général, hors de lui, volait à nouveau à l'attaque en mettant toute sa haine derrière son assaut.

Gail s'éleva pour aller à sa rencontre.

Au lieu de lutter, elle accompagna son geste et, profitant de son déséquilibre, l'entraîna avec elle à l'intérieur de la prison du gardien.

— Non ! rugit Pré-Mérick. Je vais t'annihiler !

— Nous allons tous les deux être oblitérés du monde humain, Général.

Pré-Mérick suivit son regard, les branches du gardien s'enroulèrent fermement autour d'eux et les propulsèrent hors du plan terrestre.

Gail sourit, en voyant les points désignant l'armée de Pré-Mérick s'éloigner de la terre.

Steben, la gorge serrée, vit pupille Gu'el et l'horrible monstre passer à travers le portail, derrière la vitre et disparaître, emportés par des lianes qui sortirent du tronc pour les envelopper étroitement, juste avant que l'arbre ne se recroquevillât et que son écorce prenne un aspect grisâtre.

Les trois drageons s'éteignirent, en même temps que la luminescence dans la salle des machines.

Il sentit un glissement dans l'air et comprit instinctivement que le temps se déroulait à nouveau normalement. Ceux influencés par lui et préservés des derniers évènements bougeaient déjà.

— Elle est où ? Irès l'avait rejoint. Elle se frottait le dos après avoir chuté brutalement lorsque l'énorme monstre avait traversé le portail. Je vais bien, répondit-elle à sa question silencieuse. Elle lui montra son bras droit, débarrassé du plâtre calciné, très bien même. Alors ?

— Dans un autre espace-temps.

— Peux-tu la faire revenir ?

— Non.

Le chimère Juni tituba jusqu'à eux et désigna le pendentif Joun.

— Elle partage un lien avec toi. Tu peux encore la sauver !

— Que dois-je faire ?

— Accepte d'être son hôte, son ancreur.

Irès sans aucune hésitation, ferma le poing serré autour du bijou, elle le porta contre sa poitrine.

— Moi, Irès Sorren, fais le vœu d'être la nouvelle Hôte de pupille...

— Pré-dauphine Galixan Anack'ti d'Ael, humanisée Abigail Galland.

Irès répéta fidèlement ses paroles.

Quelques minutes d'intense incertitude passèrent, Steben nota que comme eux, Juni aussi semblait soucieux.

Alors qu'il s'était résolu à l'idée de ne plus jamais la revoir, Gail se matérialisa enfin là où Steben avait ouvert le portail, portant des traces sanglantes de sa lutte contre Pré-Mérick.

Un bref échange de regard intense avec Juni, télépathie conclut Steben, elle s'inclina.

— Merci Irès ! Tu...

— Qu'as-tu fait !

— Ce que j'ai jugé juste, maman, elle vient de nous sauver la vie !

Leur mère entraînait déjà vivement Irès et lui-même le plus loin des deux autres.

Steben entendit un bruit sourd et se retourna ; Gail s'était écroulée.

Épilogue

— Vous ne pouvez pas m'arrêter ! protesta Villord.

— On a trouvé les enfants enfermés dans vos quartiers. Vos hommes m'ont baladé et si ce n'avait été la petite Montauban, je serais encore là-haut pendant que vous faisiez du mal à ma fille, il ajouta à voix basse, votre nom ne vous protégera pas ici ; j'y veillerai.

Gail reprit conscience alors que Juni soignait les plus urgentes de ses blessures. Il avait pris refuge sur la frondaison et escamoté l'escalier alors que les officiers tentaient de faire un bilan de la situation.

Malgré ses objections, elle usa ses faibles forces pour s'occuper des humains, créatures et êtres déconnectés des drageons. Les captifs stabilisés, elle réunit le griffon à son enveloppe et renvoya le corps des créatures encore vivantes aux Arcades.

— Juni, les humains doivent s'occuper des leurs, voile-moi !

Quelques minutes plus tard, un officier trouva les victimes qu'elle venait de descendre.

— Il y a trois enfants blessés ici !

Grâce à sa vue, elle découvrit une cave sur la falaise en face et demanda à Juni d'y apporter les cadavres voilés pour procéder plus tard à un dernier hommage.

Ils attendaient que les humains finissent le bilan du désastre et déplacent les blessés lorsqu'un cri furieux et un claquement d'ailes retentirent.

— Voile-le, Juni !

Libre maintenant que l'étincelle de vie habitant le gardien s'était éteinte, le griffon chargeait les humains.

Gail secoua la tête, conjura une trombe de flux qu'elle lâcha sur l'ailé excité et le figea.

Il la fixa d'une mine trahie. Elle haussa les épaules.

— Même si les humains vont t'oublier en sortant de cette pièce, je préfère ne pas courir de risque. Rejoins la zone neutre.

La mine déconfite, il prit son envol.

Enfin seule, elle plana jusqu'au niveau inférieur et posa la main contre la prison transparente vide

— Tu es donc prête à endosser tes responsabilités, constata Juni les yeux fixés sur la bague à son doigt.

— Proxi Ombaline, la dernière protection elféique de la baie, a rejoint les limbes. Les Arkiliens sont maintenant l'ultime ligne de défense des humains. Elle désigna les restes du phare, il doit y avoir un ou plusieurs traîtres parmi eux. Je n'ai pas bien d'autre choix que d'apporter ma contribution... jusqu'à ce que je puisse reprendre ma liberté.

— Tu as le soutien de l'ancreur et les efforts de Claire Sorren s'avéreront inefficaces maintenant.

Irès opina de la tête, consciente de la loi invoquée par son familier.

— La parole donnée à une Dora ne peut être reprise, ni brisée sous peine de représailles...

— Exactement! confirma Juni réjoui. Tant qu'elle sera vivante, tu n'es plus soumise aux lois des Primas.

❧

Le gouverneur et ses invités de marque furent évacués en priorité dans un luxueux yacht, malgré les protestations du commissaire et celles de la future mariée. Les quelques prisonniers, des survivants qui nécessitaient moins de soin, furent embarqués dans le second canot. Ensuite seulement, on commença à s'occuper des plus gravement blessés. Les cabines étaient hors d'accès et les invités avaient été priés de patienter sur les ponts ou l'une des salles de réception.

Les jumeaux avaient pris refuge sur le pont inférieur. Ils pouvaient ainsi mieux suivre Ayodel, soutenu par sa mère, s'installer dans la même navette de sauvetage qu'une inconsciente Chloé.

— Elle va s'en sortir, elle sera traitée en priorité.

Leur mère vint s'appuyer avec eux contre la rambarde mais son attitude tendue et sur le qui-vive infirmait l'espoir de ses paroles et ne les rassurèrent guère. En la voyant, leur père finit rapidement le bandage de son blessé, s'excusa auprès des autres volontaires et vint les rejoindre. Il s'empara de quatre gobelets en papier sur la table à leur disposition et leur en offrit chacun un.

— J'aimerais une explication Claire ?...Claire !

— C'est derrière nous maintenant, pourquoi insistes-tu ?

— Ma méconnaissance a failli nous tuer ! Je crois qu'il faut que tu apportes ton témoignage. Je veux être certain que toute la filière atterrisse en prison !

— Ces personnes disposent de moyens dont le commun des mortels n'a et n'entendra jamais parler !

— Personne n'est au-dessus des lois.

— Je les connais mieux que toi. Cesse de fouiller tu vas finir par toi aussi attirer leur attention.

— Vraiment !

— Ils s'intéressent à moi et je sais comment les éviter. Je t'en prie fais moi confiance.

— Pourquoi s'intéressent-ils tant à toi ?

— Je t'ai donné les grandes lignes déjà. J'étais une Sentinelle, l'armée d'élite d'une société secrète en charge de la résolution de projets très délicats et confidentiels. Suite à un désaccord avec les dirigeants, j'ai démissionné. Malheureusement, ils n'acceptent pas ma décision.

— Cette société serait la fondation Alfeyn.

— Absolument pas ! Le Réseau n'a rien avoir avec les aspirations mégalomaniaques du président d'Alfeyn ! Elle prit une grande inspiration. Les deux groupes se côtoient par obligation. Je suis certaine que les événements récents ne sont que les conséquences des agissements d'une femme par trop ambitieuse. Sa voix trahissait tout son mépris à l'encontre de Muaud Virago. Pour le reste..., son attitude se fit étrangement attentive, rappelle-moi encore ce que tu sais ?

— Euh..., il fronça les sourcils, Raphaël Villord est impliqué dans une affaire d'enlèvement d'enfants et de trafic d'animaux..., répéta-t-il avec hésitation. Des sujets pour tester un nouveau vaccin... médicament, il se massa les tempes avec une grimace de douleur. Migraine, mur-mura-t-il avec un sourire rassurant à sa famille.

Les jumeaux et leur mère échangèrent un regard lourd de sous-entendus.

— Villord et ses associés ne peuvent plus nuire, lui rappela Claire sans réelle conviction. Il y a trop de témoins pour qu'ils s'en tirent ou récidivent. Viens, je vais te trouver quelque chose pour la douleur.

Il répondit à sa femme par un léger sourire avant de se tourner vers les jumeaux.

— Au fait vous deux on aura une longue discussion sur votre désobéissance !

— Zut ! J'espérais qu'il avait oublié.

Steben suivit ses parents rejoindre le coin d'urgence médicale de fortune. Le père de Félicitée avait réquisitionné une partie du pont pour diriger les opérations avec un professionnalisme qui dénotait l'habitude d'agir sous pression et l'urgence. Sous sa direction, les blessés étaient examinés et, selon la gravité de leur blessure, évacués par des canaux de sauvetages où recevaient les soins sur place. Il n'oubliait pourtant pas de revenir vers ses deux filles. Félicitée, le visage fermé et les yeux durs acceptait avec moins de grâce ses attentions que Gail, très affaiblie ; elle n'avait pas bougé du sol depuis son arrivée sur le pont. Mais au moins, au grand soulagement des jumeaux, elle était en vie.

— Comment as-tu fait ? Comment savais-tu quoi faire ?

— Pupille... Gail Galland m'a indiqué que comme tous ceux élus par le Temps, j'avais le pouvoir d'agir sur terre pendant l'intervalle bleu. Et non, je ne comprends pas plus que toi. Je sais juste que l'invasion a été calculée selon cette date et heure précise. Elle m'expliqua comment je devais ouvrir un portail menant au plan où le gardien Mounati existe en utilisant Proxi Ombaline comme repère. Dès qu'elle l'avait franchi, je devais condamner l'accès à notre terre. J'empêchais ainsi l'armée de finaliser leur incarnation.

— Comment savait-elle que cela allait fonctionner ?

Il haussa les épaules.

— J'en sais rien. Mais j'étais désespéré et prêt à croire n'importe quoi, même l'idée saugrenue que je pouvais arrêter le temps. Et aussi..., surtout à cause de la rose, Irès claqua la langue agacée, cette simple fleur t'a guérie ! J'ai utilisé instinctivement ton pouvoir afin de focaliser mon... ma vision. Steben se détourna de l'étrange et impassible jeune fille pour regarder les premiers rayons de soleil ricocher sur la glace toujours présente sur le fleuve avant d'être absorbés par la rose.

— Elle est magnifique, on dirait de simples gouttes de rosée maintenant, nota-t-il admiratif devant la finesse des pétales cristallins.

— Elle a provoqué la mort d'une centaine de personnes et conduit à l'état de Chloé, répliqua vivement Irès, elle est entachée de sang.

— Et elle nous a sauvés !

— Cette plante doit être détruite.

— Mais...

— Je ne veux plus en parler, Steb' !

Elle ne put s'empêcher pourtant de contempler ses bras avec un air de soulagement incrédule.

☙❧

Sybil entra subrepticement dans les archives.

L'enregistrement du dernier Nœud Temporel trouva sa place auprès du premier livre. Il espérait vivement que la boucle permettant l'avènement d'une nouvelle ère serait conforme à ses aspirations et... ajustements.

Bien qu'il craignît que la tâche soit difficile. Pré-Mérick était maintenant conscient que les calculs étaient faussés et qu'une résistance s'était organisée, suffisamment puissante pour le contrer.

Dépôt légal
Bibliothèque nationale du Luxembourg
2015

Made in the USA
Charleston, SC
12 February 2016